नीरजा ने पिछले दरवाज़े के हत्थे को पकड़ा और बड़े ध्यान से नीचे किया तो दरवाज़ा एकदम से खुल गया। वह अंदर घुसी और दरवाज़े को खुला छोड़ दिया। अंदर घुप् अँधेरा था। उसने आस-पास के माहौल से को समझने के लिए थोड़ा वक़्त लिया। उसके सीने में हो रही खलबली उस डरावनी चुप्पी को चीर रही थी। नीरजा की आँखों को धीरे-धीरे अँधेरे की आदत होने लगी। उसने पाया कि वह एक छोटे-से रूम में खड़ी थी। वह धीरे-से इकलौते दरवाज़े की तरफ़ बढ़ने लगी। तभी अचानक नीरजा रुक गयी। उसे ऊपर क़दमों की आहट सुनाई दी। धत्! वो नीचे आ रहा था- जैसे कसाई बूचड़खाने में बेपरवाह दाख़िल होता है।

युवान बुक्स

नैनीताल का ख़ूनी : डिटेक्टिव नीरजा गांधी

प्रथम संस्करण : 2024

ISBN : 978-81-19745-84-5

प्रकाशक : अनबाउंड स्क्रिप्ट
2/41, अंसारी रोड,
दरियागंज, दिल्ली–110002

वेबसाइट : **www.unboundscript.com**
ई-मेल : **books@unboundscript.com**
फोन : **011-35807601**

Nainital Ka Khooni : Detective Neerja Gandhi
by Chantal Van Mierlo

Translated *by* Nitish Bakshi

मुद्रक : यश प्रिंटोग्राफ़िक्स, नोएडा, उत्तर प्रदेश

मूल्य : 299/-

नैनीताल का ख़ूनी

2

डिटेक्टिव नीरजा गांधी

शेंताल वैन मियलो

अनुवाद : नितीश बक्षी

युवान
बुक्स

शेंताल वैन मियलो

शेंताल वैन मियलो का जन्म और पालन-पोषण नीदरलैंड के बॉक्सटेल में हुआ। इंटरनेशनल बिजनेस की पढ़ाई पूरी करने के बाद वह जर्मनी चली आयीं और अब अपने परिवार के साथ जर्मनी के दक्षिण में एक छोटे से गाँव में रहती हैं। इस उपन्यास का प्रकाशन मूलतः डच भाषा में स्टोरीटेल पर हुआ। जब 2017 में स्टोरीटेल पर इसका पहला एपिसोड आया तो यह उस सीजन का सबसे ज्यादा सुना जाने वाला उपन्यास था। बाद में इसका प्रकाशन और भाषाओं में हुआ।

पहले भाग में आपने देखा, डिटेक्टिव नीरजा गांधी सिद्धार्थ के ख़ूनी की प्रोफ़ाइल बना रही है। यह करते हुए उसे न सिर्फ़ अपने कलीग और पति से बल्कि ख़ुद की स्मृतियों से भी लड़ना पड़ता है। प्रोफ़ाइल बनाते हुए उसे लगता है कि सिद्धार्थ की हत्या में दो तरह के पैटर्न को फ़ॉलो किया गया है। वह नैनीताल और टिफ़िन टॉप के आस-पास हुई गुमशुदगी और हत्याओं के पैटर्न में जाती है तो शुरुआत में उसे औरतों को प्रताड़ित करके मारने का पैटर्न मिलता है। फिर लगभग एक दशक का गैप मिलता है और जब दुबारा शुरू होता है तो औरतों की हत्याओं में प्रताड़ित करने के साथ कुछ ख़ास अंगों को काटने का पैटर्न भी दिखाई पड़ने लगता है।

नीरजा यह जानती है कि हर सीरियल किलर का एक सिग्नेचर होता है। वह इतनी सफ़ाई और अपने तरीक़े से काम करता है कि उसमें किसी विचलन की गुंजाइश नहीं होती। लेकिन सिद्धार्थ की हत्या में दो तरह का पैटर्न फ़ॉलो हुआ है। इसलिए उसे लगता है कि इस हत्या में दो सीरियल किलर शामिल हैं। इसी बीच पुलिस को अशोक सेठी की लाश मिलती है और उसकी बेटी को उसके गोडाउन में कंप्यूटर और बाकी चीज़ें। पुलिस इस बात पर निश्चित

हो जाती है कि अशोक सेठी ही सिद्धार्थ का ख़ूनी था, जो कि अब मारा जा चुका है। पुलिस जल्दी से केस बंद करके अपनी पीठ थपथपाना चाहती है जबकि नीरजा की प्रोफ़ाइल कुछ और कहती है। उसकी प्रोफ़ाइल बताती है कि अशोक सेठी के साथ कोई और ख़ूनी है।

अब आगे...

सच

डिजिटल टीम के दफ़्तर में नीरजा राजेश के साथ बैठी थी। वो अपने शुगर लेवल को ठीक करने के लिए कोल्डड्रिंक की एक बोतल ले आयी थी और राजेश ने उसमें से एक बड़ा सा घूँट भरा। अशोक सेठी की हार्ड ड्राइव में मौजूद तस्वीरों ने राजेश की हालत पतली कर दी थी। ठंडे पानी के छींटों से वो वापस होश में आया था। प्रकाश नीरजा के सामने बैठा था और विक्रम एक झूठा बहाना बना कर वहाँ से निकल गया था।

नीरजा की तबियत ख़राब सी होने लगी थी। ऐसा लगा जैसे हज़ारों छोटी-छोटी सुइयाँ उसके बदन में चुभोयी जा रही हों। नीरजा को इस बात की राहत थी कि घर से निकलने से पहले उसने नाश्ता नहीं किया था वरना अभी तक वो सब बाहर आ गया होता।

नीरजा स्क्रीन पर नज़र आ रही तस्वीरों को देखने लगी- ख़ून, खुले हुए ज़ख़्म और ख़ौफ़ से बिगड़े हुए चेहरे। तमाम फाइल और अनगिनत तस्वीरें। हर फाइल इनक्रिप्टेड थी लेकिन राजेश ने कुछ ही घंटों में उसे खोल दिया था। एक के बाद एक फोल्डर उनके सामने खुलते चले गए थे। नीरजा ने उस तरह

की चीज़ें दो-एक बार ज़रूर देखी थीं लेकिन सेठी जैसी भयानक तस्वीरें आज तक उसके सामने नहीं आयी थीं। एक तस्वीर में एक औरत नज़र आ रही थी। उसे एक कुर्सी पर घोड़े की ज़ीन से लगे पाँव अटकाने वाले कुंडे से बाँधा गया था और दोनों टाँगे फैला दी गयी थीं। उसकी कलाइयों और टखनों को काले टेप से बाँधा गया था। उसकी योनि से कुछ निकला हुआ था। क्या वो किसी लोहे का टुकड़ा था? उसके बदन और टाँगों पर कई ज़ख़्म थे। ऐसा लग रहा था जैसे उसके स्तन का ऊपरी हिस्सा काट दिया गया था। उसके स्तनों में काले गड्ढे थे जिनसे ख़ून बह रहा था। क्या सेठी ने उनमें कील ठोंक दिए थे?

"क्या ये सरला है?" नीरजा ने पूछा।

प्रकाश ने हाँ में सर हिलाया। नीरजा फाइल में उसकी तस्वीर तक नहीं पहचान पायी थी। भयानक घाव और सूजन के कारण वो पहचान में आने लायक ही नहीं बची थी। लेकिन आँखें नज़र आ रही थीं- ख़ौफ़ से भरी हुई आँखें, इससे उसका डर असली लग रहा था।

नीरजा एक पल के लिए कहीं और देखने लगी। उसके मुँह में एक कड़वाहट भरती जा रही थी।

"उस फोल्डर पर क्लिक करना ज़रा," नीरजा ने राजेश से कहा। राजेश का रंग अभी भी उड़ा हुआ लग रहा था।

राजेश ने वो फाइल खोली। वे असल में तस्वीरें नहीं, एक ड्राइंग थीं।

"उसे एनलार्ज कर सकते हो?" नीरजा ने पूछा।

राजेश ने हाँ में सर हिलाया।

नीरजा कुछ देर के लिए उस ड्राइंग को देखती रही- "ये हेंताई है।"

नीरजा उस जापानी तस्वीर से राजीव की वजह से वाक़िफ़ थी क्योंकि उसने अपने कॉलेज के दिनों में मंगा इकट्ठे किए थे। राजीव ने ही नीरजा को उस स्टाइल में मौजूद अलग-अलग तरह के ट्रेंड्स के बारे में बताया था।

"क्या?" प्रकाश ने पूछा।

"एरो-मंगा। यह जापानी कार्टून का एक प्रकार है।"

"मैंने इसके बारे में पहले भी सुना है।"

"हेंताई, इसी मंगा का अश्लील वर्ज़न है। हालाँकि ये ड्राइंग उससे भी आगे बढ़ गयी है। ये देखो यहाँ," नीरजा ने ड्राइंग की तरफ़ इशारा किया, "ये किसी कील जैसा लग रहा है।"

"धत्! दिखाओ," प्रकाश ने कहा। उसने नीरजा को ज़रा एक तरफ़ किया और ठीक से देखने के लिए स्क्रीन की तरफ़ थोड़ा सा झुका। "हाँ, पक्का कील ही हैं।"

"घुटनों में, जाँघ में और वजाइना में," नीरजा ने कहा।

"उस कुत्ते ने एग्जाम्पल के लिए ईसा मसीह को चुना?"

"आगे चलो राजेश। अगली फाइल खोलो।"

"हे भगवान," राजेश बुदबुदाया। वह एक और ड्राइंग थी। एक मास्क पहने हुए आदमी था जिसके हाथों में आरी थी। ऐसा लग रहा था जैसे स्क्रीन से हाथ और टाँगें उड़ती हुई उनकी तरफ़ आ रही हों। वो सिर्फ़ एक ड्राइंग थी, किसी कार्टून का बेहद हिंसक दृश्य था। लेकिन मन ही मन ये जानते हुए कि सेठी ने किस तरह के बुरे काम किए थे, उन सभी को ये ड्राइंग और भयानक लगी।

अगली फाइल एक पेन से बनी हुई ड्राइंग की थी। एक औरत मेज़ पर थी। उसके कंधों और उसकी टाँगों के बीच के गुप्तांग के आर-पार एक लाइन खिंची हुई थी। जिस जगह कील मिले थे, वहाँ स्टार बनाया गया था।

"ये उसने ख़ुद बनाई होगी?" प्रकाश बुदबुदाया।

राजेश के दफ़्तर में हीटर चल रहा था लेकिन नीरजा फिर भी कंपकंपा रही थी। सेठी मंगा कॉमिक्स से प्रभावित था। फिर उसने कुछ-कुछ नये दृश्यों की कल्पना की और उसे अपने शिकार के साथ हक़ीक़त में बदल दिया था।

"क्या थोड़ा और ज़ूम कर सकते हो?" नीरजा ने एक कोने की तरफ़ इशारा करते हुए कहा, "मुझे लग रहा है वहाँ कुछ लिखा है।"

वहाँ ड्राइंग के किनारे हाथ से कुछ लिखा हुआ था।

"क्या लिखा है?" प्रकाश ने पूछा।

नीरजा ने अपना सर ज़रा टेढ़ा किया। "3 अगस्त, 2013।"

"क्या इसी तारीख को सेठी ने इसे मारा था?"

"हो सकता है," नीरजा ने कहा।

नीरजा पीछे होकर बैठ गयी और सरला कुमारी की फ़ाइल में मौजूद जानकारियों के बारे में सोचने लगी। यह तो तय था कि सेठी ने ही सरला का ख़ून किया था। सेठी का DNA सरला और सिद्धार्थ, दोनों के शरीर पर मिला था। सिद्धार्थ का ख़ून क्राइम सीन पर ही हुआ था। यह उसके बाक़ी शिकार लोगों से अलग था। क्यों? और उसने सरला को अपने गराज में ड्रम में क्यों रखा था? सेठी ने उसकी बॉडी को भी कहीं और क्यों नहीं फेंक दिया? तह कपड़ों को डेड बॉडी के साथ सजा के, जैसे बाक़ियों के साथ किया था? और

उसके जूते उसके शरीर पर क्यों नहीं रखे थे? उसने अलग तरह से बर्ताव करना क्यों शुरू किया होगा? नीरजा के दिमाग़ में सवालों का अजीब-सा जाला बनने लगा था।

"मैं सिगरेट पीने जा रही हूँ। अभी बस इतना ही देख पाऊँगी ये भयानक तस्वीरें," नीरजा ने कहा। "15 मिनट में आती हूँ, राजेश।"

नीरजा सेठी की इन तस्वीरों से मुक्ति चाहती थी और उसने पूरी कोशिश की कि वो दफ़्तर से बाहर की ओर निकल भागे। एक बार बाहर पहुँच कर वो एक ही जगह रुक गयी और उसने ठंडी हवा अंदर खींची। अंदर और बाहर। अंदर और बाहर। धीरे से उसे एहसास हुआ कि वो शांत हो रही थी और उल्टी आने जैसा वह एहसास मिट रहा था। बारिश हो रही थी। हल्की-हल्की बूँदें उसके ऊपर गिर रही थीं। नीरजा ने ऊपर आसमान की तरफ़ देखा, मानो उस ठंडे एहसास के लिए शुक्रिया कह रही हो।

उसने एक काली ऑडी को आते देखा। हो सकता है वो साहिल हो। नीरजा को उनकी पिछली बातचीत याद आयी और वो इस नतीजे पर पहुँची कि वो सच में उस आदमी को नहीं समझती। पहले साहिल ने उसे ज़बरदस्ती सिद्धार्थ का केस लेने के लिए मजबूर किया था और फिर साहिल ने उसी नीरजा को अचानक निकाल फेंका था। क्या ये उसका कोई षड्यंत्र है? या साहिल को लगता था कि वो यह दबाव झेल नहीं पाएगी? ठीक है, माना कि शुरू-शुरू में सब कुछ काफ़ी मुश्क़िल था। मगर नीरजा अपने काम में माहिर थी। उसकी दलीलें सबूतों के साथ थीं और पत्थर जैसी ठोस थीं। नीरजा ने वो सब काम किया था, जिसकी उससे उम्मीद की गयी थी। उसने ख़ूनी की एक असरदार प्रोफाइल बनायी थी और साथ में एक दूसरे ख़ूनी के आज़ाद घूमने की साफ़ हिदायद भी दी थी। सारे सबूत सामने थे फिर भी साहिल ने उसकी सलाह को रिजेक्ट कर दिया था। नीरजा को समझ में नहीं आया कि

उसने ऐसा क्यों किया था। साहिल नीरजा को इस केस में इतनी बेसब्री से क्यों चाहता था? नीरजा को सच में समझ नहीं आ रहा था।

गुस्सा। साहिल ने कहा था कि नीरजा को हमेशा ग़ुस्सा आता रहता है। नीरजा ने सिगरेट का एक कश लिया और गहराई तक खींचा। क्या वो सच था? शायद हाँ। उसे साहिल पर गुस्सा था क्योंकि वो ही उसे इतने भयानक हालातों में फँसा देता था। राजीव पर गुस्सा था क्योंकि उसने उनकी शादीशुदा ज़िंदगी एक दूसरी औरत के साथ सोकर बर्बाद कर दी थी। मगर नीरजा सबसे ज़्यादा गुस्सा ख़ुद पर थी। क्योंकि ऐसा लग रहा था जैसे उसके आसपास की दुनिया बिखर रही थी और उसने ऐसा होने दिया था। उसने थेरेपिस्ट से अपाइंटमेंट के लिए हाँ कर दिया था, मगर वो जानती थी कि उससे कुछ फ़ायदा नहीं होने वाला था। ये सोचकर ही कि उसे थेरेपिस्ट को अपनी तरफ़ की कहानी बतानी पड़ेगी, नीरजा के पेट में मरोड़ पड़ने लगे थे। वो बहुत से थेरेपिस्ट से मिली थी लेकिन कोई भी उसकी मदद नहीं कर पाया था।

नीरजा ने सिगरेट के पैकेट को वापस अपने बैग में डाला। वहाँ वो काग़ज़ का टुकड़ा पड़ा हुआ था। क्या राजीव ने सच में उसकी कार पर धमकी भरा नोट रखा था? उसने उसे फिर से खोला।

यह अंत नहीं है!

राजीव ने ये क्यों लिखा था? क्या राजीव को शक़ हो गया था कि नीरजा उसके साथ थेरेपिस्ट से मिलने नहीं जाएगी? क्योंकि नीरजा ने बहुत पहले फ़ैसला कर लिया था कि वो इस रिश्ते को अब और नहीं निभाना चाहती शायद उसे राजीव को सच-सच बता देना चाहिए कि वो उसे छोड़ रही थी। कभी न ख़त्म होने वाले ड्रामे को ड्रामैटिक तरीक़े से ख़त्म करना ही नीरजा को बेहतर लग रहा था।

उसने सिगरेट के बचे हुए टुकड़े को गीली सड़क पर फेंका और देखती रही कि किस तरह जलता हुआ हिस्सा काला हो गया था। उसे सेठी के नरक में फिर से वापस जाना था।

प्रकाश उसे कॉरिडोर में मिला।

"मैं तुम्हें ही देखने के लिए आ रहा था," प्रकाश ने कहा, "तुम ठीक हो? ये सब काफ़ी मुश्किल है, है न?"

"मैं ठीक हूँ। बस थोड़ी देर ताज़ा हवा चाहिए थी।"

प्रकाश ने दोस्ताना तरीक़े से उसके कंधे पर अपना हाथ घुमा कर रखा और कंधे को हल्का सा दबाया। "हम कुछ भी कर लें इसकी आदत पड़नी मुश्किल है, है न? सेठी ने सब कुछ पहले प्लान किया हुआ था। जब वो उसके बदन में कील ठोंक रहा था और जब उसके हाथ-पैर काट रहा था, उस वक्त तक वह लड़की ज़िंदा थी। सब कुछ कितना भयानक रहा होगा। और इस सबकी उस हरामखोर सेठी ने पहने से ड्राइंग कर रखी थी। विश्वास ही नहीं होता है!"

नीरजा ने अपना सर हिलाया, "ये काम कई सालों का है, इस दौरान वो अपनी कल्पना को लगातार बढ़ाता गया। उसके कम्प्यूटर पर सब मौजूद है। औरतों, आदमियों, बच्चों, जानवरों तक के साथ पीड़क तस्वीरें भरी हुई हैं। यही सब उसके बीमार दिमाग़ में सालों तक भरता रहा था," नीरजा ने कहा और फिर अपना सर यूँ हिलाया मानो उन ख़ौफ़नाक तस्वीरों से पीछा छुड़वाना चाह रही हो। "कुछ पता चला कि वो उन्हें कहाँ टॉर्चर करता था?"

"उसकोठरी में तो नहीं। वो जगह सिर्फ़ उसके कम्प्यूटर वगैरह के लिए थी।"

"शायद उन तस्वीरों से कोई सुराग मिले। तुम राजेश के पास वापस नहीं जा रहे?" नीरजा ने पूछा।

"मीनल सेठी आ गयी है।"

"मैं भी तुम्हारे साथ चलूँगी।"

"एक मिनट रुको। तुमने साहिल के साथ सब सॉर्ट आउट कर लिया? मैं कोई बवाल नहीं चाहता।"

"हाँ, वो सब ठीक है। मुझे रिपोर्ट ख़त्म करने के लिए बस कुछ और दिन चाहिए, उसके बाद मैं यहाँ नहीं दिखूंगी।"

"ठीक है फिर, आओ चलें।"

नीरजा ने सर हिलाया और मन ही मन ख़ुश हुई कि फ़िलहाल उन भयानक तस्वीरों से छुट्टी मिली।

जैसे ही प्रकाश और नीरजा कमरे में दाख़िल हुए, मीनल खड़ी हो गयी। नीरजा ने किसी दुखी इंसान की उम्मीद की थी। कोई ऐसा जिसने सच में अपने मानसिक रूप से बीमार बाप के हाथों बहुत दुःख झेला हो। मगर मीनल को देखते ही नीरजा के अंदाज़े ग़लत साबित हो गए। मीनल अपनी लम्बी और पतली टाँगों पर जींस चढ़ाए हुए थी जो फैशन के मुताबिक़ कई जगहों से उधड़ी हुई थी। साथ ही एक भूरे रंग की लेदर जैकेट और स्कार्फ़ भी पहने थी। भूरे रंग के बनाए हुए बाल उसके कंधों से झूलते हुए ठीक उसकी पीठ के नीचे तक जा रहे थे। नीरजा उसके जूतों को अनदेखा नहीं कर पाई।

लेकिन नीरजा की नज़र में एक बीस-एक साल की आकर्षक लड़की की पहली छवि एकदम से उड़नछू हो गयी, जब उसने मीनल सेठी के चेहरे पर नज़र डाली। उसकी सलेटी त्वचा पर एक परछायीं-सी थी जो बेशक़ उसके पिता की विरासत थी। भूरे रंग की आँखों के आस-पास लाल से किनारे, जिनसे वो शर्माती हुई प्रकाश की ओर देख रही थी, मानो वो ये उम्मीद कर रही थी कि प्रकाश किसी भी पल उस पर हमला कर देगा।

"हमें तुम्हारे डैड के बारे में कुछ भयानक चीज़ें पता चली हैं।" सबके बैठने के बाद प्रकाश ने कहना शुरू किया।

मीनल का सर एक तरफ़ को झटक गया जैसे किसी ने उसे थप्पड़ मार दिया हो।

"शायद तुम हमें कुछ और बता पाओ," नीरजा ने प्रकाश को गुस्से से देखते हुए मीनल से कहा। ज़बरदस्ती या कड़क तरीक़े से वो इस लड़की से कुछ भी नहीं निकलवा पाएंगे। वैसे भी, अपने बाप के किए के लिए उसे ज़िम्मेदार नहीं ठहराया जा सकता था।

मीनल ने नीरजा को फैली हुई आँखों से देखा।

"तुम उन्हें कैसे जानती थीं, एक बाप की तरह वो कैसे थे," नीरजा ने नर्मी से पूछा।

मीनल ने अपने कंधे उचकाए और अपने होंठ भींचे। एक पल के लिए नीरजा को लगा कि वो रो पड़ेगी, पर वो बस चुप रही। मीनल कुछ देर के लिए कहीं दूर देखते हुए बस यूँ ही बैठी रही।

"क्या आप एकदम निश्चित हैं कि उन्होंने ही उस औरत का खून किया है?" उसने पूछा।

नीरजा ने धीरे से सर हिलाया, "लगता तो ऐसा ही है।"

मीनल ने अपना सर हिलाया और अपने हाथों को देखने लगी जिन्हें वो गोद में रखे हुए बेचैनी से मसल रही थी, "मैं सोच भी नहीं सकती कि वो ऐसा कुछ कर सकते हैं। वो कभी भी उस तरह के नहीं थे। आपके पास कोई प्रमाण है कि ये उन्होंने ही किया है? हो सकता है कि किसी और ने वह ड्रम उनके गराज में रख दिया हो?"

“हमें ड्रम में मिली बॉडी पर उनका DNA मिला है और एक और खून वाली जगह पर भी। उनके कम्प्यूटर पर भी काफ़ी ऐसी चीज़ें मिली हैं जो उनकी ही तरफ़ इशारा कर रही हैं,” प्रकाश ने समझाया।

“वो उस कोठरी वाले कम्प्यूटर?”

“हाँ। तुम उनके बारे में कुछ बता सकती हो?”

मीनल ने अपना सर हिलाया और साथ ही उसकी ज़ुल्फ़ें भी झूलने लगीं। “मुझे और मम्मी को वहाँ जाना मना था। वो ख़ास उनकी ही जगह थी।” उसने एक गहरी साँस ली। “वो उनकी जगह थी। वो अपनी चीज़ों को लेकर काफ़ी चौकन्ने रहते थे। हर चीज़ एकदम सही होनी चाहिए थी, एक सेंटीमीटर भी इधर-उधर नहीं, वरना वो बहुत ग़ुस्सा हो जाते थे।”

नीरजा ने सर हिलाया। उसने इस तरह की सफ़ाई और व्यवस्था की आदत को पहले ही ख़ूनी की प्रोफाइल में शामिल कर लिया था।

“मुझे लगा कि वो बस ऐसे ही कुछ छोटा-मोटा काम करते होंगे उसकोठरी में,” मीनल ने धीरे से कहा, “वो तो जब पुलिस ने ज़बरदस्ती वहाँ का दरवाज़ा खोला तो मुझे पता चला कि वहाँ कम्पूटर भी है।”

“तो उन्होंने तुम्हें वहाँ जाने के लिए सख़्त मना किया था? और तुमने कभी चोरी-छुपे भी झाँकने की कोशिश नहीं की?”

“उस कोठरी का दरवाज़ा घर की पिछली तरफ़ से है और वहाँ बाहर से ही जाया जा सकता है,” वो एक पल के लिए रुकी और फिर बताना शुरू किया, “एक बार कोशिश की थी बचपन में। पर उस दरवाज़े पर हमेशा ताला रहता था, चाभी उनके पास ही होती थी।”

"वो बहुत स्ट्रिक्ट आदमी थे?" नीरजा ने पूछा।

"ज़्यादा तो नहीं लेकिन मैं कोई ग़लती करती तो उन्हें बहुत बुरा लगता था। उसके अलावा, सामान्यतः ठीक ही थे। अगर मैं कभी अकेले कहीं जाना चाहती, ख़ास तौर पर नैनीताल के बीचोंबीच, कभी दोस्तों के साथ तो वे उस बात का बतंगड़ बना देते थे। वे ज़िद करते कि रात को वे ही मुझे लेने आएंगे ताक़ि मुझे अपनी स्कूटी पर अकेले न लौटना पड़े।"

"तुम्हारे मम्मी-डैडी का आपसी सम्बन्ध कैसा था?"

मीनल ने फिर से अपने कंधे उचकाए, "मुझे नहीं लगता कि कुछ ख़ास था उनके बीच। आपस में लड़ते-झगड़ते नहीं थे, लेकिन उनमें प्यार भी नहीं था।"

"पर साथ में तो रहते थे?"

"मैं और मम्मी अक्सर नाना-नानी के साथ रहा करते थे। कुछ दिन उनके साथ रहते और फिर वापस घर चले जाते। मुझे कभी समझ नहीं आता था कि चल क्या रहा है क्योंकि दोनों ही अपने मसलों को लेकर काफ़ी चुप थे।"

"तुम्हें लगता है वो तुम्हारी मम्मी से प्यार करते थे?"

"हाँ, मगर अपने तरीक़े से।"

"तुम्हारी मम्मी की डेथ हो गयी?"

उसने सर हिलाया, "जी, कैंसर से।"

"उसका तुम्हारे डैड पर क्या असर हुआ?"

मीनल ने ऊपर देखा, "आपको कैसा लगता है जब आपका कोई चाहने वाला धीरे-धीरे आपके ही के सामने ख़त्म हो रहा हो? दिन-ब-दिन उसकी ताकत कम होती जाती है और फिर एक दिन आता है जब जीने की सारी ख़्वाहिश ख़त्म हो जाती है? हाँ? क्या लगता है आपको? ऑफ़ कोर्स, ये उनके लिए बहुत मुश्क़िल था।" उसका चेहरा लाल हो गया था और आँखें मानो बाहर आने को थीं।

"उन्होंने अपने इस दुःख को कैसे ज़ाहिर किया?" नीरजा हार मानने वाली नहीं थी। ये सब उस बेटी के लिए बहुत दर्दनाक था और ज़ाहिर था कि वो अपने पिता की तरफ़दारी ही करेगी, लेकिन नीरजा अशोक सेठी की दूसरी शख़्सियत के बारे में जानती थी और इसीलिए वो इस बातचीत के ज़रिए हर मुमकिन जानकारी निकाल लेना चाहती थी।

"उन्होंने मम्मी का अंतिम क्षण तक ख़याल रखा," मीनल ने सर झुका के जवाब दिया, "पर इसने उन्हें तोड़ दिया था। बहुत शराब पीने लगे थे वो।"

"क्या वो शराबी थे?"

"मम्मी की डेथ के क़रीब एक साल बाद वो एडमिट हुए थे। उस हॉस्पिटल से डिस्चार्ज होने के बाद मैंने उन्हें फिर कभी शराब पीते हुए नहीं देखा। मुझे नहीं लगता उन्होंने फिर कभी शराब को हाथ भी लगाया होगा।"

"मतलब तुम्हें लगता है कि उन्होंने तुम्हारी मम्मी की डेथ को ठीक से प्रोसेस कर लिया था?"

"मुझे नहीं पता। उसके बाद वो एकदम अलग से हो गए थे। और भी ज़्यादा अंतर्मुखी। मम्मी की मौत के एक साल बाद मैंने आगे पढ़ने के लिए घर छोड़ दिया था।"

"इस पर उनकी क्या प्रतिक्रिया थी?"

"मैंने मुरादाबाद के एक स्कूल में पढ़ने का फ़ैसला कर लिया था जिसका मतलब था शहर से काफ़ी दूर चले जाना। इससे वो काफ़ी अपसेट हो गए थे लेकिन उन्होंने मुझे कभी रोकने की कोशिश नहीं की।"

"तुम उनसे मिलती रहती थीं?"

"हाँ, छुट्टियों में घर जाती थी लेकिन हम दोनों अपने में ही व्यस्त रहते थे।"

"तो तुम्हारे डैड कहाँ व्यस्त रहते थे?"

"वो ज़्यादातर काम के सिलसिले में बाहर ही रहते थे। उनका गार्डनिंग का बिजेनस था। और वो म्यूजिक के भी शौक़ीन थे। ज़िंदगी भर बाँसुरी बजायी थी उन्होंने।"

"हाँ, हमने सुना है कि लोकल म्यूजिक ग्रुप के साथ भी जुड़े थे।"

मीनल ने हाँ में सर हिलाया।

"और उनका बाकी का परिवार? तुम उनसे कभी मिली हो?"

"मैं उनके परिवार से कभी नहीं मिली। मेरे पैदा होने से पहले ही उनके माँ-बाप मर गये थे। अपनी जवानी के बारे में उन्होंने कभी कोई बात नहीं की। मुझे हमेशा ऐसा लगा जैसे यह कोई छिपाने वाला मसला हो।"

"हमें तुम्हारे डैड की कोठरी में बहुत सी तस्वीरें मिली हैं। भयानक तस्वीरें, हत्या की भी।"

"मैं यह मान ही नहीं सकती कि वे उनकी होंगी," वो बुदबुदायी।

"किसी और को उस कोठरी में जाने की इजाज़त थी?"

मीनल ने अपना सर न में हिलाया, "वहाँ और कोई नहीं जा सकता था।"

जैसे-जैसे ये बात पक्की होती जा रही थी कि उसके पिता आदमी नहीं एक हैवान थे, मीनल सेठी छोटी होती चली जा रही थी।

"और गराज में?"

"पता नहीं। घर छोड़ने से पहले मैं रोज़ गराज में जाती थी। अपनी स्कूटी रखने के लिए या कोल्डड्रिंक की बोतलें लेने के लिए या किसी और काम से।"

"और बाद में, जब तुमने घर छोड़ दिया था, उसके बाद उन्हें तुम्हारे वहाँ जाने से कोई दिक्कत थी?"

"उसके बाद ग़राज में हमेशा ताला बंद रहता था। अगर मैं वहाँ जाकर कुछ लाने को कहती तो वे ज़िद करते कि वही ले आएंगे या और कुछ नहीं तो मेरे साथ आ जाते," उसके माथे पर परेशानी की कुछ लक़ीरें उभर आयीं, "याद आया, एक बार हमारी इस बात को लेकर जमके लड़ाई हुई थी। मैंने उनकी चाबियाँ उठा ली थीं कि मैं ख़ुद जाकर ले आऊँगी। उन्होंने कहा कि वे नहीं चाहते कि मैं उनकी चाबियों को हाथ भी लगाऊँ। पर अब लग रहा है कि वो सब कोठरी के बारे में था, चाबियों के बारे में नहीं।"

प्रकाश ने ये बात लिख ली।

"आपको लगता है कि उन्होंने सुसाइड किया होगा?" मीनल ने अचानक पूछा।

"क्या, आपको ऐसा लगता है?"

“पता नहीं। जो कुछ उन्होंने किया था, हो सकता है उसके बाद वो ख़ुद के साथ ही जीना न चाहते हों।”

नीरजा ने अपने कंधे उचकाए। वह जानती थी कि अशोक सेठी जैसा आदमी कभी आत्महत्या नहीं करेगा। कम से कम तब तक नहीं जब तक सब कुछ उसके क़ाबू में था। सीरियल किलर ज़िंदगी से ऊपर होते हैं। उनकी आत्महत्या का ख़तरा तभी होता है जब वे पकड़े जाने वाले हों, जब उन्हें बचने का कोई और रास्ता नज़र न आ रहा हो। आम तौर पर जेल में। और वो भी तब जब उन्हें ख़ुद को यक़ीन आ जाए कि वो पुलिस और जज को और ज़्यादा देर तक धोखा नहीं दे पाएंगे। अगर बचने का कोई रास्ता न हो तब भी वही फ़ैसला लेते हैं कि कब मौत को गले लगाना है। यह सब कुछ अपनी परिस्थितियों को नियंत्रित करने की चाहत के चलते होता है।

“हो सकता है,” नीरजा ने कहा, “ऑफ़ कोर्स, वह हमें ये बताने के लिए यहाँ नहीं हैं।” उस बेचारी लड़की को उसके पिता ने पहले ही इतना दुःख दिया था, और दुःख देने का कोई फ़ायदा नहीं था। वो वैसे ही अपने पिता की करनी पूरी ज़िंदगी भुगतेगी। इसीलिए नीरजा ने मीनल को इस भुलावे में रहने दिया कि शायद उसके पिता में चुटकी भर इंसानियत थी और वो आख़िर में अपने किए पर शर्मिंदा थे।

नीरजा और प्रकाश उस लड़की को कमरे से बाहर जाते हुए देखते रहे।

"क्या लगता है तुम्हें?" प्रकाश ने पूछा।

"ये सब मेरी प्रोफाइल में फिट बैठता है। काफ़ी स्वाभाविक है लेकिन ये राक्षस वाक़ई दोहरी ज़िन्दगी जीने में सक्षम होते हैं। वो इतने चालाक होते हैं कि बाहरी दुनिया से अपनी ख़ूनी जिंदगी को सालों साल छुपा सकें। सब कुछ कंट्रोल में रखने का एक और तरीक़ा है ये। अशोक सेठी इंसानियत से बहुत ऊपर था।"

प्रकाश हँस दिया। नीरजा ने आगे कहना शुरू किया।

"उसकी बेटी ने एक चीज़ कही जिस पर मुझे ध्यान देना पड़ेगा। हमें पता लगाना होगा कि सेठी कौन से रिहैब क्लीनिक में एडमिट हुआ था और उस दौरान उसके साथ वहाँ कौन-कौन से मरीज़ थे। हो सकता है उसने उसी वक़्त वहाँ कोई अपनी तरह का आदमी ढूँढ निकाला हो जो उसका साथी और हमारा दूसरा ख़ूनी हो।"

"मतलब तुम अपने दूसरे ख़ूनी वाली थ्योरी को छोड़ने वाली नहीं हो?"

"यह मेरा काम है कि मैं इस ख़ूनी की प्रोफाइल बनाऊँ। और मेरी प्रोफ़ाइल के मुताबिक़ यहाँ दो ख़ूनी एक साथ काम कर रहे थे। वे दोनों एक दूसरे को जानते थे और एक साथ काम करते थे ताक़ि एक दूसरे की ज़रूरतों को पूरी कर सकें। सेठी ने 1990 के ख़ून अकेले किए थे। उसकी पत्नी की मौत के बाद वो सारी चाहतें फिर से ज़िंदा हो गयीं। उस दौरान पक्का उसे अपनी सोच से मिलता जुलता कोई मिला होगा और उन्होंने अपनी-अपनी चाहतों के बारे में बात की होगी।"

प्रकाश सीधा खड़ा हुआ और अपने छोटे घुँघराले बालों में हाथ फिराने लगा। "पता नहीं। सबसे पहले अशोक सेठी के बारे में सारी जानकारियाँ इकट्ठी करते हैं। तुमने ही कहा था कि हो सकता है। एक ख़ूनी के बतौर उसका विकास हुआ हो? क्या पता और क्या-क्या निकल कर आएगा। हो सकता है ऐसे सुराग मिलें जिससे साबित हो जाए कि वे अकेला ख़ूनी था।"

नीरजा ने अपनी निराशा को दबाया। प्रकाश को भी लग रहा था कि दूसरे ख़ूनी के होने की संभावना लगभग नामुमकिन ही है। नीरजा अपने ऑफिस में गयी लेकिन दहलीज़ पर ही अचानक उसके क़दम रुक गए। साहिल उसकी कुर्सी पर बैठा हुआ था।

"तुम यहाँ क्या कर रहे हो?"

"कॉफ़ी और खाना लाया हूँ," साहिल ने कहा।

"कब आए तुम?" नीरजा अपना हैंडबैग ढूँढ रही थी। फिर उसे अपना लैपटॉप दिखायी दिया। क्या वो उसकी जासूसी कर रहा था? क्या वो लड़ाई करना चाहता था? नीरजा ने उसे शक्की नज़र से देखा मगर साहिल के चेहरे पर मुस्कान थी। क्या चाहिए था उसे? एक और लड़ाई?

साहिल ने अपने बचाव में अपने हाथ ऊपर किए, "मैं यहाँ अभी-अभी आया हूँ। विक्रम ने बताया कि तुम प्रकाश के साथ विटनेस की स्टेटमेंट ले रही हो।"

नीरजा ने सिर हिलाया, "अशोक सेठी की बेटी आयी थी।"

साहिल ने कॉफ़ी का कप उसकी तरफ़ सरकाया, "फ़िल्टर कॉफ़ी। बिल्कुल जैसी मैडम को पसंद है।" उसके सामने एक काग़ज़ का थैला था जिसे खोलते वक़्त चर्र की आवाज़ हुई, "आशा है तुम्हें चॉकलेट पेस्ट्रीज पसंद हैं।"

नीरजा धीरे से उसके सामने वाली कुर्सी पर बैठी। “तुम्हें लगता है कि मुझे कुछ और शुगर की ज़रूरत है?” नीरजा ने शक़ करते हुए पूछा।

“सच में?” साहिल ने अपनी भौंहें ऊपर कीं, लेकिन उसके लब मुस्कुरा रहे थे, “तुम्हें ज़रूरत पड़ेगी।” साहिल ने दो पेस्ट्रीज बाहर निकालीं और एक को चखा। “सिर्फ़ गोलियों के भरोसे तो ज़िंदा नहीं रह सकती न,” उसने आधे भरे हुए मुँह से कहा।

नीरजा को समझ नहीं आ रहा था कि वो इस सबका क्या मतलब निकाले। और क्योंकि पेस्ट्री की ख़ुशबू से उसके मुँह में पानी आ रहा था, उसने बिना कुछ कहे पेस्ट्री खाने का फ़ैसला किया। एक पल के लिए क्रीम और मीठेपन से उसकी आँखें बंद हो गयी।

“तो तुम्हें पसंद आयी।”

नीरजा ने पेस्ट्री नीचे रखी और अपनी ऊँगलियाँ चाटीं, “तुम यहाँ क्या कर रहे हो?

"यह तो मुझे तुमसे पूछना चाहिए।”

नीरजा ने अपनी आँखें घुमायीं, “मैं अपना काम कर रही हूँ।”

“तुम अब यहाँ काम नहीं करतीं। मैंने तुम्हें यहाँ से निकाल दिया है।”

“और मेरे पास तुम्हारे आदेश को इग्नोर करने के वाज़िब कारण हैं।”

वह अपनी कुर्सी पर ज़रा सा हिला, पीछे को हो कर बैठा और नीरजा को मुस्कुराते हुए देखने लगा, “और कुछ नहीं, बस तुम ज़िद्दी हो।”

"यह भी ठीक। अच्छा सुनो, मेरे पास यह मानने के वाजिब सबूत हैं कि सिद्धार्थ के खून में एक दूसरा ख़ूनी भी शामिल था। मुझे पता है टीम इस बारे में सुनना भी नहीं चाहती लेकिन इन्वेस्टिगेशन में लापरवाही की वजह से दूसरा ख़ूनी सड़कों पर खुला घूमता रहे, इसे कोई सही साबित नहीं कर सकता। कम से कम तुम तो नहीं।"

साहिल की मुस्कान ग़ायब हो गई। कमाल हो गया था। नीरजा ने उसकी दुखती रग पर हाथ रख दिया था।

"तुम निश्चित हो इस बारे में?"

"काफ़ी निश्चित। एक हफ़्ता और दो, रिपोर्ट तुम्हारे डेस्क पर होगी। मैं ज़ुबान देती हूँ उसके बाद तुम्हें फिर परेशान नहीं करूंगी।"

साहिल अपने विकल्पों के बारे में सोचने लगा। फिर उसने नीरजा की तरफ़ देखा, "एक हफ़्ता। उससे ज़्यादा नहीं। और तब तक अगर तुम्हें प्रूफ़ नहीं मिला तो मैं केस बंद कर दूँगा।"

नीरजा ने हाँ में सर हिलाया।

"तुम सेठी की तस्वीरों के संग्रह के बारे में जानती हो?" वो अब गंभीर लग रहा था।

"हाँ।"

"क्या लगता है?"

"बहुत भयानक है। काफ़ी तफ्सील से किया है उसने। सब कुछ एनक्रिप्टेड था लेकिन राजेश ने किसी तरह सारी फाइलें खोल लीं। हमें बहुत भयानक तस्वीरें मिली हैं जानवरों के साथ। कुत्तों के साथ, जिनके पाँव काट

दिए गए थे। घोड़े जिनके प्राइवेट पार्ट काटे गए थे। मैं तुम्हें सब बता के परेशान नहीं करूंगी लेकिन सेठी सच में जानवर था। हमें उसके कम्प्यूटर पर बच्चों की ढेर सारी पोर्नोग्राफ़िक तस्वीरें मिली हैं। साथ में आदमियों, औरतों, बच्चों और जानवरों की अंग-भंग तस्वीरें भी हैं। 30,000 से ज़्यादा फोल्डर हैं और मैं एक बार में आधे घंटे से ज़्यादा उन्हें नहीं देख सकती।"

"मतलब भयानक कलेक्शन है।"

"इससे उसके सैडिस्टिक कैरेक्टर का पता चलता है। उसे अपने शिकार को मारने से ज्यादा प्रताड़ित करना पसंद था, इसी का मज़ा आता था उसे। दर्द से बिगड़े हुए बहुत से चेहरों की भयानक तस्वीरें हैं।"

"कोई ऐसी तस्वीर जो उसने ख़ुद खींची हो?"

"सरला कुमारी की है एक। एक स्केच भी है।"

"स्केच?"

"जो उसने सरला कुमारी के साथ किया, उसकी डिजिटल ड्राइंग है। मानो कुछ ऐसा जो उसने पहले ड्रा किया था और फिर बाद में उसे स्कैन कर दिया। उसमें हर डिटेल है, उसने डेट भी डाली थी। खून की डेट। अपनी इंस्पिरेशन के लिए उसने मंगा का यूज़ किया था।"

"मंगा?"

"जापान कॉमिक आर्ट है। मंगा के अंदर वायलेंट कैरेक्टर का एक पूरा ट्रेंड है। मंगा ने उसकी कल्पना को और बढ़ा दिया और फिर उसने उसी तरह की योजना बनाई।"

साहिल ने पेस्ट्री का आख़िरी टुकड़ा मुँह में डाला। "आप सच में चाहते हो कि कुछ लोग वाक़ई मर जाएँ लेकिन साले सेठी जैसे लोग फिर भी बच जाते हैं।"

नीरजा ने कंधे उचकाए। फिर उसने देखा कि साहिल ने काग़ज़ के थैले का गोला बनाया और अपने ख़ाली कॉफ़ी के कप को पकड़ा।

"बाक़ी सब कैसा है? घरेलू दिक़्क़तें?"

घरेलू दिक़्क़तें? साहिल को कैसे पता उसकी और राजीव की दिक़्क़तों के बारे में? प्रकाश ने पक्का कुछ बताया होगा। धत्।

"मैं सँभाल लूँगी।"

"वो तो कोई कहने की बात ही नहीं है।" साहिल ने नीरजा की तरफ़ देखा और कुछ नहीं कहा।

नीरजा ने चिढ़ के आह भरी। "हाँ, हमारे बीच थोड़ी दिक़्क़तें चल रही हैं लेकिन किस परिवार में नहीं चलता यह सब?"

"कभी-कभी हर चीज़ को व्यवस्थित करना होता है, फिर सब कुछ अपने आप ठीक हो जाता है।"

उसे देख कर नीरजा के माथे पर चिढ़ने की लक़ीरें आ गयीं, "क्या बताया है तुम्हें प्रकाश ने?"

साहिल ने कंधे उचकाए, "क्या फ़र्क़ पड़ता है। पर एक बात कहूँगा। कभी-कभी किसी को दूसरा मौका देने का मतलब है उसे दूसरी बन्दूक दे देना क्योंकि पहली बार में उसकी गोली मिस हो गयी थी।"

"ओह, यह बात, तो तुम ऐसा सोचते हो? तो मुझे इस केस में शामिल करना मुझे दूसरा मौका देने जैसा है? क्योंकि पहली बार में इसने मुझे पूरी तरह से ख़त्म नहीं किया?"

साहिल के चेहरे पर निराशा की हल्की सी झलक उभर आयी। कुछ ही देर के लिए। फिर उसने ख़ुद को सँभाल लिया।

"वो एकदम अलग मामला है," साहिल ने कहा, "अपने पार्टनर को अपमानित करना हुआ, लेकिन तुम उससे ज्यादा बेहतर की हकदार हो।"

"वो तुम मुझे सोचने दो, ओके?"

वो उठ खड़ा हुआ, सारा कचरा उठाया और दरवाज़े की ओर चलने लगा।

"अपडेट के लिए थैंक्स," साहिल ने मुस्कुराते हुए कहा।

नीरजा ने आसमान की तरफ़ देखा और फिर अपने कंप्यूटर पर ध्यान लगाने लगी। कितना परेशान करने वाला आदमी है ये।

उसी दिन बाद में नीरजा और प्रकाश ने आराम घर में काम करने वाले सामाजिक कार्यकर्ता व्योम दीवान से मुलाक़ात की।

"आप लोग फिर से आ गए," उसने गर्मजोशी से उन्हें अंदर बुलाया, "कॉफ़ी-चाय कुछ?"

नीरजा ने मना कर दिया। व्योम अंदर छोटी सी रसोई में चला गया और कुछ देर बाद अपने और प्रकाश के लिए दो छोटे-छोटे प्लास्टिक के कपों में चाय ले आया।

"इस बार मैं आपकी क्या मदद करूँ?"

नीरजा ने आस-पास उस कंटेनर पर नज़र डाली जो वेश्याओं के लिए उस क्षेत्र में सुरक्षित लिविंग रूम का काम करता था।

"ये टिफ़िन टॉप पर हुए उस बच्चे की हत्या के बारे में है," प्रकाश ने कहना शुरू किया, "हमने ख़ूनी को पकड़ लिया है।"

नीरजा ने व्योम को ग़ौर से देखा जब प्रकाश ने उसे अशोक सेठी की तस्वीर दिखायी।

"ये है वो?" व्योम ने पूछा। वह प्रसन्न और जोशीला नज़र आ रहा था। सच में दिलचस्पी दिखा रहा था। नीरजा समझ सकती थी कि वो क्यों उन औरतों के इतने क़रीब जा पाता था जो रास्ता भटक के बहुत दूर जा चुकी होती थीं। नशे में डूबी हुई वेश्याओं के दुखों से रोज़-रोज़ रु-ब-रु होकर कैसा लगता होगा? सच में जिगर पक्का रखना होता होगा।

"मैं इसे नहीं जानता," व्योम ने कुछ देर तस्वीर को देखने के बाद कहा।

"हमने इसे नैनीताल में और कई वेश्याओं की मौत से जोड़ा है। और ये भी हो सकता है कि कई और शिकार भी हों जिनके बारे में हम इस वक़्त नहीं जानते। हम ये जानने की कोशिश कर रहे हैं कि क्या कुछ और लड़कियाँ इस तरह ग़ायब हुईं हैं?"

व्योम ने अपनी भौंहें ऊपर कीं, "ये बता पाना मुश्क़िल होगा। मेरा सारा फ़ोकस इस आराम घर पर ही रहता है।"

"हाँ, पर हो सकता है बाहर से कोई बात सुनी हो?"

"हाँ, मगर ज़रूरी नहीं कि उसका कुछ मतलब हो। हम लोगों के मुक़ाबले वे औरतें बहुत अलग तरह का जीवन जीती हैं। बहुत हैं जो ग़ायब हो जाती हैं। कभी-कभी कुछ महीनों के बाद वापस आ जाती हैं। कुछ कभी वापस नहीं आतीं। इसका ये मतलब नहीं कि वे मर चुकी हैं।"

"क्योंकि वे धंधा छोड़ देती हैं?"

"दुर्भाग्य से ऐसा शायद ही कभी हो पाता हो। नहीं, ज़्यादातर बस इतना चाहती हैं कि कोई उन्हें ढूँढ ही न पाए। उनके डीलर या दलाल के साथ कोई प्रॉब्लम हो जाती है। या कभी-कभी बॉर्डर पार कर के नेपाल चली जाती हैं।"

"तो आप कुछ नहीं जानते?"

"कुछ पक्के तौर पर नहीं। पर मैं यहाँ आस-पास पूछ के रखूँगा।"

"यह बढ़िया रहेगा।" प्रकाश ने अपना ख़ाली कप मेज़ पर रखा और उठ खड़ा हुआ। उसने व्योम से हाथ मिलाया और नीरजा के आगे चलता हुआ बाहर निकल आया।

नीरजा ने मुड़ कर व्योम को देखा, "पता है मैं जब भी यहाँ आती हूँ तो ख़ुद से क्या पूछती हूँ?"

"क्या?" व्योम ने पूछा।

"आप ये काम क्यों करते हैं? ज़ाहिर है आपका हर एक दिन दुःख और परेशानी से घिरा हुआ होता होगा।"

वो हँस पड़ा, "मैं इनकी ज़िंदगी में एक बदलाव ला पाता हूँ। लड़कियाँ जानती हैं कि वे मुझ पर विश्वास कर सकती हैं। अगर वे बीमार हुईं या उन्हें कोई और दिक़्क़त हुई, तो मैं उनकी हेल्प करता हूँ। आप इस गंदगी भरी

दुनिया में ग़लती से नहीं आ जाते। ज़्यादातर की पूरी ज़िंदगी दुःख-तक़लीफ़ों से भरी हुई है। यहाँ तो उनको आसरा मिलता है। एक अपनी-सी जगह। और यह मुझे पसंद है।"

"हाँ," नीरजा ने कहा, "है तो सही।"

"मैं ख़ुद बहुत समय तक सड़कों पर रहा हूँ, मुझे पता है जीवन कितना मुश्किल हो सकता है। मगर मैंने किसी तरह अपनी ज़िंदगी बदल ली। मैं चाहता हूँ कि ऐसा करने में दूसरों की भी मदद कर सकूँ। बीस में से एक लड़की भी इस दुःख भरी ज़िंदगी से निकल जाती है तो मुझे लगता है मैं जीत गया।"

अगली सुबह राजीव से बच निकलने में नीरजा की क़िस्मत ने उसका साथ नहीं दिया। जब वो नीचे आयी तो वो वहीं था।

"तुम्हें काम पर नहीं जाना?" नीरजा ने पूछा। राजीव अपने बर्नआउट के बाद सिर्फ़ आधा दिन ही काम पर जाता था। अगर वो जल्दी नहीं गया तो उसके बाद जाने का कोई ख़ास मतलब भी नहीं रह जाएगा।

"मैं बच्चों को बेबीसिटर के पास छोड़ आया हूँ और आज थोड़ी देर से काम शुरू करूँगा।" राजीव नीरजा के पास चलकर आया। नीरजा ने अपने आप ही क़दम पीछे ले लिए, "हमारी आज शाम की अपॉइन्टमेंट पक्की है न?"

धत् तेरे की।

"रिलेशनशिप थेरेपिस्ट के साथ मुलाक़ात। तुम्हें उसे फाइनली बताना होगा।"

"मुझे नहीं लगता मैं आ पाऊँगी।"

राजीव का मुँह खुला का खुला रह गया। या तो हैरानी से या वो कुछ कहना चाहता था और उसने आख़िरी मौक़े पर कहने का इरादा बदल दिया।

तुम्हें ईमानदार होना पड़ेगा नीरजा, नीरजा ने सोचा।

"मैं जाना ही नहीं चाहती, राजीव।" नीरजा ने अपना होंठ काटा। "मेरी समझ से मैं अब परेशान हो गयी हूँ इस सबसे। हमें अब एक-दूसरे को बख़्श देना चाहिए।"

राजीव का चेहरा लाल हो गया। फिर उसकी आँखों में आँसू भर आए। "नहीं। तुम ऐसा नहीं कर सकती, मुझे लगा था कि हमने इस पर बात की थी कि हम इस पर काम करेंगे?"

"नहीं, मैं लड़-लड़ के थक चुकी हूँ। मैं पूरी तरह इस सबसे बाहर निकलना चाहती हूँ।"

आख़िर नीरजा ने कह दिया लेकिन उसके बाद भी वो जैसी चाह रही थी, वैसी राहत उसे महसूस नहीं हुई।

राजीव ने कंपकंपाते हुए हाथों से उसका हाथ थामा, "प्लीज़, ऐसा मत करो नीरू।"

"सब खत्म हो चुका है राजीव।"

"नहीं, ऐसा नहीं हो सकता," वो चिल्लाया और घुटनों पर गिर पड़ा।

नीरजा वहीं की वहीं जम गयी। क्या करना चाहिए था उसे? राजीव को इस हालत में देख कर नीरजा को भी दर्द हो रहा था लेकिन अगर वो इस वक़्त वहाँ बैठ कर उसे सहारा देने लगती तो वो फिर कमज़ोर पड़ जाती और राजीव की बात मानने को मजबूर हो जाती।

"हम बहुत पहले ही एक-दूसरे को खो चुके हैं," वो बुदबुदायी, "मुझे माफ़ कर दो राजीव।" राजीव कभी भी उनका रिश्ता ख़त्म नहीं करेगा और इसीलिए नीरजा को ऐसा करना पड़ा। वही अंदर से सबसे ज़्यादा मजबूत थी और उसे उन दोनों की ज़िम्मेदारी उठानी थी। उसने अपना बैग उठाया और बाहर अपनी कार की तरफ़ निकल गयी। राजीव ने ज़ोर से उसका नाम पुकारा।

नैनीताल पहुँचते-पहुँचते नीरजा एक फ़ैसला ले चुकी थी। हाईवे से उतरने के बजाय वो नेपाल की सीमा की तरफ़ बढ़ती रही। वो अब और इनकार नहीं कर सकती थी। उसके लिए सब ख़त्म हो चुका था। राजीव के लिए बचे-खुचे प्यार की जो आख़िरी कड़ी वो बेतहाशा जकड़े हुए थी, वो ग़ायब हो गयी थी। और उसकी वजह थी उसके दिमाग़ में चल रही राजीव और उसकी प्रेमिका की एक घटिया अश्लील फ़िल्म।

नीरजा हर मामले में असफ़ल रही थी। ये बात भी सही थी कि सिद्धार्थ के ख़ून की तहक़ीक़ात में उसका कुछ ख़ास हाथ नहीं था। कोई भी उसको गंभीरता से नहीं ले रहा था और उसके सुझावों को अनदेखा किया जा रहा था। इतनी मेहनत और सब बेकार हो गयी थी।

जहाँ तक माँ वाली ज़िम्मेदारियों का सवाल था, वहाँ भी वो ख़ुद को असफ़ल मान रही थी। पिछले कुछ हफ़्तों में उसने बच्चों को बहुत कम वक़्त

दिया था और उसके इस फ़ैसले की वजह से उन्हें जो कुछ भी झेलना पड़ा, उसके लिए वो ख़ुद को दोषी मान रही थी।

सब कुछ एकदम बेकार था।

नीरजा ने प्रकाश के लिए एक वाइस मेल छोड़ा कि वो वीकेंड के बाद ही वापस आ पाएगी। फिर उसने राजीव को फ़ोन मिलाया। राजीव ने एकदम से फ़ोन उठा लिया।

"नीरू? कहाँ हो तुम? हम बात कर सकते हैं?"

"मैंने सिर्फ़ ये बताने के लिए कॉल किया है कि मैं कुछ दिन घर नहीं आऊँगी। संडे को आऊँगी वापस।"

"तुम मुझे छोड़ कर जा रही हो?" कुछ देर चुप्पी छायी रही। फिर नीरजा बोली।

"हम दोनों एक दूसरे को ख़ुश नहीं रख सकते। इस बात को मान लो, हम पिछले कुछ सालों से यही सब झेल रहे हैं, है न? अगर ऐसे ही चलता रहा तो हम दोनों एक दूसरे को बर्बाद कर देंगे।"

"पर सब ठीक भी तो हो सकता है?"

नीरजा ने गहरी साँस ली। ये वाक़ई बहुत मुश्किल था, "हाँ शायद बेहतर हो सके, पर ठीक कभी नहीं होगा।"

"और बच्चे?"

"तुम कुछ दिनों के लिए उनका ध्यान रख सकते हो?"

"मैं मॉम से पूछूँगा। फिर मैं तुमसे आकर मिलता हूँ और हम लोग फिर से बात कर सकते हैं।"

"मुझे थोड़ी शांति चाहिए। मैं संडे दोपहर को तुम्हारी मॉम के यहाँ से बच्चों को ले लूँगी ताक़ि तुम्हें पैकिंग के लिए समय मिल जाएगा।"

"तो मुझे जाना होगा?"

नीरजा ने एकदम से जवाब नहीं दिया, "अगर तुम नहीं जाओगे तो मुझे कहीं और रहने के लिए जगह ढूँढनी पड़ेगी।"

"फिर मैं ही जाता हूँ।"

नीरजा ने कॉल काट दी। धत्।

जैसे ही नीरजा ने बॉर्डर पार किया, राजीव ने फिर से कॉल किया।

"तुम मेरे साथ ऐसे मनमर्ज़ी नहीं कर सकती, पागल, चुड़ैल कहीं की, भाड़ में जाओ!"

नीरजा एकदम जम गयी, "राजीव?" उसने पहले कभी इस तरह बात नहीं की थी।

"मैं ये घर छोड़ कर नहीं जाऊँगा। मैंने इसे अपने सामने बनते देखा है। अगर तुम्हें सब ख़त्म करना है तो तुम जाओ। हमारी शादी तुम्हारे लिए कोई मायने नहीं रखती तो तुम्हें यहाँ रहने का भी कोई हक़ नहीं है। और तुम्हें बच्चे भी नहीं मिलेंगे! तुम्हें वैसे भी उनकी कभी परवाह नहीं रही। तुम एकदम वाहियात माँ हो।"

नीरजा ने एक तरफ़ करके गाड़ी खड़ी कर दी। राजीव फ़ोन पर हाँफ़ रहा था।

"तुम्हारी हिम्मत कैसे हुई?" नीरजा की आवाज़ लड़खड़ा रही थी।

वह हँसने लगा, "मैं तुम्हारी गेम जानता हूँ। मैं समझ रहा हूँ कि तुम क्या करने की योजना बना रही हो। मैंने उन लोगों को बाहर देखा है, मुझे सब पता है।"

"कौन लोग? क्या बात कर रहे हो तुम?"

"वे लोग मुझ पर नज़र रख रहे हैं। तुम मुझसे बच्चे छीनना चाहती हो। दस के बराबर मैं अकेला ही काफ़ी हूँ, राजीव हारेगा नहीं। एक बात सुन लो, पूरी आर्मी ले आओ तब भी तुम्हें बच्चे नहीं मिलेंगे।"

नीरजा ने फ़ोन काटा और कंपकंपाते हाथों से स्टीयरिंग को पकड़े हुए बस सीट पर बैठी रही। उसने राजीव का ये रूप पहले कभी नहीं देखा था। वो गाड़ी का दरवाज़ा खोल कर बाहर भागी और सड़क के किनारे उल्टी करने लगी।

नीरजा सिर्फ़ पेट्रोल भरवाने के लिए रुकी और फिर हाईवे पर ही आगे बढ़ती रही। फिर उसने समस्तीपुर से हाईवे छोड़कर दूसरी सड़क ले ली जो उसे जंगल की तरफ़ ले गयी।

बस आ गया घर।

अपने माँ-बाप के घर को जाती उस कच्ची सड़क के गड्ढों में गाड़ी चलाते हुए उसकी गाड़ी एक तरफ़ से दूसरी तरफ़ झटके खा रही थी। नीरजा ने ढलान वाले रास्ते पर गाड़ी खड़ी की और बाहर निकली। उसका घर पेड़ों और जंगली घास के पीछे छुपा हुआ था। घर जाने का रास्ता और सामने के दरवाज़े की तरफ़ की सीढ़ियाँ पीली पत्तियों के कम्बल से ढकी हुई थीं।

नीरजा ने घंटी बजाई। थोड़ी देर में उसे अपने पिता का चमकता हुआ खल्वाट अँधेरे कॉरिडोर में नज़र आया। उन्होंने दरवाज़ा खोला और नीरजा को हैरानी से देखा।

“नीरा, मुझे पता ही नहीं था कि तुम आने वाली हो। तुम्हारी माँ ने बताया ही नहीं,” उन्होंने कहा और उसे अपनी बाँहों में भर लिया। नीरजा का बदन एकदम से थरथराने लगा। बेतहाशा तनाव की वजह से लग रहा था जैसे उसकी छाती फट पड़ेगी।

“क्या हुआ है बेटा?” उसके पिता की नर्म आवाज़ ने जैसे उसके ऊपर मरहम लगा दिया, लेकिन नीरजा के शरीर में इतनी चिंता भरी हुई थी कि उसके लिए सीधा खड़ा रह पाना भी मुश्क़िल हो रहा था।

“कौन है जी?” नीरजा को रसोई से आती आवाज़ सुनाई दी।

उसने कनखियों से अपनी माँ को आते देखा। “नीरजा!”

नीरजा की माँ ने उसे सोफ़े पर बैठा कर एक कप चाय दी और नीरजा वहीं सोफ़े के तकियों में दुबक गयी। उसके पिता के शिकारी कुत्ते, शेरू ने अपना सर उसके पाँव पर टिका दिया था।

नीरजा के माँ-बाप उसके ठीक सामने वाले टू-सीटर सोफ़े पर बैठ गए और उनके बीच एक कॉफ़ी टेबल थी जिस पर आम तौर पर उसकी माँ बिस्किट की प्लेट रख देती थीं। लेकिन आज उन्होंने ऐसा नहीं किया था। वे एक दूसरे के साथ बैठे थे, उनकी आँखें हैरानी और चिंता से जल रही थीं।

"मैंने सब बर्बाद कर दिया है," नीरजा ने कहा।

"अरे मेरी गुड़िया," उसके पिता ने कहना शुरू किया। वे नेपाल में बड़े हुए थे और फिर चालीस साल पहले अपनी पत्नी के लिए भारत आ गये थे। फिर दोनों ने रिटायर्मेंट के बाद नेपाल वापस जाने का फ़ैसला ले लिया था।

"राजीव और मैं अलग हो रहे हैं," नीरजा ने अपना होंठ काटा। उसे अभी भी ये कहने में तक़लीफ़ हो रही थी। ऐसा लग रहा था जैसे वो धोखा दे रही थी। राजीव को और बच्चों को भी।

नीरजा की माँ को धक्का लगा और उन्होंने अपने हाथ से अपना मुँह ढक लिया। उसके पिता मेज़ के पास से घूमते हुए उसके पास आकर बैठ गए। जब उन्होंने नीरजा को अपनी बाँहों में लिया तो वो उनकी तरफ़ झुक गयी।

"आर्यन और अहाना कहाँ हैं?" नीरजा की माँ ने पूछा।

"वो राजीव की मॉम के साथ हैं।"

"आर्यन को पता है यह सब?"

नीरजा ने ना में सर हिलाया, "मैंने आज ही फाइनली निर्णय लिया है। हम लोग एक बार रिलेशनशिप थेरेपिस्ट से मिलना चाहते थे लेकिन मुझे नहीं लगता उसका कोई फ़ायदा होगा।"

"पर ये सब आख़िर हुआ कैसे?"

"एकदम से नहीं हुआ माँ। कई साल पहले से ये सब शुरू हो गया था। हम दोनों वक़्त के साथ एक-दूसरे के लिए अजनबी बन चुके हैं।"

"मगर बच्चों का क्या?"

नीरजा की माँ का रंग फीका पड़ गया था। उसने उन्हें क़रीब चार महीनों से नहीं देखा था और इतने ही समय में उनके बाल और भी सफ़ेद हो गए थे और चेहरे की झुर्रियाँ बढ़ गयी थीं। इस वक़्त भी उनकी सबसे बड़ी चिंता उनके नाती थे, ऐसा उसकी माँ ही सोच सकती थीं। वो आर्यन और अहाना पर जान छिड़कती थीं। ये बात और थी कि बच्चों से मिल पाना या तो वीडियो कॉल पर होता था या साल में एक-दो बार जब वो मिलने आते थे।

"इस वक़्त ये ज़रूरी नहीं है आशा," नीरजा के पिता ने कहा। उन्होंने नीरजा के कंधे को हल्के से दबाया, "तुम शेरू को टहलाने के लिए ले जाओगी? बस यों ही जंगल में थोड़ा घुमाने के लिए।"

नीरजा ने हाँ में सर हिलाया और उठ खड़ी हुई।

उसकी माँ ने उसे फिर से गले लगा लिया, "मेरी प्यारी गुड्डी। तूने पहले ही कुछ क्यों नहीं बताया? शायद हम तेरी कुछ मदद कर पाते," वो नीरजा के कान में फुसफुसायीं।

नीरजा ने अपनी जैकेट अपने कंधों पर और ज़ोर से कसी और अपने पिता का इंतज़ार करने लगी कि वो उस जर्मन शेफर्ड के गले में पट्टा बाँध कर उसको पकड़ाएँ। शेरू पूँछ हिलाता हुआ शांति से नीरजा के साथ ही खड़ा हुआ था। जब तक वो सब जंगल में दाख़िल नहीं हो गए, नीरजा की माँ दरवाज़े पर ही खड़ी रहीं। वो सच में ग़ज़ब की जगह थी, प्रकृति के ठीक बीचोंबीच। नीरजा, राजीव और बच्चे हर गर्मियों में यहाँ आते थे।

उसके पिता उसके साथ चुपचाप चल रहे थे। जब वो एक छोटी सी पहाड़ी पर चढ़े तो नीरजा उनकी भारी साँसें सुन पा रही थी।

"हम अब इस रिश्ते को और नहीं खींच सकते, पापा," नीरजा ने कहा।

"मैं और तुम्हारी माँ 43 साल से एक साथ हैं। हमारा साथ भी कोई आसान नहीं था।"

तक़रीबन पहाड़ी की चोटी पर पहुँच कर उसके पिता साँस लेने के लिए एक पल के लिए रुक गए, "मैं सिर्फ़ ये कहना चाहता हूँ कि तुम्हें बहुत ध्यान से सोचना पड़ेगा कि क्या तुम वाक़ई अपनी दिक़्क़तों का हल नहीं ढूँढ सकती। जो भी फ़ैसला तुम अब लोगी, वो तुम्हारी पूरी ज़िंदगी और उसके हर हिस्से पर हर तरीक़े से असर डालेगा। तुम्हारा डेली रूटीन, बच्चों को देखना, तुम्हारी आर्थिक और घरेलू, सब कुछ। और अपने प्यारे बच्चों को मत भूलना क्योंकि वो एकदम से अपनी सेफ और प्यार भरी छोटी-सी दुनिया खो देंगे।"

"मगर पापा...," नीरजा ने कहना शुरू किया।

"मैं ये नहीं कह रहा कि तुम दोनों में प्यार ख़त्म हो गया है तो भी उसके साथ रहो। मगर मैं ज़रा पुराने तरह का आदमी हूँ। मुझे लगता है कि आजकल लोग एक दूसरे को बड़ी आसानी से छोड़ देते हैं।"

"उसने मुझे धोखा...।" अपने पिता को इस तरह से ये बात बताना नीरजा को धोखा देने जैसा लगा। वो अब हमेशा राजीव को अलग नज़र से देखेंगे।

उसके पिता ने अपने होंठ भींचे, "हम्म, ये तो सही नहीं है।"

"राजीव अपने बर्नआउट के बाद बदल गया है।"

उसके पिता ने झुक कर कुत्ते के गले से पट्टा निकाला और वो अपनी नाक ज़मीन में गड़ाए एकदम से छोटे-छोटे पौधों के बीच भाग गया।

"पिछले कुछ दिन तुम्हारे लिए काफ़ी मुश्क़िल रहे हैं।"

"राजीव का बर्नआउट, आर्यन और अहाना का पैदा होना। मुझे लगता है राजीव को अहाना के साथ सच में काफ़ी तक़लीफ़ हुई थी, बहुत रोती थी वो। मैं नहीं जानती कि हम दोनों ने एक दूसरे को कब खो दिया लेकिन काफ़ी समय से हम लोग सिर्फ़ साथ में रहते ही हैं बस।"

चलते-चलते वो जंगल के किनारे पर आ पहुँचे जहाँ से हरे-भरे पहाड़ नज़र आ रहे थे। उसके पिता बैठ गए और वो भी उनके साथ ही बैठ गई।

"आपको याद है राजीव के बर्नआउट से पहले क्या हुआ था?"

नीरजा ने उन्हें सवालिया नज़रों से देखा।

"बिल्कुल, सब याद है।"

"आप क्या कहना चाह रहे हो, पापा?"

"मैं तुम्हें बहुत चाहता हूँ बेटा, लेकिन मैं यहाँ बैठ कर सिर्फ़ तुम्हारी हाँ में

हाँ नहीं मिला सकता जब कि तुम इस पूरी सिचुएशन से पल्ला झाड़ रही हो। तुम्हारी दिक्क़तें बहुत पहले शुरू हुईं थीं। यह 2011 की बात है।"

पाँच साल चार महीने पहले।

"वो पीड़ोफ़ाइल वाला केस," नीरजा के पिता ने कहा।

"पांडे। ये था उसका नाम। संतराम पांडे। उसने एक लड़की का ख़ून किया था और जब मैंने उसके घर की तलाशी लेने की परमिशन माँगी तो मुझे मिली ही नहीं। आख़िरकार हम अगले दिन वहाँ गए थे लेकिन तब तक उस लड़की का ख़ून हो चुका था। अगर पहले ही चले जाते तो उसे बचा सकते थे।"

"हाँ। मेरा मतलब है वही केस। उसने तुम्हें बिल्कुल जैसे बदल दिया था। इतनी बुरी तरह से कि एक बार तो मुझे भी लगने लगा था कि तुम उससे रिकवर नहीं कर पाओगी।"

"ये थोड़ा ज़्यादा हो गया।"

"उसने तुम्हें बदल दिया था।"

"क्या मतलब?"

उन्होंने एक आह भरी और जवाब देने में कुछ वक़्त लिया, "तुम एकदम सुन्न हो गयी थी।"

ऐसा लगा जैसे कोई नीरजा के फेफड़े निचोड़ रहा हो। वो ऐसा कैसे कह सकते थे?

"सुन्न? आपका मतलब है, मैं किसी को प्यार करने लायक नहीं रही?"

"नहीं, मैं ये नहीं कह रहा। मगर मुझे लगता है कि उस केस ने तुम्हें इतना ज़्यादा तोड़ दिया कि तुमने उसी तरह की एक पूरी कहानी गढ़ ली थी। तुमने जो दूरी बना ली थी, उसको झेल पाना राजीव के लिए काफ़ी मुश्क़िल रहा होगा। तुम्हें ठीक करने के लिए उसने अपनी पूरी जिन्दगी ऊपर-नीचे कर दी थी। पर तुम फिर कभी वैसी नहीं हुई जैसी उस केस से पहले थी।"

नीरजा ठीक सामने देख रही थी। उसे अपने पीछे हवा से उड़ती पत्तियों की सरसराहट सुनाई दे रही थी और दूर मैदान में दो घोड़े घास चरते नज़र आ रहे थे।

"आपको सच में ऐसा लगता है?" एकदम धीरे से नीरजा के मुँह से निकला।

"नीरा, तुम बहुत अच्छी हो। तुम्हें कोई प्यार न करे, यह हो ही नहीं सकता है। मगर जहाँ भी दो लोगों में लड़ाई होती है, दोनों की ही ग़लती होती है। तुम्हारी शादी ख़त्म हो रही है, ये तुम्हारी ग़लती नहीं है लेकिन पूरी तरह से राजीव की भी ग़लती नहीं है।"

"क्या मैं सच में इतनी बदल गयी हूँ?" उनकी बातों से नीरजा को सच में गहरा धक्का लगा था। ये सोचना कि उसकी कोई ग़लती नहीं थी, कितना ग़लत था।

उन्होंने नीरजा का हाथ थामा और हल्के से दबाया, "यही तो ज़िंदगी है, बिटिया। कभी-कभी ज़िंदगी में कुछ ऐसा फेस करना पड़ता है जो हमारी

शख़्सियत को एक शेप दे देता है। तुमने नर्क देखा है, ऑलमोस्ट ख़त्म हो गयीं थीं तुम। पर फिर से खड़ी हुईं और अपने आपको सँभाला। अब जो भी है, उसी के साथ गुज़ारा करना है और कोई विकल्प नहीं है तुम्हारे पास। और सब ठीक होगा तुम्हारे साथ। मगर तुम्हें वास्तविकता का सामना करना पड़ेगा। राजीव तुम्हारे लिए बहुत लड़ा, इतना कि वो ख़ुद ही लगभग ख़त्म हो गया था।"

"मुझे सच में याद नहीं कि मेरे साथ इतना कुछ बुरा हुआ था।"

"हम यहाँ तीन साल से रह रहे हैं। हम यहाँ पाँच साल पहले आना चाहते थे लेकिन उस वक़्त वहाँ से निकलने की हिम्मत भी नहीं कर सकते थे। हमें तुम्हारी स्थिति पर तब तक भरोसा नहीं था जब तक तुमने फिर से पंत नगर में काम करना शुरू नहीं कर दिया था।"

और एक साल बाद राजीव बर्नआउट की वजह से टूट गया था।

ख़ुद की बीवी ने पागलपन की क़गार पर ला खड़ा किया था?

"आप लोगों ने कभी कुछ कहा क्यों नहीं?"

"क्या फ़र्क़ पड़ने वाला था? तुम वैसे ही ज़िंदगी से लड़ रही थीं। हम से जो बन पड़ा, हमने किया। बच्चों की देखभाल की और तुम्हारे लिए तुम्हारा ख़याल रखा।"

ये सब सच था। उसके पिता दिनों-दिन तक उसके बिस्तर के किनारे बैठे उससे बातें किया करते थे। उसकी माँ एक परछायीं की तरह सारा-सारा दिन घर के कामों में लगी रहतीं। वो ज़्यादा बात नहीं करती थीं लेकिन उसके अलावा हर काम सँभाला था उन्होंने।

नीरजा के पिता ने अपनी आँखें मलीं। "मुझे दुःख है कि चीज़ें इतनी ख़राब हो गयीं हैं नीरा।"

नीरजा थोड़ी देर तक कुछ नहीं बोली। उन बातों से उसे काफ़ी धक्का लगा था। ये जानकर कि उसकी मुसीबतों में उसका ख़ुद का भी हाथ है, उसे महसूस हुआ जैसे उसे लकवा मार गया हो। अपनी ख़ामियों को लेकर वो इतनी अंधी कैसे हो सकती थी?

उस रात क़रीब 9 बजे नीरजा एक खाली बिस्तर पर अपनी माँ का ढीला-ढाला पजामा पहने बैठी हुई थी। वो बहुत थक चुकी थी। उसे आज नींद की गोली की भी ज़रूरत नहीं थी। जब उसने खाने के बाद अपने माँ-बाप से कहा कि वो अपने कमरे में जाना चाहती है तो वे उसकी बात समझ गए। यहाँ हर तरफ़ शांति थी, बस कभी-कभी नीचे से कुछ खुस-फुस की आवाज़ें आती थीं। लकड़ी का फ़र्श हल्का पीला पड़ चुका था और एक बेड और एक ड्रेसिंग के अलावा कमरे में कोई और फर्नीचर नहीं था। एक बहुत ही बड़ी-सी खिड़की थी। दिन के वक़्त बिस्तर पर लेटे हुए ही उस खिड़की से जंगल नज़र आता था जो इस वक़्त शरद ऋतु के ख़त्म होते-होते आख़िरी सुनहरी चमक से दमक रहा था। पर बहुत ही जल्द उन पत्तों की जगह बर्फ़ के रोंए ले लेंगे। मगर इस वक़्त घना अँधेरा था और ख़ूबसूरत नज़ारे की जगह एक काले गहरे गड्ढे ने ले ली थी।

नीरजा ने उठकर पर्दा बंद किया। वो यहाँ असल में कर क्या रही थी? वो जल्दबाज़ी में अपने माँ-बाप के पास चली आयी थी। उसे लगा था कि यहाँ आकर उसे अच्छा महसूस होगा। लेकिन अपने पिता की बातें सुनकर उसे पहले से भी ज़्यादा बुरा लग रहा था। जो कुछ भी उन्होंने कहा था, सब सच था। वो अभी तक ये देख नहीं पायी थी। वो राजीव में ही ग़लतियाँ ढूँढ रही थी, वो बेचारा जो धीरे-धीरे अंदर ही अंदर घुटता चला जा रहा था। लेकिन क्या कभी नीरजा ने राजीव को एक मौक़ा भी दिया था? क्या पता ख़ुद नीरजा ही इस सारी मुसीबत की जड़ हो? ख़ासतौर पर वो ख़ुद ही। या शायद सिर्फ़ वही। कितना अजीब होगा वो। तो एक तरफ़ वो ख़ुद को ये समझा रही थी कि वो अपने परिवार को एक रखने के लिए मरी जा रही थी और वहीं दूसरी ओर उसकी वजह से ही मुसीबतें पैदा हो रही थीं।

अचानक फ़ोन के वाइब्रेट होने से वो अपने ख़यालों से चौंक कर बाहर आयी। यह राजीव की कॉल थी। समझ नहीं पा रही थी कि जवाब दे या नहीं, दोपहर का उसका बर्ताव अभी भी नीरजा के मन में ताज़ा था। पर इससे पहले वो कुछ फ़ैसला ले पाती, फ़ोन बजना बंद हो गया। फिर तुरंत उसे व्हाट्सएप पर एक वाइस मेल मिला।

"नीरू, प्लीज़ अपना फ़ोन उठाओ। मुझे ये भी नहीं पता कि तुम कहाँ हो। मैंने जो दोपहर में किया, उसके लिए मुझे माफ़ कर दो।" थोड़े रोने के बाद एक चुप्पी छा गयी, "मैं तुम्हारे बिना नहीं रह सकता। अगर तुमने मुझे छोड़ दिया तो समझ लो मैं ख़त्म हो जाऊँगा। मैं तुम्हारे बिना जीना ही नहीं चाहता। मैं ख़ुद को ख़त्म कर दूँगा नीरू। प्लीज़, मेरे साथ ऐसा मत करो! क्या मुझे सुन रही हो?"

नीरजा ने फ़ोन को अपनी गोद में गिर जाने दिया। यूँ लग रहा था जैसे छाती पर कोई बोझ बढ़ता जा रहा हो। राजीव को इस तरह सुन पाना बहुत मुश्क़िल था, उसकी आवाज़ में मजबूरी का एहसास बहुत दर्द दे रहा था।

उसके बाद एक लिखा हुआ मैसेज आया। "प्लीज़ कॉल मी।"

वो बिस्तर पर ही जमी सी बैठी रही। उसका सर बिस्तर के सिरहाने से लगा हुआ था। वो राजीव से क्या कहेगी? ज़ाहिर है वो जानती थी कि आख़िरकार उसे राजीव से बात करनी ही पड़ेगी। पर अभी? अभी सब कुछ बहुत ताज़ा था, नीरजा की रूह का ज़ख़्म अभी कच्चा था। अपनी बिखरी हुई शादी में उसका ख़ुद का कितना बड़ा दोष था, ये जानने के बाद वो बिस्तर में पड़े-पड़े बस यूँ ही देखने के सिवाय और कुछ नहीं कर पा रही थी।

ठीक है तो हम एक दूसरे को इग्नोर करते हैं। मत करो मुझे कॉल! फिर हम ऐसे प्रिटेंड करेंगे जैसे दूसरा एक्सिस्ट ही नहीं करता। पर तुम और मैं दोनों जानते हैं कि ये नहीं हो सकता!!!

राजीव मानना ही नहीं चाह रहा था। ये बिल्कुल वही शब्द थे जो नीरजा की कार पर मिले थे। नीरजा ने फ़ोन को बिस्तर के साथ नीचे ज़मीन पर फेंका और सर तकिए के नीचे छुपा लिया। वो कुछ भी सुनना और देखना नहीं चाहती थी।

नीरजा की माँ अपने सफ़ेद बालों की एक लट से खेल रही थीं जो लगातार उनके कान के पीछे से निकल कर उनके चेहरे पर गिर रही थी।

“मैं उसके पास वापस नहीं जा सकती माँ, उसने मुझे धोखा दिया है।”

"ये अच्छा नहीं हुआ। तुम दोनों में दूरियाँ काफ़ी बढ़ गयी हैं," नीरजा की माँ ने कहा।

नीरजा ने हाँ में सर हिलाया, "समझ नहीं आ रहा कि क्या करूँ, माँ।"

नीरजा की माँ ने अपना हाथ उसके हाथ पर रखा, "तुम टूटने वालों में से नहीं हो बेटी। किसी न किसी तरह तुम इस मुश्क़िल परिस्थितियों से बाहर निकल आओगी, एक ख़ूबसूरत और मजबूत औरत की तरह। अगर तुम अंदर से अपने आपको खोखला महसूस कर रही हो तो शायद इस वक़्त मेरी बात पर यक़ीन करना मुश्क़िल लगे। लेकिन मेरा विश्वास करो, तुम इससे भी ज़्यादा मुश्क़िल हालात से जूझने के क़ाबिल हो।"

नीरजा के फ़ोन पर एक और मैसेज आया।

मुझे पता है कि तुम नेपाल में हो, मैंने तुम्हारे डैड को कॉल किया था। जाओ, बता दो उन्हें सच। कह दो उन्हें कि मैं तुम्हारे सबसे क़रीब था, पर तुमने मुझे सबसे दूर कर दिया है।

नीरजा की माँ ने उसका हाथ दबाया, "तुम ठीक हो? चेहरे का रंग क्यों उड़ गया अचानक?"

"राजीव का मैसेज है। बहुत अजीब तरीक़े से बिहैव कर रहा है इस वक़्त, काफ़ी परेशान करने वाले मैसेज भेज रहा है," इतने सालों में राजीव ऐसा कभी भी नहीं था।

"निराशा लोगों का सबसे भयानक चेहरा दिखा देती है।"

"मुझे बहुत बुरा महसूस हो रहा है। मैं चाहती थी कि सब बर्बाद हो जाए, और कुछ नहीं तो बच्चों की ख़ातिर।"

“अभी सब नया है। उसे थोड़ा समय दो। किसी के मौजूद होते हुए भी उसे अलविदा कह देना, ज़िंदगी में सबसे मुश्क़िल काम होता है। एक तरह से शोक़ मनाने जैसा। उसे ये सब काफ़ी मुश्क़िल लग रहा होगा।”

“सिर्फ़ उसके साथ ऐसा नहीं हो रहा। ये जानते हुए भी कि एक न एक दिन ये होना ही है, इसे एक्सेप्ट करना कितना पीड़ादायक हो सकता है।”

संडे सुबह नाश्ता करने के बाद उसने अपने माँ-बाप को वादा किया कि वो घर पहुँचते ही उन्हें कॉल करेगी और उनके यहाँ से निकल गयी। वो उसे नैनीताल में आकर मिलना चाहते थे। उसके साथ कुछ हफ़्ते रहकर उसका सब कुछ सँभालने में हाथ बँटाना चाहते थे। लेकिन इस बात से नीरजा काफ़ी घबरा गयी थी। सबसे पहले वो अपने दिमाग़ में सब कुछ ठीक से सोच लेना चाहती थी।

जब तक उसने बॉर्डर पार किया, वो फ़ैसला कर चुकी थी। उसने राजीव के साथ होने वाली बहस को काफ़ी हद तक टाल दिया था। साथ ही वो ये भी पक्का कर लेना चाहती थी कि जब तक वो बच्चों को लेगी, तब तक राजीव ने अपना सामान बाँध लिया होगा। यही सोचकर उसने राजीव को फ़ोन मिलाया।

“नीरू? तुम घर वापस आ गयीं?” राजीव कुछ ज़्यादा ही एक्साइटेड था।

"क़रीब क़रीब पहुँच गयी हूँ। आर्यन और अहाना तुम्हारी माँ के पास हैं?"

"मैं उनके साथ लेक पर हूँ। तुम्हें लेक याद है हमारा पिकनिक वाला लेक" उसके लफ़्ज़ हद से ज़्यादा खिंचे हुए-से सुनाई दिये और बीच-बीच में मानो वो मुस्कुरा रहा था। क्या चल रहा था?

"मैंने हर सवाल से अपनी आँखें फेर ली हैं क्योंकि संदेह के साथ जीना बहुत कठिन है," राजीव ने कहा।

"क्या हम कहीं मिल सकते हैं ताक़ि मैं बच्चों को घर ले जा सकूँ?"

ऐसा लगा जैसे राजीव को नीरजा की आवाज़ सुनाई ही नहीं दे रही थी, "मैंने कल रात को तुम्हें सपने में देखा था। एकदम रियल लग रहा था। और नीरू, पता है मुझे क्या पता चला? नीले रंग से एक तरह के हार्मोन लीज़ होते हैं जो रिलैक्स करने में मदद करते हैं।"

"राजीव? तुमने पी रखी है?"

वो ज़ोर से हँसा। नीरजा की रूह काँप उठी।

"तुम एक्जेक्टली कहाँ हो, राजीव?"

"हम लोग लेक पर मज़े कर रहे हैं, बच्चे खेल रहे हैं। उन्होंने हैट पहनी हैं ताक़ि उन्हें ठंड ना लग जाए।"

"लेक पर कहाँ?"

राजीव ने फ़ोन काट दिया। नीरजा ने स्टीयरिंग को ज़ोर से पकड़ा और एक्सेलरेटर पर ज़ोर से पाँव दबाया। जिस दूरी को पूरा करने में क़रीब डेढ़ घंटा लगता है, उसे एक घंटे से भी कम वक़्त में तय करके नीरजा भीमताल

की लेक पर पहुँच गयी। जब वह पहुँची तो काँप रही थी। राजीव अपने आपे में नहीं था। बच्चों के साथ होते हुए भी उसने ख़ुद को कुछ कर लिया होता तो? हे भगवान, नहीं! वो ज़ोर से दौड़ पड़ी।

उम्मीद थी कि राजीव वहाँ होगा। पास में ही एक बँगला था जहाँ वो आमतौर पर पिकनिक मनाने जाया करते थे। लेक का ये हिस्सा उनका सबसे पसंदीदा था।

नीरजा के सामने लेक फैला हुआ था। उसने दाहिने मुड़ कर अपने अपनों को तलाशना शुरू किया और देखने लगी कि कहीं एक आदमी दो बच्चों के साथ नज़र आ जाए। उसे दो बच्चे खेलते दिखायी दिए।

"राजीव!" वो चिल्लायी और उस तरफ़ दौड़ने लगी। हाँ, वे लोग वहीं थे। सुरक्षित और ठीक थे। आर्यन और अहाना लेक के किनारे पानी में खेल रहे थे। राजीव उन्हें कुछ दूर से देख रहा था। आर्यन ने नीरजा को पहले देखा। जब वो उसकी बाँहों में कूदा तो नीरजा का दिल मानो उसके गले में आकर धड़क रहा था। नीरजा ने आर्यन को ज़रा सा दूर करके उसके चेहरे को देखा।

"सब ठीक है?"

आर्यन ने ख़ुशी-ख़ुशी सर हिलाया।

"मुझे लगा तुम लोग दादी के साथ होगे।"

"डैड हमें ले आए ताक़ि हम लेक पर जा सकें। है न मस्त?"

नीरजा ने सर हिलाया और अपना होंठ काटा ताक़ि आँखों के पीछे उन जलते हुए आँसुओं को बहने से रोक सके।

आर्यन पलटा और फिर खेलने लगा। नीरजा राजीव के पास जाकर बैठ गयी।

"हाय।"

राजीव ने कोई जवाब नहीं दिया।

"तुम ठीक हो? मुझे चिंता हो गयी थी। तुम फ़ोन पर बहुत अजीब तरह से बात कर रहे थे।"

"एक साल पहले मैं सोच भी नहीं सकता था कि मेरी ज़िन्दगी इस तरह हिचकोले खाएगी।" राजीव ने अपना सर झुका लिया।

"हमने सब कुछ को बहुत क़ायदे से बर्बाद कर दिया।"

"तुम मेरे साथ रहोगी?" उसने नीरजा को उम्मीद भरी नज़रों से देखा।

नीरजा ने ना में सर हिलाया, "नहीं, मगर तुम अब भी मेरे लिए सबसे ख़ास हो।"

वह कुछ देर चुप रहा और मुट्ठी में थोड़ी सी रेत भर ली और फिर उसे उँगलियों से फ़िसल जाने दिया।

"राजीव। आई होप हम लोग एक दूसरे से सभ्यता से बात करेंगे। कम से कम बच्चों के लिए।"

राजीव ने अपने होंठ दबाए मगर फिर भी नीरजा की ओर नहीं देखा।

"तुम कहाँ रहोगे?" नीरजा ने पूछा।

"मॉम के यहाँ।"

“ठीक है। तो मैं अभी बच्चों को वापस घर ले जाती हूँ।”

“मैं आर्यन और अहाना के बिना नहीं रह सकता।”

“कुछ ही दिन की बात है। तुम थर्सडे शाम को क्यों नहीं आ जाते? फिर मैं थर्सडे से संडे तक कहीं और जाकररह लूँगी। इस तरह बच्चों को अपना सुरक्षित घर भी नहीं छोड़ना पड़ेगा।”

“तुम इस सब को लेकर सच में सीरियस हो, है न?”

“हाँ। और मुझे इसका दुःख है। मुझे पता है मेरे साथ रहना कोई आसान नहीं था। पर मुझे कोई और रास्ता नज़र नहीं आ रहा। मुझे स्पेस चाहिए और मैं चाहती हूँ कि हम दोनों एक दूसरे से ऑनेस्ट रहें।”

राजीव अचानक गिर गया, जैसे किसी ने उसके अंदर से सारी हवा खींच ली हो। नीरजा ने ज़बरदस्ती ख़ुद को उसे बाँहों में लेने से रोका। वो उसकी मदद करना चाहती थी, उसे भरोसा दिलाना चाहती थी, लेकिन ऐसा करके वो एक लक्ष्मण रेखा पार कर जाती जो इस वक़्त उन दोनों के बीच काफ़ी नाज़ुक सी थी। ऐसा करके एक झूठी उम्मीद, एक झूठी आशा बँध जाती।

उन्हें घर पहुँचते-पहुँचते क़रीब 7 बज गए थे। अहाना की दोपहर की नींद नहीं हुई थी तो उसका मिज़ाज काफ़ी बिगड़ा हुआ था। आर्यन पूछ रहा था कि डैड दादी के पास रहने क्यों चले गए और नीरजा के पास इसका कोई जवाब नहीं था। अभी उसे कुछ भी बताना जल्दबाज़ी होती। उसे आर्यन को इस ख़ास बातचीत के लिए तैयार करना होगा और राजीव के साथ उसे बताना होगा कि उसकी ज़िंदगी हमेशा के लिए बदलने वाली थी। इस ख़याल ने ही उसके गले में एक गाँठ पैदा कर दी थी।

नीरजा के दरवाज़े पर ढेर सारी चिट्ठियाँ पड़ी थीं जिन्हें बिना देखे ही उसने मेज़ पर रख दिया। उसने बच्चों को सैंडविच खिला कर बिस्तर में सुलाया और फिर सोफ़े पर बैठ कर टीवी चला दिया। पाँच ही मिनट में उसने टीवी बंद किया और फ़ोन उठा लिया।

नीरजा स्क्रीन की तरफ़ मानो सदियों तक देखती रही। वो किसी से बात करना चाहती थी लेकिन समझ नहीं आया कि किसे कॉल करे। अपनी जवानी के दिनों की सहेलियों से उसने बहुत वक़्त से बात नहीं की थी और अपने काम या बच्चों के ज़रिए मिलीं लड़कियों के साथ वो अपनी तकलीफ़ें बाँटना नहीं चाहती थी।

एक बेचैनी सी महसूस करते हुए वो रसोई की तरफ़ चली गयी और अगली सुबह के नाश्ते के लिए तैयारी कर डाली। फिर सारी की सारी पोस्ट देख डाली। कुछ पैम्पलेट और ऐड्स थीं, जिन्हें उसने एक तरफ़ फेंका। आख़िरी लिफ़ाफ़े पर हाथ की लिखी लिखावट थी और कोई स्टाम्प नहीं लगी थी। नीरजा के माथे पर परेशानी की लक़ीरें आ गयीं और उसने वो चिट्ठी खोली। पहले उसे लगा कि लिफ़ाफ़ा खाली था लेकिन फिर एक पीले रंग का नोट मेज़ पर जा गिरा।

मैं जीता। तुम हारीं।

राजीव? क्या था ये? वो उसे डराने की कोशिश कर रहा था? क्या ये बच्चों के बारे में था? ये सच में राजीव को शोभा नहीं देता था। पर आजकल उसका मिज़ाज कुछ अजीब भी था। नीरजा ने अपनी कार के नीचे मिले नोट को निकाला और दोनों को आजु-बाजु रखा। हैंडराइटिंग हुबहू मिलती थी। क्या राजीव ने ये लिखा था? ये उसकी लिखावट तो नहीं लग रही थी लेकिन हो सकता है कि उसकी यही इंटेंशन हो। नीरजा ने एक पल के लिए सोचा

कि उसे कॉल करके जवाब माँगे लेकिन फिर टाल दिया कि जब अगली बार मिलेगी, तब पूछेगी। उसने उस काग़ज़ को वापस लिफ़ाफ़े में डाल कर वहीं मेज़ पर छोड़ दिया।

मंडे सुबह सबसे पहले नीरजा राजेश से मिलने गयी। वो अभी भी अशोक सेठी की फाइल पर काम कर रहा था। वो एक काले रंग का बदन से चिपका हुआ और गर्दन तक उठा हुआ जम्पर पहने हुए था जिससे उसका रंग और भी फीका नज़र आ रहा था। आँखों के नीचे काले गड्ढों का असर भी ऐसा ही था। राजेश नीरजा को देख कर मुस्कुराया।

"कैसा चल रहा है यहाँ सब?" नीरजा ने पूछा। कमरे में नींबू-संतरे की तेज़ गंध थी और नीरजा को उसके कम्प्यूटर के साथ संतरे के छिलकों से भरी एक प्लेट नज़र आयी।

"प्लीज़, मुझसे ये मत पूछो। बताने के लिए शब्द ही नहीं हैं। पर करना तो होगा। आख़िर यही मेरा काम है," उसने कम्पूटर स्क्रीन को देख कर सर हिलाया, "अगर मुझे पता होता कि ये सब करना होगा तो दो बार सोच लेता।" वो बुदबुदाया।

"इतना बुरा है?"

"उससे भी बुरा। पर कुछ ज़रूरी चीज़ें आपको दिखानी हैं।"

नीरजा उसके साथ बैठ गयी, "दिखाओ।"

"ओह हाँ, इससे पहले कि मैं भूल जाऊँ, उस इंजीनियर से आपकी बात हुई? वो हीटिंग वाला मामला सॉल्व हो गया? इस मौसम में हीटर ख़राब हो जाए तो हालत ख़राब हो जाती है।"

"सॉरी, क्या?" सेंट्रल हीटिंग? क्या बोल रहा था वो? क्या घर की हीटिंग ख़राब हो रही थी?

"वो आपको फ्राइडे को ढूँढ रहा था। मैंने उसे आपका मोबाइल नंबर दे दिया था।"

"मुझे इस बारे में कुछ नहीं पता पर मैं पिछले कुछ दिनों से घर पर नहीं थी तो हो सकता है मेरे हसबैंड ने इससे डील कर लिया होगा।" नीरजा ने इस बारे में एक पल के लिए सोचा। राजीव ने इस बारे में कुछ नहीं कहा था पर हो सकता है कि वो बताना भूल गया हो। घर-बार के अलावा उसके पास बात करने के लिए और भी ज़रूरी बातें थीं। पिछले दिन की बेकार की बड़-बड़ अभी भी नीरजा के दिमाग़ में घूम रही थी।

राजेश ने बेचैनी से अपनी ऊँगलियाँ मेज़ पर बजायीं, "ये देखो। इसे पहचानती हो आप?" उसने तस्वीर को बड़ा किया। नीरजा चुप्पी साधे जाने-पहचाने चेहरे को देखती रही। आँखें कैमरा की तरफ़ देखते हुए भी कुछ अजीब तरीक़े से घूमी हुई थीं। ऐसा लग रहा था जैसे कोई पागल इंसान देख रहा हो। दर्द से पागल।

"कौन है ये?"

"बिंदु यादव।" राजेश ने बिंदु की फाइल से उसकी तस्वीर का एक प्रिंट निकाल कर नीरजा को दिया। वही चेहरा था।

नीरजा को कंपकंपाती हुई ठंड महसूस हुई, "तो अपनी हैवानों वाली हरक़तें करते हुए उसने पिक्चर भी क्लीक की थीं?"

"बिल्कुल जैसा आपने कहा था।"

नीरजा ने सर हिलाया। वो कमीना उस पीड़ा को भी रिकॉर्ड करना चाहता था जो दर्द वो ख़ुद दे रहा था ताक़ि कभी आगे जाकर वो उसका मज़ा उठा सके।

"हमें इन तस्वीरों की दूसरी गुमशुदा वेश्याओं से मिलान करना होगा।"

राजेश ने बिना कुछ कहे अपने डेक्सटॉप पर एक फोल्डर खोल दिया, "मैंने वो फाइल्स व्यवस्थित कर दी हैं जो मुझे लगी कि फ़ाइल में मिलीं तस्वीर से मिलती हैं।"

उसने एक-एक करके तस्वीर दिखानी शुरू की और नीरजा का मुँह खुला का खुला रह गया। ये सच नहीं हो सकता था। उसने अपनी मुट्ठियाँ कस लीं। अशोक सेठी ने हर एक औरत की तस्वीर तब खींची थी जब वो अपनी ज़िंदगी के सबसे डरावने पल को जी रही थीं। इन सबूतों को कोई नकार नहीं सकता था।

"और भी थीं। अब ये नहीं पता कि उसने ख़ुद कौन सी खींची थीं। उसके लिए थोड़ा और देखना पड़ेगा। सबके चेहरे बहुत ज़्यादा पीड़ा में हैं।"

"हाँ, उस कमीने को यही करने में सबसे ज़्यादा मज़ा आता था। तुम्हें सिद्धार्थ की कोई तस्वीर मिली?" नीरजा राजेश के जवाब की प्रतीक्षा कर रही थी। वो चाहती थी कि कोई सबूत मिल जाए लेकिन सिद्धार्थ की आँखों में देखने से डर भी रही थी।

राजेश ने ना में सर हिलाया, "नहीं, पर जिन विक्टिम की तस्वीर आपको दिखायीं, उनकी और भी हैं। उनकी पूरी बॉडी की तस्वीरें हैं। देखने में अच्छी नहीं हैं।" उसने स्क्रीन पर तस्वीरों की एक छोटी-सी कलेक्शन की तरफ़ इशारा किया। "ये वाक़ई में सच है क्या? आपको लगता है उसने इन सब लोगों को मारा है?"

नीरजा ने एक गहरी साँस ली। "हमें इन तस्वीरों को डिटेल में देखना पड़ेगा। हो सकता है वो ऑनलाइन दूसरे लोगों के साथ ये तस्वीरें शेयर कर रहा हो। ये शक़ ही इन्वेस्टिगेशन के लायक है। शायद कुछ और कमीनों का हम शहर की गलियों से सफ़ाया कर सकें।"

राजेश ने अपना चेहरा रगड़ा। पहली बार जब नीरजा ने उसे देखा था, उसके मुक़ाबले वो काफ़ी जवान दिख रहा था। क़रीब-क़रीब एक बच्चा सा। वो जानती थी कि ये तस्वीरें उसके दिमाग़ में ही रहेंगी और उससे उसकी नींद छीन लेंगी। उसे कैसे भी इसे झेलना ही होगा, ये जासूसी के काम का एक कम आकर्षक रूप था। अपने पेशे के किसी ना किसी दौर में हर जासूस को इंसानियत के इस काले रूप का सामना करना ही पड़ता है और हर किसी का रिएक्शन अलग ही होता है।

"तुम ठीक हो? कुछ चाहिए हो तो तुम्हें पता है कि मैं कहाँ मिलूँगी, है ना?" नीरजा ने उठते हुए राजेश का कंधा थपथपाया।

नीरजा ने राजीव को वेडनेसडे शाम को फ़ोन किया जब आर्यन और अहाना बाथरूम में खेल रहे थे। दोनों से शैम्पू की ख़ुशबू आ रही थी। जब नीरजा अलमारी से तौलिया लेने गयी तो आर्यन ने अहाना पर पानी फेंक रहा था, वो ख़ुशी के मारे चहचहा उठी।

"हेलो, मैं बोल रही हूँ। कैसा चल रहा है?" नीरजा ने फ़ोन को अपनी गर्दन और कंधे के बीच दबाते हुए कहना शुरू किया।

"एकदम वाहियात है सब। तुम बताओ?"

"शायद ठीक ही हूँ।"

"मतलब तुम भी ठीक नहीं हो। शायद ये एक संकेत है कि हमें फिर से सब कुछ ध्यान से सोचना चाहिए। जल्दबाज़ी में कभी कोई ऐसा डिसीजन न लें कि बाद में पछताना पड़े।"

नीरजा ने आह भरी और कोई रिएक्शन न देने का फ़ैसला किया।

"वैसे, हमारी सेंट्रल हीटिंग पिछले हफ़्ते ख़राब हुई थी क्या? तुमने किसी को ठीक करने को बुलाया था?"

"सेंट्रल हीटिंग? नहीं तो, मुझे उस बारे में कुछ नहीं पता। वो काम नहीं कर रही?"

"कर रही है। असल में एक आदमी ने कॉल किया था, शायद कोई मिसअंडरस्टैंडिंग हुई होगी। कोई बात नहीं।"

"आर्यन कैसा है? कल उसकी स्वीमिंग कैसी रही? वो नेक्स्ट ग्रुप में जा रहा है न?"

धत्। वो बिल्कुल भूल ही गयी थी।

"हाँ, ठीक था" नीरजा ने झूठ कहा।

"आई मिस यू सो मच, नीरू।"

"तुम उन्हें कल स्कूल से ले लोगे?"

अचानक एक मैसेज के आने की छोटी सी बीप से उनकी बातचीत में रुकावट आ गयी।

"ओके, तो संडे को मिलती हूँ, ठीक है?" नीरजा ने जल्दी से बात ख़त्म करने की कोशिश की।

"मैं उससे पहले आऊँगा ज़रा कुछ चीज़ें लेने। ठीक है फिर मिलते हैं।"

नीरजा ने फ़ोन काटा। उसने देखा कि उसे किसी अनजान नंबर से मैसेज आया था। उसे लगा कि उसके चेहरे से ख़ून ग़ायब हो गया था और टाँगों में मानो जान ही नहीं थी।

तुम्हारा दिल मेरा है। मैं तुम्हें चखना चाहता हूँ।

डर

नीरजा के हाथ से तौलिया छूट कर बाथरूम के फ़र्श पर गिर पड़ा था। उसने फिर से मैसेज पढ़ा।

"तुम्हारा दिल मेरा है। मैं तुम्हें चखना चाहता हूँ।"

ये किसी अनजान नंबर से भेजा गया था। ये राजीव का मैसेज नहीं था। और उन चिट्ठियों का क्या? शायद उन्हें भी राजीव ने नहीं भेजा था।

“मम्मी मुझे बाहर निकलना है,” आर्यन ने बेसब्री से कहा। वो अहाना के साथ बाथटब में था। “बस एक मिनट बेटा, ठीक है? मम्मी को नीचे से कुछ लाना है।” नीरजा फ़ोन को हाथ में दबोचे हुए भागती हुई सीढ़ियों से नीचे सामने के दरवाज़े की ओर गयी। उसने चेक किया कि लॉक था या नहीं और फिर लिविंग रूम में गयी जहाँ उसने जल्दी से पर्दे बंद किए। धत् ! वो इतनी बेवक़ूफ़ कैसे हो सकती है?

ऊपर आर्यन अब बाथटब से बाहर निकल आया था और अहाना ख़ुशी-ख़ुशी अभी भी अपने खिलौनों पर साबुन की झाग लगा रही थी।

"इधर आओ, बेटा।" नीरजा ने आर्यन को तौलिए में लपेट कर पोंछा। उससे शैम्पू-झाग और मासूमियत की ख़ुशबू आ रही थी। आर्यन ने अपनी चिपचिपी बाँहें नीरजा के इर्द गिर्द लपेट दीं।

"आई लव यू, मम्मी।"

नीरजा को लगा जैसे उसका दिल धड़कते हुए गले तक आ गया। "एंड आई लव यू वेरी, वेरी मच टू," नीरजा ने अपने आँसुओं को क़ाबू में रखते हुए कहा। आर्यन ने उसे अपनी दमकती आँखों से देखा जिनमें अपनी आस-पास की दुनिया और नीरजा के लिए विश्वास भरा हुआ था। आर्यन को बिल्कुल अंदाज़ा नहीं था कि लोग क्या-क्या कर सकते थे। नीरजा ने उसके माथे को चूमा।

नीरजा ने किसी तरह बच्चों को कहानी सुनाई और सुला दिया। और उस पूरे वक्त उसके अंदर एक तूफ़ान उठ रहा था।

नीचे आते ही उसने सबसे पहले प्रकाश को फ़ोन किया।

"मुझे डराने के लिए मैसेज आ रहे हैं।"

"नीरजा? क्या हुआ?"

"पिछले कुछ दिनों में मुझे अपनी विंडस्क्रीन के वाइपर के नीचे और दरवाज़े पर लिफ़ाफ़े में दो नोट मिले हैं। शुरू में मैंने ध्यान नहीं दिया, लगा कि राजीव ने लिखे होंगे। लेकिन मेरी समझ से, बात कुछ और है।"

"ओके।" कुछ देर चुप्पी थी। "तुम्हें क्या लग रहा है?"

"कई चीज़ें हो सकती हैं। सबसे पहले उनके बारे में बात करते हैं जो आसानी से समझ आ सकती हैं। तुम चेक करोगे कि संतराम पांडे अभी भी जेल में है क्या?"

“कौन संतराम पांडे?”

“वो जो लखनऊ में केस ख़राब हुआ था। जिसके बारे में तुम्हें बताया था।”

श्रुति का क़ातिल।

“वो सेक्सुअल एब्यूज केस जहाँ तुम काफ़ी देर से पहुँची थीं?”

“हाँ, वही वाला। उसे अभी भी जेल में ही होना चाहिए लेकिन मुझे विश्वास नहीं है।”

“तुम्हें लगता है वो तुम्हें डराना चाहता है? पर तुम तो हल्द्वानी में हो और वो नैनीताल यूनिट के अंदर आता है।”

“मुझे नहीं लगता ये वो है पर हमें उसके बारे में पता करना पड़ेगा। अगर पांडे अभी भी जेल में है तो ये ज़रूर किसी तरह सिद्धार्थ के मामले से जुड़ा है।”

“मैं समझा नहीं।”

नीरजा ने अपनी मुट्ठी भींची और अपने नाखूनों को हथेली में ज़ोर से धँस जाने दिया। प्रकाश को साथ देने में क्या मुसीबत थी? ये अर्जेंट था। “तुम पांडे के बारे में अपने सिस्टम पर चेक करोगे प्लीज़? मुझे सच में डर लग रहा है। पता नहीं किसने दरवाज़े पर ये चिट्ठियाँ छोड़ी हैं।”

“ओके, एक सेकंड रुको।”

नीरजा को सुनाई दिया कि प्रकाश अपने कीबोर्ड पर कुछ टाइप कर रहा था। “तो क्या लिखा है उसने?” प्रकाश ने पूछा।

“पहला नोट मेरी विंडस्क्रीन के वाइपर के नीचे छोड़ा था जिस पर लिखा था, ‘ये एंड नहीं है’ और मेरे लैटरबॉक्स में एक एनवलप मिला जिस पर लिखा

है, *"मैं जीता, तुम हारीं"*। और अभी एक टेक्स्ट मैसेज आया, *"तुम्हारा दिल मेरा है। मैं तुम्हें चखना चाहता हूँ।"*

"लेकिन यह वाकई अजीब है।" प्रकाश ने कहा।

नीरजा को इस मामले में 'अजीब' शब्द सुनना काफ़ी हल्का लगा।

"तुम्हारे पास वो नंबर है जिससे ये मैसेज आया है?"

"नहीं। एनोनिमस नंबर है।" प्रकाश का यूँ शांति से बात करना नीरजा को पागल बना रहा था।

"वो पता लगा लेंगे। मुझे दिख रहा है कि संतराम पांडे अभी भी लखनऊ जेल में है। एक मिनट लाइन पर रहना, मैं एक कॉल कर लूँ।"

नीरजा ने उसे फ़ोन नीचे रखते हुए सुना। उसका दिल उसकी छाती में हथौड़े की तरह चल रहा था। संतराम पांडे ने क़सम खाई थी कि वो उसे नहीं छोड़ेगा। पर अगर ये सिद्धार्थ का ख़ूनी हुआ तो? ये एक सीरियल किलर की निशानी है। ये हमेशा ही ड्रामा, पॉवर और अटेंशन की तलाश में रहते थे। वे पुलिस को दिखाना चाहते थे कि वे उन्हें हरा सकते हैं और उन्हें चैलेंज कर सकते हैं। वे किसी भी क़ीमत पर बस अटेंशन चाहते हैं। ये बहुत ही डरावनी लेकिन आम बात है कि ऐसे ख़ूनी ख़ुद को तहक़ीक़ात में शामिल कर लेते हैं।

नीरजा ने हाथ में फ़ोन पकड़े हुए घर का पिछला दरवाज़ा चेक किया, फिर खिड़कियाँ और सामने का दरवाज़ा भी देखा। सब पर ताला लगा हुआ था। उसने पर्दे को ज़रा सा हटाया और बाहर गली का मुआयना किया। कुछ भी नहीं था। फिर उसने पिछले बग़ीचे में भी देखा और फिर हॉल में आ गयी। सीढ़ियों के नीचे एक छोटी सी अलमारी थी जहाँ काँच की बोतलों, सब्ज़ियों, आधी सिंकी ब्रेड और कोल्ड ड्रिंक के क्रेट के अलावा वो अपनी

सर्विस रिवाल्वर भी रखती थी। उसे प्रकाश की किसी और से बातें सुनायी दे रही थीं लेकिन वो क्या बोल रहा था, ये समझ नहीं आ रहा था। नीरजा ने एक कोड टाइप किया और तिजोरी का भारी दरवाज़ा खुल गया। रिवाल्वर कड़क, ठंडा और सुरक्षा के अहसास से भरा हुआ था। उसने गोलियों वाला खाना खोला और बंदूक़ में गोलियाँ भरीं।

“नीरजा? तुम सुन रही हो?” प्रकाश की आवाज़ अब साफ़ सुनाई दे रही थी।

“हाँ, सुन रही हूँ” वो रसोई में आयी।

“पांडे अभी भी जेल में है और हाल फिलहाल में उसे कोई छुट्टी या पैरोल भी नहीं मिली।”

“ओके।” अब कम से कम एक आदमी का नाम नीरजा अपनी लिस्ट से काट सकती थी।

“क्या तुम्हारा पति ये सब कर सकता है?”

“मैंने भी शुरू में यही सोचा था। लेकिन ये असंभव सा है। राजीव मेरे ऑफिस में कॉल करके मेरा मोबाइल नंबर क्यों माँगेगा? नोट पर हैण्डराइटिंग भी उसकी नहीं है। मैं नहीं मानती कि वो मुझे ऐसे धमकी देगा।” नीरजा अपनी आख़िरी कही बात को लेकर 100% श्योर नहीं थी। राजीव इस वक़्त काफ़ी परेशान था और वो नहीं जानती थी कि वो क्या कुछ कर सकता था।

“इसके पीछे सिद्धार्थ का ख़ूनी है, प्रकाश,” नीरजा ने कहा, “किसी ने पुलिस स्टेशन में कॉल करके किसी तरह राजेश को मेरा नंबर देने के लिए कन्विंस कर लिया। तो ये ऐसा कोई है जो ये जानता है कि राजेश इस केस पर काम कर रहा है वरना वो कोई और तरीक़ा ट्राई करता।”

प्रकाश एक पल के लिए कुछ नहीं बोला। नीरजा दीवार पर टेक लगा कर खड़ी हो गयी और अपना सर खुरदरी दीवार पर रख दिया। उसके नुक़ीले हिस्से उसकी त्वचा में चुभ रहे थे।

"तुम्हें याद है मैंने बताया था कि कैसे सामान्यतः सीरियल किलर इन्वेस्टिगेशन में शामिल होने की कोशिश करते हैं?" नीरजा ने प्रकाश से पूछा।

"हाँ।"

"ये हमारा ख़ूनी है, प्रकाश। वो हमारे साथ गेम खेल रहा है। निश्चय ही उसे पता चल गया है कि इन्वेस्टिगेशन बंद हो गयी है और अब उसे अटेंशन चाहिए," वो बुदबुदायी।

"सेठी?"

"नहीं, प्रकाश। ये साला सेठी नहीं हो सकता, वो तो मर चुका है। मैं बेवक़ूफ़ नहीं हूँ। ये वो है जो सिद्धार्थ के खून में सेठी के साथ काम कर रहा था।"

फ़ोन लाइन की दूसरी तरफ़ चुप्पी थी। प्रकाश को अभी भी नीरजा की बात पर विश्वास नहीं था।

"ओके। मान लेते हैं कि एक दूसरा ख़ूनी है। उसे तुमसे क्या चाहिए? वो तुम पर क्यों फोकस करेगा? मुझ पर क्यों नहीं?"

"मुझे नहीं पता। मैं सिर्फ़ इतना जानती हूँ कि मुझे डराने की कोशिश की जा रही है। और मैं वाकई डरी हुई हूँ।"

"मैं एक काम करता हूँ। नैनीताल के रीजनल यूनिट को बोल कर तुम्हारे घर की सर्विलांस करवाता हूँ और रात में हर थोड़ी देर में पेट्रोलिंग भी होती रहेगी।"

“ठीक है।” नीरजा कॉल काट कर वहीं नीचे बैठ गयी। धत्त। चीज़ें ठीक नहीं थीं।

उनसे डरो मत।

वो अपने आपको बचाना जानती थी। कई साल तक उसने इसके लिए ट्रेनिंग ली थी। ये उसका काम था। नीरजा को अपनी फ़िक्र नहीं थी। वो जो कोई भी था, वो जल्दबाज़ी में नीरजा के क़रीब नहीं आ सकता था। लेकिन आर्यन और अहाना ऊपर सो रहे थे। इस ख़याल से कि वो ख़तरे में हैं, नीरजा के पसीने छूटने लगे थे। कि वो हरामी अपने गंदे हाथों से उसके बच्चों को छुएगा। उसे एक पल के लिए राजीव की माँ का ख़याल आया ताक़ि वो इसी वक़्त आकर बच्चों को अपने साथ ले जाएँ। ये बच्चों के लिए बहुत ख़तरनाक था कि एक पागल आदमी उन पर नज़र रखे हुए था। लेकिन उनसे बिछड़ने का ख़याल नीरजा के लिए और भी दर्दनाक था। वो आज की रात उनका ध्यान रखेगी और अगले क़दम के बारे में कल सोचेगी।

आधे घंटे बाद जब नीरजा ने पर्दे से हल्के से बाहर झाँका तो उसे अपने घर के सामने सर्विलांस कार खड़ी हुई नज़र आयी। प्रकाश अपनी कही बात पर खरा उतरा था।

वो वापस कम्बल लिए सोफ़े पर बैठ गयी और अपनी बंदूक़ पास ही मेज़ पर रख दी। टीवी पर रोज़मर्रा की घटनाओं पर कोई प्रोग्राम चल रहा था लेकिन टीवी म्यूट था। नीरजा को कोई अंदाज़ा नहीं था कि वो प्रोग्राम है किस बारे में। उसके दिमाग़ में एक अलग ही फ़िल्म चल रही थी।

प्रोफाइलर की तरह सोचो नीरजा। कौन कर रहा है ये? वो क्या सोच रहा होगा? उसका अगला कदम क्या होगा?

क्या ये सिद्धार्थ का ख़ूनी है? हाँ।

नहीं। जल्दबाज़ी में कोई अंदाज़े मत लगाओ!

शायद राजीव ही है इसके पीछे? क्या वो सच में उसे इतने ठीक से जानती थी? नहीं, ये राजीव के बस का नहीं था। नीरजा ने अलमारी से सिद्धार्थ के केस का फ़ोल्डर निकाला और उसका सारा सामान फ़र्श पर बिखेर दिया। उससे कुछ छूट गया होगा। कहीं कोई तो सुराग़ होना ही चाहिए, लेकिन कहाँ? नीरजा ने उसके बारे में सोचा। तभी मेज़ पर पड़ा उसका फ़ोन वाइब्रेट हुआ।

धत्त!

एक और मैसेज।

"बेबीसिटर रख लिया? ये तो चीटिंग है।"

नीरजा का सर फटने लगा और गला सूख गया। तो वो यहाँ था। नीरजा के मन में तो आया कि बंदूक़ उठा कर बाहर दौड़े और उस ख़ूनी पर हमला करने के लिए तैयार रहे लेकिन उसने ख़ुद को बड़ी मुश्क़िल से रोका। फिर वो चुपचाप सोफ़े से फ़िसल कर नीचे फ़र्श पर आयी और बंदूक़ उठा ली और रेंगती हुई पर्दों के पास पहुँची। सर्विलांस कार जा चुकी थी। ज़ाहिर था कि वो अपना चक्कर लगा कर थोड़ी देर बाद वापस आएगी। एक सफ़ेद कुत्ता वहाँ से गुज़रा। उससे थोड़ा पीछे तीन घर छोड़ कर रहने वाली उसकी पड़ोसी निकली। नीरजा अपनी ही जगह पर जमी रही।

उस हरामज़ादे को नीरजा के घर के सामने वाली पार्किंग की जगह नज़र आ रही थी। तो वो था कहाँ? सड़क के उस पार सामने वाले बाग़ीचे के पौधे छोटे थे तो वो उनमें छुप नहीं सकता था। नीरजा ने आसपास के घरों को देखा लेकिन उनकी खिड़कियों के पीछे कोई हलचल नहीं थी।

क्या उसे फिर से प्रकाश को कॉल करना चाहिए? नीरजा को कुछ तो करना होगा, हालात ख़तरनाक थे। उसने फ़ैसला किया कि सबसे पहले वो हल्द्वानी के पुलिस थाने में कॉल करेगी। जो अफ़सर उस वक़्त ड्यूटी पर था, उसने नीरजा का मैसेज देखा और तुरंत टीम को भेजने का भरोसा दिलाया ताक़ि वो उसी वक़्त उसके घर के बाहर पहुँच जाएँ।

नीरजा ने फिर से ख़ुद को गद्दियों के बीच में छुपा लिया। उसे राजीव से बात करनी ही होगी। वो 100% पक्का कर लेना चाहती थी कि इसके पीछे राजीव का हाथ नहीं था। फिर इस सब में बच्चे भी शामिल थे तो राजीव को इस बारे में पता होना चाहिए था। जैसे ही उसने राजीव से बात करने के बारे में सोचा, उसके पेट में मरोड़ पड़ने लगे। कल वो उसे कल कॉल करेगी।

जाने क्या सोच कर उसने साहिल को फ़ोन मिला दिया।

"नीरजा?" वो ज़रा इरिटेट-सा लगा।

"मैं, अह..." नीरजा सही शब्द ढूँढने की कोशिश कर रही थी। "सॉरी, मुझे तुम्हें कॉल नहीं करना चाहिए था।" नीरजा ने फ़ोन काट दिया और उसे अपनी गोद में रख लिया। जैसे साहिल इस वक़्त उसकी मदद कर पाता! नीरजा ने अपनी मुट्ठी को काटा। उसे बहुत अकेलापन महसूस हो रहा था। जैसे शेर की माँद में अकेले होना। कुछ ही देर में उसके घर के सामने उसके कुछ कलीग आ जाएंगे लेकिन जब वो फिर से चले जाएंगे, तब क्या होगा? और फिर कल रात को? नीरजा को हमेशा के लिए सुरक्षा नहीं मिल सकती थी और वो भी सिर्फ़ इसलिए कि उसके पास किसी से भी दो-चार मैसेज आए थे।

पर वो उसी से आ रहे थे, सिद्धार्थ के ख़ूनी से।

नीरजा का फ़ोन बज रहा था। साहिल ने कॉल बैक किया था। कुछ पल झिझक कर नीरजा ने फ़ोन उठाया।

"क्या हुआ? फ़ोन रखा क्यों?" साहिल ने पूछा।

"ओह, वो कुछ पंगा चल रहा है लेकिन मैं सँभाल लूँगी।"

"पंगा? कैसा पंगा?"

"कोई डराने की कोशिश कर रहा है।"

"कौन कर रहा है?"

"वही तो नहीं पता। पर मुझे लगता है इसका सिद्धार्थ के केस से कोई संबंध ज़रूर है।"

कुछ देर चुप्पी थी।

"तुम्हें ऐसा क्यों लग रहा है?" साहिल ने आख़िर में पूछा।

"पिछले कुछ हफ़्तों में मेरे घर पर कुछ चिट्ठियाँ भेजी गयीं हैं। मैंने उनके बारे में ज़्यादा ध्यान नहीं दिया। लेकिन कल मुझे एक टेक्स्ट मैसेज आया कि वो मेरा दिल टेस्ट करना चाहता है। इसलिए मुझे लगा कि मामला गंभीर है।" नीरजा को पीछे कुछ आवाज़ें सुनाई देने लगीं। "साहिल? तुम सुन रहे हो?"

"मुझे अपना ठीक-ठीक एड्रेस दोगी, प्लीज़?"

नीरजा ने उसे अपना एड्रेस दिया। "क्यों? क्या कर रहे हो तुम?" साहिल की तरफ़ और भी शोर होने लगा।

"मैं बस तुम्हारे एड्रेस को अपने गूगल मैप में डाल रहा हूँ। मैं आ रहा हूँ। अभी निकल रहा हूँ नैनीताल से, क़रीब एक घंटे में तुम्हारे पास पहुँच जाऊँगा।"

"क्या? तुम यहाँ क्यों आ रहे हो?"

"क्योंकि तुम ख़ुद तो कभी मानोगी नहीं कि तुम्हें हेल्प चाहिए, इसलिए मैंने ख़ुद ही सोच लिया।"

एक करारा जवाब आने को था लेकिन नीरजा उसे गटक गयी। वो अपने आप ये सब नहीं संभाल सकती थी और ख़ुश थी कि साहिल आ रहा था। नीरजा के लिए किसी से बात करनी ज़रूरी थी। इन धमकियों के बारे में, इस केस के बारे में। और अब तो ये सबूत भी पक्का हो गया था कि एक दूसरा ख़ूनी था। बाक़ी की टीम को अब मानना ही पड़ेगा।

साहिल ने एक घंटे बाद फिर से कॉल किया।

"मैं तुम्हारे घर के बाहर खड़ा हूँ। दरवाज़ा खोलोगी, प्लीज?"

नीरजा ने बंदूक़ अपनी पैंट के पिछले हिस्से में डाली तो त्वचा पर एक ठंडक का एहसास हुआ। उसने खिड़की से झाँका तो साहिल वहाँ खड़ा हुआ नज़र आया। नीरजा ने उसे अंदर बुला कर जल्दी से दरवाज़ा बंद कर दिया।

"हाय...," नीरजा ने ताला बंद करते हुए साहिल की तरफ़ पीठ किए हुए ही कहा।

साहिल ने अपना कोट उतारा और नीरजा के पीछे-पीछे उसके लिविंग रूम में चला गया और नीरजा ने अपनी बंदूक़ निकाल कर मेज़ पर रखी। पूरा फ़र्श सिद्धार्थ के क्राइम सीन की तस्वीरों, उसकी रिपोर्ट और सेठी के कंप्यूटर से मिली तस्वीरों से भरा हुआ था।

साहिल जहाँ था वहीं रुक गया और उसने नीरजा की ओर देखा। वो जैसा ऑफिस में दिखता था, उससे बहुत अलग नज़र आ रहा था। एक जींस, स्वेटर और हल्की दाढ़ी उसके गालों पर एक गहरी चमक पैदा कर रही थी। नीरजा को उसका ये रूप काफ़ी पसंद आ रहा था। कुछ पलों के लिए वे दोनों यूँ ही एक दूसरे के सामने चुपचाप खड़े रहे लेकिन फिर नीरजा ने कहीं और देखने की पहल की।

"यहाँ सब ठीक नहीं है, है न?" साहिल ने ध्यान से कहा।

नीरजा ने अपने कंधे उचकाए और मना करने की एक कोशिश की लेकिन समझ नहीं आया कि कैसे कहे। साहिल सही कह रहा था। वो डरी हुई थी। उस कमीने ने नीरजा को बहुत मुश्क़िल हालात में डाल दिया था और वो नीरजा से एक क़दम आगे चल रहा था। नीरजा के चेहरे में कुछ अजीब सी हलचल होने लगी थी। धत् तेरे की। वो रोना नहीं चाहती थी। फिर से नहीं।

साहिल ने फ़र्श की ओर इशारा किया। "क्या कर रही हो तुम?"

"लगता है मैं कुछ मिस कर रही हूँ। यहाँ कहीं वो होना चाहिए, कोई एक क्लू, कोई पीस ऑफ़ एविडेंस। पर मुझे नहीं मिल रहा।" नीरजा ने तस्वीरों की तरफ़ इशारा किया और फिर अपनी नाक को ठीक से दबाया। ओफ्फ़! अब तो वो रो ही रही थी।

साहिल तस्वीरों के ऊपर पाँव रखता उसके पास आया और उसने नीरजा को बाँहों में भर लिया। नीरजा का पहला ख़याल था कि उसे धक्का देकर अलग कर दे लेकिन साहिल के बदन का एहसास बहुत ही अच्छा लग रहा था। साहिल ने नीरजा के सर को अपनी छाती से लगाया और दूसरे हाथ से उसकी पीठ मलने लगा।

"वो मुझ पर काफ़ी समय से नज़र रखे हुए है। मैंने तो नोटिस भी नहीं किया था। मुझे लगा वो चिट्ठियाँ राजीव ने भेजी होंगी। यह बेवकूफ़ी थी। मैं अपने व्यक्तिगत मसले में कितनी उलझी हुई थी।"

"राजीव कहाँ है?"

"शायद उसकी माँ के घर पर।"

"और बच्चे?"

"ऊपर सो रहे हैं।"

"ओके।"

नीरजा ने ख़ुद को साहिल की बाँहों से अलग किया और उसकी तरफ देखा। "मुझे इस सबके बारे में बहुत बुरा महसूस हो रहा है, साहिल। ये आदमी किसी भी हद तक जाने के लिए तैयार है। उसकी नज़र अब मुझ पर है और मुझे नहीं लगता कि वो छोड़ेगा मुझे। उसके लिए ये एक ऑबसेशन की तरह है।"

"धैर्य से सोचो! ध्यान से सोचो। शायद हमें एकदम से अनुमान नहीं कर लेना चाहिए कि ये सिद्धार्थ से जुड़ा ही है। हो सकता है ये कोई और ही पागल हो या तुम्हारे अतीत से कोई हो?" साहिल ने गहराई से देखा।

"हमारे अतीत का कोई पागल, है न?"

साहिल ने उसकी तरफ़ नहीं देखा।

"उसने वार्निंग दी थी, है न? कि जैसे ही उसे मौक़ा मिलेगा, वो मेरे पीछे आएगा," नीरजा ने कहा।

"श्रुति के ख़ूनी ने," साहिल ने इतने धीरे से कहा कि सुनना मुश्क़िल था, जैसे कि उस लड़की का नाम लेना भी दर्द देता था।

"ये वो नहीं है। पांडे अभी भी जेल में है, मैंने प्रकाश से कह के चेक करवा लिया है।"

साहिल ने एक आह भरी और हल्के से कंधे ढीले किए, "तब हम उसे छोड़ सकते हैं।"

नीरजा रसोई के स्लैब पर टेक लगा कर खड़ी हो गयी। "उसने लिखा था, 'तुम्हारा दिल मेरा है। मैं तुम्हें चखना चाहता हूँ।" मुझे लगता है वो कोई आदमखोर है। और ये बात सिद्धार्थ के ख़ूनी की तरफ़ इशारा करती है।"

"मुझे उसके बारे में और बताओ।"

"मुझे नहीं पता कि वो कौन है," नीरजा ने चिढ़ते हुए उसे देखा।

"मुझे पता है कि तुम्हें पता नहीं है लेकिन तुम एक प्रोफाइलर हो। किस तरह के आदमी के पीछे हैं हम?"

"उसने सेठी के साथ मिल कर बहुत से खून किए हैं और हो सकता है ख़ुद अकेले भी। तो हम यहाँ एक सीरियल किलर से निबट रहे हैं। वो अपने हर क़दम की बेहतरीन तैयारी करता है और सब कुछ काफ़ी व्यवस्थित ढंग से करता है। पर वो सेठी से बिल्कुल अलग है। सेठी को औरतों को पीड़ा पहुँचाने में मज़ा आता था। ये उसके हर खून में साफ़ दिखाई पड़ता है। सेठी तफ्सील से स्केच बनाता था ताक़ि वो अंगों को काटने और टॉर्चर को ठीक से प्लान कर सके। जैसे कि वो किसी प्रोजेक्ट पर काम कर रहा हो और उसका पूरा ध्यान ज़्यादा से ज़्यादा समय तक ज़्यादा से ज़्यादा दर्द देने पर होता था। उसने दर्द से परेशान चेहरों की तस्वीरें खींच कर रखी हैं और वह टॉर्चर को लेकर ऑब्सेस्ड था जबकि दूसरे ख़ूनी के साथ ऐसा नहीं है। यह एक आदमखोर है।"

"और हम ऐसे आदमखोरों के बारे में क्या जानते हैं?"

"मुश्क़िल विषय है। ये सामान्य नहीं हैं लेकिन किताबों में तमाम केस मिलते हैं। कुछ लोगों ने इस विषय पर रिसर्च भी की है।"

"मेरे हिसाब से बेहद गंभीर मानसिक बीमारी है।"

"तुम्हें तो ऐसा ही लगेगा, है न? और हाँ, निश्चय ही वो मानसिक बीमार है। फिर भी ज़्यादातर आदमखोर जिन्हें हम जानते हैं, वो बीमार नहीं कहे जा सकते क्योंकि उन्हें ठीक से पता होता है कि वो क्या कर रहे हैं।"

"तो ये होता कैसे है?"

"इसी का जवाब साइकोलॉजिस्ट ढूँढने की कोशिश कर रहे हैं। ये निश्चय ही हत्या करने के बारे में नहीं है। उनको उससे कुछ ख़ास मज़ा नहीं मिलता। वो तो बस अपने लक्ष्य पर पहुँचने का एक रास्ता है। उसका असली पार्ट तब तक शुरू नहीं होता जब तक उसने अपने शिकार को मार नहीं दिया होता। उनकी फंतासी पूरी तरह से मांस को तैयार करने और बाद में उसे खाने पर होती है।"

"और वह शिकार? वह उनका सेलेक्शन कैसे करता है?"

"ये सप्लाई और मौके पर निर्भर करता है। ये न हत्या को बहुत ज़्यादा फैंटसाइज़ करता है और न उसकी योजनाएँ बनाता है, जैसा कि सेठी जैसा सैडिस्टिक व्यक्ति करता था। जबकि आदमख़ोर के लिए ये भूख का मामला है। और जो कोई भी गलत समय पर गलत जगह पर होता है, वो इनका अगला शिकार हो जाता है।"

"तो ये इम्पलसिव है?"

"नहीं। मेरा मतलब है कि इस बात से उन्हें कोई फ़र्क़ नहीं पड़ता कि शिकार दिखता कैसा है। वो तत्काल निर्णय लेता है लेकिन बिना तैयारी किए हुए नहीं। वो बहुत व्यवस्थित तैयारी करता है। इस मामले में जितने भी आदमखोरों को हम जानते हैं, वो सब काफ़ी व्यवस्थित थे।"

"कैसे?"

"एक क्लासिक पैटर्न है। ख़ूनी एक शिकार को धोखे से अपने घर बुलाता है, उस पर हावी होता है और फिर जान से मार देता है।"

"मगर सिद्धार्थ पर रास्ते में हावी हुआ गया था, तुम इसकी व्याख्या कैसे करोगी?"

"वो सेठी की वजह से हुआ था। जब वो दोनों एक साथ खून कर रहे थे तो इसका पैटर्न अलग होगा बजाय जब आदमखोर सीरियल किलर अकेले खून करेगा।"

"ओके, मैं किसी एक आदमखोर के दिमाग़ में घुस कर देखना चाहता हूँ। वो किसी को बहका कर उसका ख़ून कर देता है। उसके बाद? फिर क्या होता है?"

"उसके बाद वो उसकी बॉडी पर काम करना शुरू करता है। हड्डियों को निकालना, काटना, खाने के लिए तैयार करना, ये अपने आप में ही उन्हें एक ऑर्गेम्ज दे देता है।"

"ऑर्गेम्ज?"

"हाँ, बिल्कुल वही।" नीरजा ने हाँ में सर हिलाया। "एक आदमखोर इंसानी मांस को काटते हुए सेक्स जैसा आनंद पाता है। और इस वजह से उसे

सबसे ज़्यादा ख़ुशी मिलती है। और क्योंकि सिर्फ़ काटने से ही इतनी ख़ुशी मिलती है, कि पूरे बदन पर बहुत सारे छोटे-छोटे कट लगे हुए मिलते हैं। इससे आदमखोर को एक तरह से ताक़तवर होने का एहसास होता है। अपनी ही नज़रों में वो खुद को एक ताक़तवर अमीर वर्ग का आदमी समझने लगता है। बड़े से बड़े सीरियल किलर भी अपने शिकार को खाते नहीं। आदमखोर ख़ुद को उन सब सीरियल किलर से ऊपर समझता है क्योंकि वो उनसे भी आगे जाकर कुछ करता है-वह आदमी का मांस खाता है। ये ख़याल ही उसे एक उन्माद की अवस्था में ले जाता है।"

"मगर हम उसे ढूँढें कहाँ?"

"आदमखोर सामान्यतः एकांत पसंद होते हैं। उसका कोई दोस्त नहीं होता और उसे यह बात बहुत बुरी लगती है। इसका मूल कारण है स्कूल के दिनों में हुआ उत्पीड़न। वो अपनी रोज़मर्रा की जिंदगी में ख़ुद को बेचारा महसूस करता है। मतलब वो एक अंडरडॉग होता है। वह मानता है कि जिस आदमी को वो खाएगा, वह हमेशा उसके साथ रहेगा। खाते ही वह उसका हिस्सा बन जाएगा। ये एक तरीक़ा है ख़ुद की लाइफ़ पर कंट्रोल पाने का और किसी दूसरे की लाइफ़ पर शासन करने का। वो इस ताक़त की एक पहचान अपने अंदर रखता है और इस वजह से उसे उन्माद का एहसास होता है। इसे तुम किसी नशेड़ी की तरह समझ सकते हो। आज नहीं तो कल उसे नशे के डोज के लिए निकलना ही पड़ेगा।"

नीरजा ने एक पल रुक कर गहरी साँस ली। जो कुछ भी वो कह रही थी, ये सब उसने अमेरिका में ट्रेनिंग के वक़्त सीखा था। ये सब मुमकिन और ऑब्जेक्टिव नज़र आ रहा था। नीरजा के अंदर जो हो रहा था, उससे बिल्कुल उल्टा। मगर वो हार नहीं मान सकती थी। इस वक़्त वो बिल्कुल भी घबराना नहीं चाहती थी।

"उसकी ख़ासियतें मूलतः किसी मनोरोगी जैसी होती हैं," नीरजा ने आगे कहा, "शुरुआत में वो आकर्षक होगा मगर जब तुम उसे थोड़ा और जान जाओगे तो जानोगे कि वो बहुत शातिर और निर्दयी है। उसमें सहानुभूति नाम की चीज़ नहीं होती और वो बहुत चालू होता और लोगों की भावनाओं से खेलने में माहिर होता है।"

"और समाज में उसकी संख्या के बारे में कुछ बता सकती हो? उसके बारे में क्या बता सकती हो?"

"उसके लिए मुझे अपना सिस्टम देखना पड़ेगा लेकिन लगता नहीं है कि कुछ ख़ास पता चलेगा। हमारे यहाँ उतने केस हैं नहीं कि कोई ख़ास ज़रूरी रेफरेंस पॉइंट मिल सके। हमारे पास ज्यादा आंकड़े ही नहीं हैं।"

"तो हम कहाँ से ढूँढना शुरू करें?"

"मैं समझती हूँ कि वो ख़ुद हमें ढूँढ लेगा," नीरजा ने साहिल की तरफ़ देखने से बचने की कोशिश की, "बस हमें उससे ज़्यादा स्मार्ट होना होगा।"

"लेकिन ये बंदा अचानक तुम्हें क्यों फॉलो कर रहा है?"

"ताक़त दिखाने के लिए। वो सबसे महान है। वो जब चाहे पुलिस को उल्लू बना सकता है। और इस वक़्त वो हमें यही दिखाने में लगा है।"

साहिल ने अपना सर हिलाया जैसे कि वो अभी मिली सारी जानकारी को एक साथ रखने और सँभालने की कोशिश कर रहा हो।

"मुझे कुछ लोगों को कॉल करना होगा।" साहिल ने कहा।

नीरजा फिर से तस्वीरें देखने लगी और साहिल अपना फ़ोन लेकर रसोई में चला गया।

घबराओ नहीं। वो तुम तक नहीं पहुँच पाएगा। तुम ये कर सकती हो, नीरजा।

तस्वीरें नीरजा को पक्का कुछ और भी बता पाएंगी। धत् तेरे की! ऐसा कुछ था यहाँ जो वो देख नहीं पा रही थी। क्राइम सीन की तस्वीरें थीं, वहाँ मिले साक्ष्यों के क्लोज-अप थे, ऑटोप्सी के दौरान गिरीश की सिद्धार्थ के शरीर की खींची हुई तस्वीरें थीं और सेठी के कंप्यूटर पर मिली तस्वीरें भी थीं। उसने राजेश की दी हुई एक नयी तस्वीर उठायी। सामने की तरफ़ एक औरत का शरीर एक लोहे की मेज़ पर पड़ा था और उसके टखने नायलॉन की रस्सी से मेज़ की टाँगों से बँधे हुए थे। साफ़ दिख रहा था कि उसके गुप्तांगों के बालों पर ख़ून चिपका हुआ था और उसे उसकी जाँघ पर भी मला गया था। उसकी पूरी त्वचा पर बहुत से चीरे लगाए गए थे और वहाँ ख़ून के बहने के निशान भी थे जो मेज़ पर बहकर छोटे-छोटे तालाब-से बन गए थे।

अशोक सेठी औरत के ऊपरी शरीर पर झुका हुआ था और कैमरे के लेंस में देख रहा था। उसके चेहरे पर बड़ी-सी मुस्कान थी और बाएँ हाथ में रसोई में इस्तेमाल होने वाला छोटा-सा चाकू था। सेठी की आखों के आस-पास की त्वचा पर झुर्रियाँ पड़ी हुई थीं और कानों के ऊपरी हिस्से पर कुछ थोड़े-बहुत सफ़ेद बालों के अलावा उसके सर पर कोई बाल नहीं थे। ये औरत उस समय की है जब सेठी ने कुछ साल रुकने के बाद दुबारा काम शुरू किया।

नीरजा को सेठी की बाज़ू के नीचे उस औरत के दाहिने स्तन में एक बड़ा सा ज़ख़्म दिखायी दे रहा था। जिस एंगल से तस्वीर खींची गयी थी, उससे उस औरत का चेहरा साफ़ नज़र नहीं आ रहा था लेकिन उसके बाल सुनहरे घुँघराले थे। या तो ब्लीच किए हुए थे या फिर विग पहनी थी। वे लोग उसकी शिनाख़्त नहीं कर पाए थे पर वो पक्के तौर पर सरला कुमारी नहीं थी। वो सरला के मुक़ाबले काफ़ी भारी-भरकम थी।

ये तस्वीर टाइमर लगा कर खींची गयी थी। जिन तस्वीरों में ख़ुद सेठी मौजूद था, वो सभी एक ही एंगल से खींची गयी थीं। या तो वैसा था या फिर उस वक़्त कमरे में कोई और भी मौजूद था। क्या ये तस्वीरें सेठी के साथी ने खींची थीं? क्या वो भी कमरे में था? सेठी जो कुछ भी उन शिकारों के साथ करना चाहता था, वो करने के बाद क्या उसका साथी उस बॉडी को अपनी कल्पनाएँ पूरी करने के लिए ले जाता था? क्या ये दो पागलों की दोस्ती थी? जहाँ सेठी अपना काम ख़त्म करता था, क्या उसका साथी वहाँ से शुरू करता था? मीडिया में इतना कुछ छप चुका था, तहक़ीक़ात आधिकारिक रूप से बंद हो चुकी थी। सेठी के माथे सब कुछ मढ़ दिया गया था और उसके पार्टनर को भुला दिया गया था। हमेशा की तरह, उसका वह पार्टनर भी उपेक्षित नकारा हुआ बच्चा था- अकेला, जिस पर किसी का ध्यान नहीं गया था। इस बात ने उसे बहुत गुस्सा दिला दिया था। क्या ऐसा ही हुआ था? क्या इसलिए वो दूसरा ख़ूनी अपनी घटिया कल्पनाएँ नीरजा की तरफ़ दौड़ा रहा था? साला था कहाँ वो? इन तस्वीरों में उन्हें कहीं कोई तो सबूत मिल सकेंगे।

“तुमने उन मैसेज का क्या किया?” साहिल ने पूछा।

इस सवाल ने नीरजा को उसके ख़यालों से झिंझोड़ कर बाहर निकाल दिया।

“तुमने किसी नोट्स के बारे में बताया था, कहाँ हैं वो?” साहिल ने दोहराया।

नीरजा उठ कर अपने बैग की तरफ़ गयी जो स्टूल पर रखा हुआ था। उसने दूसरे मैसेज वाला लिफ़ाफ़ा निकाला और पिछले हफ़्ते विंडस्क्रीन वाइपर के नीचे मिला मुड़ा-तुड़ा नोट भी।

"कोई प्लास्टिक बैग होगा जिस में इन्हें डाल सकें?"

"तुम क्या करोगे इनका? इस पर कितने ही हाथ लग चुके हैं।"

साहिल ने अपना सर हिलाया। "तुम नहीं समझ रही।" साहिल ने नीरजा के हाथ की तरफ़ इशारा किया। नीरजा ने उसे एक मौक़ा दे दिया। मुमकिन था कि उसके कलीग कोई सुराग ढूँढ पाएँ। नीरजा ने ड्रावर में से सैंडविच पैक करने का एक प्लास्टिक रोल निकाला, उसे काटा और उसके अंदर लिफ़ाफ़ा डाल दिया। दूसरे मैसेज वाला नोट उसने दूसरे बैग में डाला।

"इन्हें जल्दी से चेक करेंगे," साहिल ने कहा। "एक कार भी पूरी रात यहाँ पोस्टेड रहेगी। कल तुम मेरे साथ आओगी और तुम्हारे बच्चों को दो ऑफिसर सिविल ड्रेस में अपने साथ ले जाएंगे। हाँ, अगर तुम यहीं रहना चाहती हो तो मैं कुछ पुलिस वालों को यहीं लगवा दूँगा।"

नीरजा ने उसे फैली हुई आँखों से देखा, "तुम सच में इसे इतनी गंभीरता से ले रहे हो।"

"हाँ।" साहिल ने नज़रें फेर लीं।

"आखिर अब क्यों ?"

"जाहिर सी बात है, स्थितियाँ सामान्य नहीं हैं।"

"मैं अपना ख़याल रखने में सक्षम हूँ," नीरजा ने कहा।

साहिल ने हल्के से अपना सर हिलाया। "हाँ, नीरजा। मुझे पता है। बस मैं कोई रिस्क नहीं ले रहा। अब और नहीं।"

किसी ने दरवाज़े की घंटी बजाई।

“वे लोग होंगे,” साहिल ने कहा। उसने नीरजा से प्लास्टिक बैग लिए। “तुम्हारा फ़ोन भी। वो भी देना पड़ेगा।”

नीरजा ने अपने फ़ोन पर हाथ रखा। “नहीं, उसे सुबह दे देंगे।”

साहिल ने अपनी आँखें बड़ी कीं और उसे देखा।

“मैं अपना फ़ोन नहीं दूँगी। कोई बहस नहीं।”

साहिल ने एक पल के लिए उसे देखा और फिर बिना फ़ोन लिए हुए सामने के दरवाज़े की ओर चला गया।

इस दौरान नीरजा ने काँच के दो गिलास निकालकर उनमें बर्फ़ के कुछ टुकड़े डाले। फिर सीढ़ियों के नीचे वाली आलमारी से व्हिस्की निकाली और दोनों के लिए एक कड़क पैग बनाया।

“हो गया,” साहिल ने कमरे में वापस आते हुए कहा।

“तुमने दरवाज़ा लॉक किया?” नीरजा ने पूछा लेकिन फिर ख़ुद भी चेक करने के लिए गयी। फिर उसने साहिल को उसका गिलास दिया और सोफ़े पर बैठ गयी। वो फ़र्श पर ही तस्वीरों के साथ बैठ गया।

“क्या ढूँढ रही हो तुम?”

“राजेश को कुछ नयी तस्वीरें मिली हैं जिनमें ख़ुद सेठी भी था। सिर्फ़ उस दूसरे ख़ूनी की एक झलक और किसी भी तरह के कुछ और सुराग चाहिए।”

“जैसे कि?”

"कमरा हर बार वही दिख रहा है। मुझे हमेशा एक ही मेटल टेबल नज़र आ रही है," नीरजा ने सोफ़े के साथ रखी एक तस्वीर की तरफ़ इशारा किया जिसमें एक औरत कटी-छँटी बँधी हुई पड़ी थी। उसके सर को सिरहाने टेप से चिपका दिया गया था। मेज़ पक्की दीवारों वाले एक छोटे से कमरे में रखी थी और मेज़ के ठीक ऊपर एक चमकदार बल्ब से पूरा कमरा दमक रहा था। कमरे में रोशनी का वही एक ज़रिया था। इसका मतलब या तो वहाँ घुप्प अँधेरा होता था या उस कमरे में दिन की कोई रोशनी नहीं आती थी।

"कुछ मिला तुम्हें?"

"नहीं, दुर्भाग्य से नहीं। पर मैं हार नहीं मानने वाली। और राजेश भी इस पर काम कर रहा है। तीस हज़ार से ज़्यादा तस्वीरें हैं।"

"मुझे लगता है मैं अब यह समझ चुका हूँ कि तुम उसे छोड़ोगी नहीं! प्रकाश को पता है कि तुम ये सब घर ले आयी हो?"

बिना जवाब दिए नीरजा ने सामने देखा और व्हिस्की का एक बड़ा घूँट लिया।

"तुम यहाँ क्यों आए हो?"

"क्योंकि मुझे नहीं लगता कि तुम इस वक़्त अकेले रहना चाहती थी।" साहिल ने आगे झुककर अपना गिलास वापस मेज़ पर रखा। "और ये बात तो तुम वैसे भी कभी नहीं मानोगी," वो बुदबुदाया।

"मुझे अच्छा लगा कि तुम इस वक़्त यहाँ हो।" और नीरजा ने दिल से ये बात कही थी। इसलिए नहीं कि वो साहिल की मौजूदगी से सुरक्षित महसूस कर रही थी क्योंकि अगर कुछ होता तो वो अकेली ही दोनों को बचाने के लिए काफ़ी थी। लेकिन इसलिए क्योंकि किसी का साथ अच्छा लग रहा था। वो भी साहिल का साथ।

इसके बाद एक लम्बी चुप्पी छा गयी। इस बीच दोनों ने अपनी ह्विस्की पी और अपने-अपने ख़यालों में खो गए। सुनहरे रंग का पानी नीरजा को अंदर-बाहर से गरम कर रहा था। लेकिन उसके पेट में महसूस हो रहे घटिया एहसास को शराब भी भगा नहीं पा रही थी।

साहिल ने अपने हाथों को बेचैनी से मसलते हुए गला साफ़ किया और नीरजा को उसके ख़यालों से बाहर निकाला।

"जानती हो, पाँच साल पहले मैं तुम्हें कॉल करना चाहता था। पांडे केस के बाद।"

नीरजा को शरीर में भारीपन महसूस हुआ। श्रुति। वे उसे बचा सकते थे अगर साहिल ने पांडे के घर पर छापा मारने से रोका नहीं होता।

"तुम शुरू से ही सही थीं और मैं एक बेवकूफ़ था। पांडे कनविक्टेड पीडोफ़ाइल था जो प्लेग्राऊंड के ठीक सामने वाले घर में रह रहा था। ऐसे, जैसे बिल्ली को दूध की रखवाली के लिए रख दिया गया हो। श्रुति के गायब होते ही सब को सतर्क हो जाना चाहिए था। पीछे मुड़ कर देखता हूँ तो मुझे विश्वास नहीं होता कि मैं ये कैसे नहीं देख पाया। निहायती बचपना था मेरा कि मैं रूल बुक और नियम-क़ानून से चिपका रहा। मुझे लगा कि जल्दबाज़ी में ये मान लेना कि ये उसी ने किया होगा, अदूरदर्शिता होगी। मुझे लगा भले ही वह सज़ायाफ्ता है लेकिन उसे भी दूसरे लोगों की तरह सामान्य ज़िंदगी जीने का हक़ है। उसने अपनी सज़ा काटी थी, अपने क़र्ज़ चुकाये थे।"

नीरजा ने अपने घुटने ऊपर करके उन्हें अपनी बाँहों में ले लिया। वो सुन रही थी।

"अब देख सकता हूँ कि मैं वास्तविकता से कितनी दूर था। मुझे तत्काल हर वो चीज़ करनी चाहिए थी जिससे ये निश्चित होता कि उसने कुछ ग़लत नहीं किया है। मगर मैंने क्या किया?" उसने नीरजा की तरफ़ आँसू भरी आँखों से देखा। "मैंने अपनी काल्पनिक दुनिया में बैठकर यह सोच लिया कि उसे बेनिफिट ऑफ़ डाउट देना चाहिए।"

"उस वक़्त उसके ख़िलाफ़ कोई भी तर्क नहीं था," नीरजा ने कहा। ये तसल्ली देने वाले लफ़्ज़ थे और वो हैरान थी कि कितनी आसानी से वो ये बोल गयी थी। श्रुति की मौत से जुड़ा कितना सारा दर्द और ग़ुस्सा था। और इस वक़्त वो उस आदमी के साथ बैठी थी जिस पर पाँच साल से उसने अपनी सारी नफ़रत इकट्ठी कर रखी थी। आख़िर, बीते सालों में साहिल यही तो बन कर रह गया था: नीरजा की नफ़रत की चीज़। नीरजा ने उसे एक इंसान के रूप में नहीं देखा था जो ग़लती कर सकता था। नहीं, हर बात का दोषी उसे ही साबित किया जाना चाहिए था। और अब वो वहाँ बैठा था, उतना ही टूटा हुआ जितनी कि वो टूटी हुई थी।

साहिल ने अपना सर हिलाया। "पांडे पूरे समय उसे घर में कैद किये रहा और मैंने ये होने दिया। मुझे ऐसा लगता है कि मैं उस लड़की को आज़ाद करा सकता था लेकिन मैंने कुछ भी नहीं किया। सच में कुछ भी नहीं। उल्टा, मैंने उस आदमी को पूरा समय दे दिया, जो वह चाहता था। जब इस बारे में सोचता हूँ तो ख़ुद से घिन्न आती है। श्रुति की कटी-छँटी बॉडी मेरे सामने घूमने लगती है। इतने दिन तक कितनी बहादुरी से लड़ी। कितना दर्द सहा होगा उसने। जब भी अपने पास आते उस कमीने के क़दमों की आवाज़ सुनती होगी तो कितना डर जाती होगी। और मैंने उसे अपने गंदे हाथों से श्रुति को छूने दिया और श्रुति को अंदर से टूट जाने दिया, जब तक उसकी आख़िरी साँस नहीं टूट गयी।"

वो झुका हुआ सा बैठा था। आँसू उसके घुटनों पर बह रहे थे। नीरजा उसके पास सरक गयी और उसने ध्यान से साहिल के कंधे पर अपना हाथ रखा।

"अगर मैंने तुम्हारी बात मान ली होती तो वो मरती नहीं," साहिल ने कहा।

नीरजा बे-आवाज़ रो रही थी लेकिन आँसू उसके गालों पर अपने निशान छोड़ रहे थे।

"हर सुबह उठ कर मैं शीशे में देखता हूँ। कुछ दिन ऐसे भी होते हैं जब मुझसे देखा तक नहीं जाता। उन दिनों मुझे लगता है कि मुझे जीने का कोई हक़ नहीं है क्योंकि मैंने श्रुति को मर जाने दिया। उसे बचाना मेरा फ़र्ज़ था और उससे बड़ी नाकामी और कुछ नहीं हो सकती।"

"तुमसे ग़लती हुई थी। यह मानवीय गलती है।"

वो सूखी हँसी हँसा। "हाँ, ये मैंने पहले भी सुना है। ख़ास तौर पर थेरेपिस्ट ऐसी बातें कहते हैं। हर बात को इतना घुमा दो कि जो कहना चाहते हो उसे साबित कर दो। वो चाहते हैं कि तुम विश्वास करो कि सब उतना भी बुरा नहीं है। बकवास। कलीग ने भी कहा कि मुझे उस दुर्घटना को भूल कर आगे बढ़ना चाहिए।" उसने नीरजा की ओर देखा, "मैं श्रुति को कभी भुला नहीं पाऊँगा। कभी नहीं।"

नीरजा ने अनमने भाव से सर हिलाया।

"तभी मैं तुमसे फिर से जुड़ना चाहता था क्योंकि मेरे आसपास सब लोग उसे बहुत हलके ढंग से ले रहे थे। मुझे लगा तुम समझ पाओगी। नहीं, मेरा किया हुआ फ़ैसला नहीं। वो तो मैं ख़ुद नहीं समझ पाता। मेरा मतलब है कोई

इतना बड़ा बेवक़ूफ़ कैसे हो सकता है? मेरा मतलब है पश्चाताप। ये तो एक फैक्ट है कि हम ख़ूनी के बिल्कुल क़रीब थे और मैंने उस बच्ची को कितनी आसानी से मर जाने दिया।"

नीरजा ने अपना होंठ काटा।

"मैं जानता हूँ कि ये सिर्फ़ मेरी ग़लती है, विश्वास करो। मेरा मतलब, मुझे लगा तुम समझोगी कि कैसा महसूस होता है।"

"शायद मैं समझ सकती हूँ कि तुम क्या कह रहे हो।"

"मैं कभी तुम्हें कॉल करने की हिम्मत भी नहीं कर सका। मुझे तुम्हारी आँखों में देखने की हिम्मत नहीं थी मेरी ग़लती से तुम्हारी जिंदगी भी प्रभावित हुई। कम से कम मुझे तो ऐसा ही लग रहा है कि इसका तुम पर भी भयानक प्रभाव हुआ होगा। ज़िंदगी भर के लिए।"

नीरजा अब साहिल के बहुत पास बैठी थी। दोनों अपने-अपने सामने देख रहे थे, दोनों श्रुति के साथ थे, श्रुति के माँ-बाप के साथ थे। जब उन्हें पता लगा कि श्रुति की मौत हो गयी तो दो अफ़सरों ने किसी तरह सँभाला था। श्रुति की माँ, पतली-दुबली सी औरत थीं और उनके बाल भी श्रुति की ही तरह थे। उनकी साफ़ काली आँखें उनको घूर रही थीं लेकिन देख नहीं रही थीं, मानो इस भयानक हक़ीक़त से वो जम गयी हों।

"मैं श्रुति को देख सकती हूँ," नीरजा फुसफुसायी, "जब अँधेरा होता है, मैं हमेशा पर्दों को हल्का सा खोल देती हूँ ताक़ि सड़क की रोशनी अंदर आ सके। या बाहर बरामदे की बत्ती खुली छोड़ कर बच्चों के पीछे छुप जाती हूँ और ऐसा दिखाती हूँ कि उन्हें अँधेरे से डर लगता है। लेकिन असलियत में मुझे अँधेरे से बहुत डर लगता है। जब मैं बिस्तर पर लेटती हूँ और दूसरी किसी चीज़ से अपना दिल नहीं बहला पाती तो उसका चेहरा सामने आता है।

जैसे वो हमें मिली थी, लेकिन उसकी आँखें खुली होती हैं। कभी वो चिल्लाती है, कभी वो मुझे पकड़ने की कोशिश कर रही होती है उसकी लम्बी और सलेटी उँगलियों से। मानो वो मेरा पीछा कर रही है क्योंकि मैंने उसे छोड़ दिया था।"

"मुझे माफ़ कर दो," साहिल ने कहा और अपने हाथ अपनी आँखों पर रख लिए। उसका पूरा शरीर काँप रहा था।

नीरजा उसके साथ रोयी। ऐसा पहली बार था कि वो किसी ऐसे के साथ थी जो श्रुति के बाद हुई ट्रेजेडी को पूरी तरह समझ सकता था। कोई ऐसा जो उसकी ही तरह सारी घटना के बीचोंबीच था और जिसे उन सभी मुश्क़िल पलों से गुज़रना पड़ा था जो अभी तक उनकी ज़िंदगी पर हावी हो रहे थे।

नीरजा ने अपनी एक बाँह साहिल के इर्द-गिर्द डाली। साहिल उसका दुश्मन नहीं था, उसी की तरह एक विक्टिम था। वो उसका दर्द जानता था। वो उठ बैठा। नीरजा उसके और क़रीब झुकी। साहिल के होंठ नीरजा के गालों से टकराए। साहिल की महक कितनी अच्छी थी। कितनी जानी-पहचानी थी। नीरजा ने बंद आँखों से उसका मुँह टटोला। साहिल ने एहतियात बरतते हुए उसे चूमा। उसकी छुअन बिल्कुल किसी पंख की तरह थी, जैसे कि वो उसे छूने से डर रहा हो। नीरजा ने भी उसे वापस चूम लिया। साहिल ने एक हाथ से उसकी गर्दन थामी और अंगूठे से उसके गालों को धीरे से मलने लगा। फिर उसने धीरे से ख़ुद को नीरजा से दूर किया।

"सॉरी। मैं, अह... ," वो सीधा उठकर बैठ गया और अपने बालों में हाथ फेरने लगा। "मेरा यह मतलब नहीं था। मैं सिचुएशन का फ़ायदा नहीं उठाना चाह रहा था।"

नीरजा ने सर हिलाया। "कोई बात नहीं।" उसने साहिल को पलकों के नीचे से देखा। उसके चेहरे पर रोने की वजह से धब्बे पड़े हुए थे और आँखें लाल थीं।

"और क्योंकि मैं उसे अँधेरे में देखने से डरती हूँ," नीरजा कहती रही, "इसीलिए मैं नींद की गोलियाँ खाती हूँ। दिमाग़ को उधर से निकलने में मदद मिलती है।"

साहिल ने धीरे से सर हिलाया लेकिन उसकी तरफ़ देखा नहीं।

"मुझे पता है मुझे वो नहीं लेनी चाहिए। कम से कम ज्यादा तो बिल्कुल भी नहीं। मैं ख़ुद जानती हूँ ये बात। सिद्धार्थ के केस के बाद चीज़ें और भी ख़राब हो गयीं।"

"और दिन में तुम वो गोलियाँ लेती हो जो नींद के नशे को तोड़ सकें।"

नीरजा ने अपनी गोद में रखे अपने हाथों को देखा। ये सच था। एक तरह की गोलियाँ जिनसे उसे थकान होती थी और फिर दूसरी तरह की गोलियाँ वो थकान मिटाने के लिए। उसे ये रोकना होगा।

"सिद्धार्थ के खून के बाद तुमने मुझसे फिर से जुड़ने का क्यों सोचा?"

"मैं परेशान था। मुझे लगा, कोई बच्चों का ख़ूनी सड़कों पर खुल्ला घूम रहा है और अगर कोई उसे पकड़ने में मदद कर सकता है तो वो है नीरजा गांधी।"

"क्योंकि मैं श्रुति के केस में सही थी?"

"उस केस में भी। मैं तुम्हें फॉलो करता रहा हूँ। तुम्हारी वजह से बहुत सारे केस सॉल्व हुए हैं।"

"और अब?"

वो मुस्कुराया। "अब मैं यहाँ बैठा हूँ।"

"तुम्हारे घर पर कोई नहीं है जो तुम्हारा इंतज़ार कर रहा होगा?"

"नहीं। इसके लिए भी पांडे को थैंक्स बोल सकता हूँ।"

"मतलब?"

साहिल ने एक गहरी साँस ली। "इतना समझ लो कि श्रुति की मौत के बाद मैं बिखर गया था। मेरी गर्लफ्रेंड ज़्यादा दिन तक टिकी नहीं।"

"इससे तुम्हारे बजाय उनके बारे में ज़्यादा पता चलता है," नीरजा ने कहा और ख़ुद के और राजीव के बारे में सोचने लगी। चीज़ें कभी भी स्याह और सफ़ेद नहीं होतीं। उनकी शादी कई सालों के दोनों तरफ़ के दिमागी तनाव के बाद टूटी थी। उनकी ख़ुशियों के बीच ज़िंदगी आ गयी थी। मगर नीरजा, पांडे को उसकी वजह मानने के लिए तैयार नहीं थी। वो इस लायक नहीं था।

एक टिक-टिक की आवाज़ ने नीरजा को उठा दिया। किस चीज़ की आवाज़ थी वो? उसने आसपास देखा। वो साहिल से गले लगी हुई सो गयी थी। उसकी साँसें गहरी और स्थिर थीं। नीरजा ने ध्यान से साहिल की बाँह अपने ऊपर से हटायी। फिर उसने मेज़ पर पड़ी अपनी बंदूक़ उठायी और ध्यान से उठी। उसकी आँखों ने लिविंग रूम का मुआयना किया पर वहाँ कुछ नहीं था।

वो सीढ़ियों के रास्ते ऊपर गयी और उसकी बंदूक़ किसी भी हरक़त के लिए तैयार थी। जीरो वाट के बल्ब की फीकी रोशनी में उसे आर्यन नज़र आया जो अपने खिलौने को अपनी बाज़ू के नीचे दबाए सो रहा था। अहाना के सोते हुए चेहरे पर उसकी प्रिंसेस लाइट की वजह से एक गुलाबी चमक थी। सब कुछ शांत था।

नीरजा वापस नीचे गयी, अपनी रसोई की तरफ़। उसे अपने घर के सामने प्रोटेक्शन के लिए खड़ी कार और उसमें अफ़सर दिखायी दिए। सब कुछ ठीक था।

उसने अपनी बंदूक़ नीचे की और वापस सोफ़े की तरफ़ चली गयी। हो सकता है उसने सपने में कोई आवाज़ सुनी हो। शायद वो असली नहीं थी। साहिल सोफ़े पर फैल कर सो रहा था और उसका सर एक अजीब तरह से कोने में सरका हुआ था। उसका चेहरा शांत नज़र आ रहा था मानो सोते ही उसकी सारी चिंता कहीं ग़ायब हो गयी हो। यहाँ तक कि उसकी भौंहों के बीच की गहरी लकीर भी बस एक हल्की सी छाया जैसी नज़र आ रही थी।

और फिर अचानक कुछ हुआ। घर के पिछले हिस्से की खिड़की पर ज़ोर की आवाज़ हुई। धत् तेरे की। नीरजा का दिल ज़ोर से धड़का और उसका ख़ून उसके सर में हथोड़े मार रहा था। गार्डन में कोई था। एक पल के लिए नीरजा वहीं जम गयी लेकिन फिर उसमें साहस की आग दौड़ पड़ी। चंद क़दमों में वो खिड़की पर थी।

"साला, ये क्या था?" साहिल ने कहा।

नीरजा ने उसे कनखियों से सोफ़े से कूदते हुए देखा। नीरजा ने अपने होंठों पर ऊँगली रखी और पिछले दरवाज़े की ओर भागकर पर्दा खोला। फिर उसने एकदम से दरवाज़ा खोल दिया और दायीं-बायीं तरफ़ एक झटके से देखा। बहुत ही सलीक़े से उसकी बंदूक़ एक तरफ़ से दूसरी तरफ़ घूमी। फिर

वो भाग कर गेट पर गयी। क्या उसे क़दमों की आवाज़ सुनाई दे रही थी? हाँ। गेट से होती हुई, बाहर सड़क तक। नीरजा बगल वाले रास्ते से भागती हुई गई और फिर झाड़ियों में छुप गयी। लैंप पोस्ट की वजह से वहाँ अच्छी ख़ासी रोशनी थी, लेकिन वहाँ कुछ नहीं था। वो जगह एकदम ख़ाली थी। बहुत देर हो चुकी थी। वो जा चुका था।

नीरजा वापस गेट की तरफ़ आयी लेकिन अब भी काफ़ी सावधान थी। वहाँ कुछ था। नीरजा ने बग़ीचे में घुसते ही देख लिया था। उसका सर धमक रहा था। एक नयी चिट्ठी थी। काग़ज़ के टुकड़े को दो बार मोड़ कर उसे खिड़की से चिपका दिया गया था। तो ये आवाज़ वहाँ से आयी थी। उस आदमी ने उस चिट्ठी को खिड़की पर चिपकाया था। वो आदमी ये काम चुपचाप भी कर सकता था लेकिन उसने आवाज़ और नौटंकी करना बेहतर समझा था।

नीरजा ने चिट्ठी को उसी हाल में छोड़ने का फ़ैसला किया। इस बार वे लोग कोई भी साक्ष्य बर्बाद नहीं होने देंगे। फिर वो अंदर गयी और दरवाज़े को ताला लगा दिया।

"साहिल?" वो वहाँ नहीं था। वो लिविंग रूम से होती हुई रसोई में गयी और फिर हॉल। सामने का दरवाज़ा बंद था। वो साहिल को छोटी सी खिड़की से देख रही थी और जिन अफ़सरों को उसके घर की रखवाली करनी थी, साहिल उनसे बात कर रहा था। बहुत अच्छी तरह काम कर रहे थे वे लोग! नीरजा ने दरवाज़ा खोला।

"एक चिट्ठी है," उसने इतनी ज़ोर से कहा कि बाक़ी अफ़सर भी सुन सकें। "कहाँ थे आप लोग? वो मेरे गार्डन तक आकर मैसेज छोड़ गया लेकिन किसी को पता तक नहीं चला।"

साहिल उसके पास आ गया। उसने नीरजा को ज़रा एक तरफ़ हटाया ताक़ि वो अंदर जा सके और अपने पीछे दरवाज़ा बंद कर दिया।

“उन्होंने कुछ नहीं देखा,” साहिल ने कहा।

“खिड़की पर एक नोट लटक रहा है।”

“क्या लिखा है?”

“पता नहीं। फॉरेंसिक टीम को बोलना पड़ेगा आ कर देखने के लिए। इस बार मैं कुछ टच नहीं करूंगी।”

साहिल ने सर हिलाया और रसोई में फ़ोन करने चला गया।

सेठी की तस्वीरें अभी भी फ़र्श पर फैली पड़ी थीं। नीरजा ने उन्हें उठाया और तरीक़े से एक के ऊपर एक करके इकट्ठा रखा।

“तुम ठीक हो?” साहिल ने वापस आते हुए पूछा। “टाइम क्या हुआ है?”

नीरजा ने अपनी घड़ी देखी। “चार बजे हैं।” उसने एक गहरी आह भरी। “ये रात बहुत छोटी थी।”

नीरजा ने फॉरेंसिक टीम के अपने क़लीग को चिमटी का इस्तेमाल करते हुए खिड़की से वो नोट निकालते हुए देखा। ये काफ़ी मुश्क़िल था क्योंकि उसे बहुत ही बुरी तरीक़े से चिपकाया हुआ था। उसका मन तो हुआ कि आगे बढ़ कर उस नोट को खींच कर निकाल ले लेकिन उसने ख़ुद पर क़ाबू किया। वो जानना चाहती थी कि उसमें क्या लिखा था। उसके अंदर का जासूस बेसब्र हो

रहा था लेकिन अंदर की एक माँ और औरत ने उससे नज़रें फेर ली थीं। और फिर अंदर की जासूस जीत गयी। हर बार की तरह।

"और?" नीरजा ने पूछा।

मोटी मूँछों और तक़रीबन गंजे सर वाले एक फॉरेंसिक कलीग ने हल्का सा मुड़ कर उसे देखा। वो काग़ज़ के टुकड़े को यूँ पकड़े हुए था जैसे कोई हैण्ड ग्रेनेड हो और किसी भी पल फट सकता हो। शब्द एक काले पेन से लिखे गए थे।

तुम्हारे डर की गंध मुझे मस्त कर रही है। तुम आ रही हो मेरे पास?

नीरजा ने महसूस किया कि कैसे सभी आँखें उसी पर टिकी हुई थीं मानो उसके बदन में छोटे-छोटे छेद किए जा रहे हों। नीरजा की देह बहुत तनाव में थी और यही तो वो ख़ूनी चाहता था। वो चाहता था कि नीरजा डर जाए। पर उस कमीने को क्या पता था कि ये नीरजा को डरा नहीं सकता। इसने नीरजा को गुस्सा दिला दिया था। नीरजा का मन हुआ कि तुरंत उस ख़ूनी के पीछे निकल पड़े, काश ये पता चल जाए कि वो हरामी है कहाँ।

नीरजा ने एक लम्बी साँस ली। शांत रहो। कुछ भी हो, ये आदमी बेवक़ूफ़ नहीं है। नीरजा को बहुत सावधान रहना होगा ताक़ि वो आदमी उसे चौंका न सके।

नीरजा को अपने कंधे पर एक हाथ महसूस हुआ। ये साहिल था।

"तुम ठीक हो?" साहिल ने पूछा।

नीरजा ने हाँ में सर हिलाया। "बिल्कुल। उस हरामी को जल्दी ही पता चल जाएगा कि उसने ग़लत बंदी से पंगा ले लिया है।"

"आई होप कि तुम बुरा नहीं मानोगी, मैंने बिना पूछे कॉफ़ी मशीन चला दिया।"

नीरजा ने अपनी घड़ी देखी। साढ़े छह बज चुके थे।

"मैं बच्चों को उठाती हूँ, उनकी दादी उन्हें एक घंटे में आकर ले जाएंगी।"

नीरजा ने अहाना को बैग पैक करने में मदद की। अहाना अपने छोटे से शरीर को मटकाती रही जब तक कि वो चमकदार गुलाबी बैग उसकी पीठ पर अच्छे से टिक नहीं गया। नीरजा अपने बच्चों के सामने घुटनों के बल बैठ गयी।

"अच्छे से रहना, ठीक है?" नीरजा ने कहा।

"मैं नहीं चाहता कि वो आदमी हमारे साथ आएँ," आर्यन ने अपनी दादी की टाँगों पर टेक लगाते हुए कहा।

"वे लोग बहुत अच्छे हैं। वो दादी की थोड़ी हेल्प करेंगे और उनका ख़याल भी रखेंगे।"

"दादी को किसी की हेल्प नहीं चाहिए।" आर्यन की आँखें झिलमिला रही थीं।

नीरजा ने अपने हाथ उसके घुँघराले बालों में फिराए। "बेटू अभी स्कूल जाओ, हम लोग बाद में मिलेंगे।"

वो उठ खड़ी हुई और अपनी सास को देख कर सर हिलाया जो एकदम फीकी नज़र आ रही थीं और नीरजा को खोखली नज़रों से देख रही थीं। नीरजा उन्हें कुछ ज़्यादा नहीं बता पायी थी सिवाय इसके कि थोड़े ख़तरनाक हालात पैदा हो गए थे और कुछ अफ़सर उनकी सुरक्षा के लिए आज उनके साथ रहेंगे। उसने नर्मी से अपनी सास का हाथ दबाया और दरवाज़े पर इंतज़ार कर रहे अफ़सरों को इशारा किया। उनमें से एक मुड़ा और उसने

जाकर कार का दरवाज़ा खोला और फिर बच्चों और दादी को अंदर बैठा दिया। धत् तेरे की! कितने डरावने हालात थे।

"मैं उसे ढूँढ के रहूँगी, साहिल। मैं उस हरामी को अपनी ज़िन्दगी तबाह नहीं करने दूँगी।"

नीरजा ने साहिल के जवाब का इंतज़ार नहीं किया और उसके आगे-आगे वापस लिविंग रूम में चली गयी। साहिल वहीं हॉल में ही एक फ़ोन पर बात करने लगा।

"क्या? तुम पक्का हो?" साहिल अपने सर पर हाथ रखते हुए फ़ोन पर चिल्लाया।

नीरजा ने साहिल पर कोई ध्यान नहीं दिया और अपनी नाक पोंछते हुए अपने आँसुओं को पी जाने की कोशिश की। जिस तरह से आर्यन जाते हुए उसे देख रहा था, नीरजा वो भुला नहीं पा रही थी। आर्यन पक्का जानता था कि कुछ गड़बड़ है। पहले उसके पिता चले गए और अब ये।

आर्यन को सतह के नीचे बह रहे तनावों का अंदाज़ा आसानी से लग जाता था, मानो ये पता करने की उसके पास कोई मशीन हो। और अगर उसे सच नहीं बताया जाता तो वो चिड़चिड़ा हो जाता या फिर उनके बीच बहस हो जाती जैसा कि उस दिन ज़ू में हुआ था। फिर ऐसा लगता कि आर्यन परेशान करने वाला बच्चा है और नीरजा कोई बेहद बुरी माँ थी। नीरजा को कोई फ़र्क़ नहीं पड़ता था कि लोग क्या सोचते हैं लेकिन इस वजह से आर्यन क्यों कुछ सहे। बात साफ़ हो तो बेहतर होगा। राजीव और उसे एक सही मौक़ा देख कर आर्यन को बताना होगा कि वे दोनों अलग हो रहे हैं।

"धत्!" साहिल ने कहा।

नीरजा ने फ़ोन और एक सेब अपने हैंडबैग में डाला। दवाइयों का डब्बा उसे बुला रहा था।

"नीरजा," साहिल ने कहा।

नीरजा ने बैग बंद किया और अपने गले में एक स्कार्फ़ बाँधा। "क्या हुआ?"

"एक मिनट बैठो।"

नीरजा परेशान हो उठी जब साहिल ने उसे एक स्टूल पर ले जाकर बैठाया।

"वो चिट्ठियाँ। उन्हें फिंगरप्रिंट मिले हैं।"

"और?" नीरजा ने साहिल को सवालिया नज़रों से देखा। "सिस्टम में है? क्या पता चला कि कौन है इसके पीछे?"

"नहीं।" उसने अपने होंठ भींचे। "लेकिन ये सिद्धार्थ की नोटबुक में मिले फिंगरप्रिंट से मिलते हैं।"

नीरजा बिना कुछ कहे सामने देख रही थी।

"नीरजा?"

"मेरे लिए ये बस उस बात की कन्फर्मेशन है जो मैं पहले ही जानती थी। चलो कम से कम अब कोई भी दूसरे ख़ूनी वाली थ्योरी को खारिज़ नहीं कर सकता," नीरजा ने अपना बैग उठाया और कंधे पर डाला, "नैनीताल चलें?"

ठीक उसी पल उन्हें सामने का दरवाज़ा खुलने की आवाज़ आयी। नीरजा ने बिना सोचे खिड़की की तरफ़ देखा लेकिन पर्दे अभी भी बंद थे। धत्। नीरजा ने अपनी बंदूक़ ढूँढी और दरवाज़े की तरफ़ गयी। साहिल वहीं रसोई में जम सा गया था। अच्छा है कि वो वहीं रहे, नज़र से और गोली के रास्ते से दूर। नीरजा ने दरवाज़ा खोला और बंदूक़ तान दी।

"नीरू?" राजीव ने अपने हाथ ऊपर किए, "नीरू, मैं हूँ!"

नीरजा ने बंदूक़ नीचे की और साँस ली। राजीव। ये राजीव था।

"चल क्या रहा है यहाँ?" राजीव ने काँपती हुई आवाज़ में पूछा। उसकी आँखें बड़ी हो रखी थीं।

"सॉरी, मैं परेशान हूँ।" नीरजा ने कहा।

"हे भगवान, तुमने मुझे अपने ही घर में घुसते हुए लगभग मार ही दिया था। इससे ज्यादा पागलपन और क्या हो सकता है?" राजीव ने कहा।

"तुम यहाँ क्या कर रहे हो?"

"अपना सामान लेने आया हूँ।" वो अंदर लिविंग रूम में आया लेकिन साहिल को देखते ही एकदम से वहीं का वहीं खड़ा हो गया।

"नीरजा? ये कौन है?"

नीरजा ने दोनों को एक पल के लिए देखा। साहिल राजीव को ऐसे घूर रहा था जैसे खा जाएगा। इस वजह से राजीव ज़रा घबरा गया।

"तुम जाओ साहिल। मैं तुम्हें नैनीताल में मिलती हूँ," नीरजा ने कहा।

"पक्का?" साहिल ने बिना राजीव से नज़रें हटाए हुए पूछा।

"हाँ, मैं जल्दी निकलती हूँ।"

साहिल नज़रें झुका कर बिना नीरजा को देखे बाहर निकल गया। उसके पीछे दरवाज़ा धम्म से बंद हुआ।

"तो ये बात है, हाँ? मुझे अन्दाज़ा हो जाना चाहिए था," राजीव ने कहा और नीरजा उसकी आवाज़ में फैली नफ़रत से हैरान थी, "आख़िर सारी दुनिया तुम्हारे आसपास ही तो घूमती है। तुमने ये भी नहीं सोचा कि तुम्हारे बच्चे इस बारे में क्या सोचेंगे?"

बिना नीरजा को जवाब देने का मौक़ा दिए, राजीव ऊपर चला गया। नीरजा ने भी उसके पीछे न जाने का फ़ैसला किया। बेडरूम में उसके ज़ोर-ज़ोर से चलने की आवाज़ें आ रही थीं। वो पानी का गिलास लेकर बैठ गयी और अपना माथा मलने लगी। क्या झमेला है। उसे आज घर से निकलने से पहले राजीव से बात करनी होगी।

वो बीस मिनट बाद नीचे आया। नीरजा अभी भी उसका इंतज़ार कर रही थी।

"तुम मुझे कुछ बताने दोगे?" नीरजा ने पूछा।

राजीव ने अपनी बाँहें छाती के आगे बाँध लीं। "ज़रूर। बोलो। कौन था वो?"

"वो साहिल है। नैनीताल में हुए खून का वकील।"

"और वो इतनी सुबह यहाँ क्या कर रहा था?" राजीव ने नीरजा को तीखी नज़रों से देखा। "उसने रात यहीं गुज़ारी, है न?" उसने अपने बालों में हाथ फिराए। "मैं सच में कितना बड़ा चूतिया हूँ।"

"राजीव, इसका कोई मतलब नहीं है।"

"तुम उसके साथ सो रही थी, है न? यही सच है न? मान लो।" वो नीरजा की तरफ़ ग़ुस्से में बढ़ा।

वो स्टूल से ज़रा सा फिसली। "बेवकूफ़ों की तरह व्यवहार मत करो।"

"मैं अभी गया भी नहीं और तुम अभी से किसी दूसरे के साथ सोफ़े पर पड़ी हुई हो? ओफ्फ़ नीरजा, क्या तुम इतनी सस्ती हो! अब समझ में आ रहा है कि क्यों तुम्हारे पास सिर्फ़ अपने काम के लिए ही टाइम होता था। क्योंकि तुम अपने बॉस के साथ अफेयर चला रही हो जबकि आर्यन और अहाना यहाँ तुम्हारा इंतज़ार करते रहते हैं। 'सॉरी, मम्मी के पास फिर से तुम्हारे लिए टाइम नहीं है'।"

नीरजा ने उसे पीछे धक्का दिया। "सोच समझ कर बोलो राजीव। ये मेरा मामला है! तुम्हारा इससे कोई लेना देना नहीं है कि मैं किसके साथ क्या करती हूँ!"

राजीव ठीक उसके सामने खड़ा हुआ था और तेज़-तेज़ साँसें ले रहा था। नीरजा इस आदमी को जानती ही नहीं थी। ऐसा था मानो नीरजा का राजीव अब कहीं था ही नहीं।

किसी ने दरवाज़े की घंटी बजाई। जहाँ नीरजा खड़ी थी, वहाँ से वो देख पा रही थी कि ये उसके घर की रखवाली करने वाला एक अफ़सर था। उस अफ़सर को इन्तिज़ार करना पड़ेगा, नीरजा को पहले राजीव को सँभालना था।

"मैं ये और नहीं कर सकता," राजीव ने हल्के से कहा।

नीरजा ने उसे घूरा, "तुम और क्या नहीं कर सकते?"

ये वो पल है जहाँ तुम्हें चले जाना चाहिए, नीरजा।

"यह। तुम और मैं अब पति-पत्नी नहीं हैं। मैं कैसे छोड़ दूँ? मैं ऐसे नहीं जी सकता नीरू।"

धत्। राजीव इसे इतना मुश्क़िल क्यों बना रहा था?

जब तुम बुरी हालत में थीं तो तुम्हारी मदद करने के लिए उसने सब कुछ किया था और तुम उसे पीठ दिखा रही हो। नीरजा के पिता के शब्द उसके मन में गूँजे।

"मैं सो नहीं पाता। सिर्फ़ तुम्हारे और बच्चों के बारे में सोचता रहता हूँ। यह मुझे खाये जा रहा है। मैं एकदम भटक गया हूँ नीरू। पूरी तरह से। मैं ऐसे नहीं जी सकता। इससे अच्छा तो मर जाऊँ।"

"तुम्हें हेल्प चाहिए," नीरजा ने हल्के से कहा और उसकी तरफ़ क़दम बढ़ाया।

राजीव ने अपना चेहरा पोंछा और उसकी ओर देखा। "मुझे बच्चे चाहिए।"

नीरजा ने उसे चिढ़ कर देखा। वो समझना चाह रही थी कि राजीव के दिमाग़ में चल क्या रहा था।

"मैं चाहता हूँ कि आर्यन और अहाना मेरे साथ रहें," राजीव ने कहा, "तुम उन्हें वीकेंड पर आकर मिल लिया करना।"

"नहीं, मैं ऐसा नहीं चाहती राजीव। फ़िलहाल वो यहीं रहेंगे। तुम वीकेंड पर आकर उन्हें दिन भर के लिए ले जा सकते हो। बच्चों के लिए इस वक़्त शांति और स्थिरता सबसे ज़्यादा ज़रूरी है, वैसे भी उनके लिए सब कुछ मुश्किल होने ही वाला है।"

"मर जाऊँगा पर नहीं होने दूँगा। तुम उन्हें मुझसे दूर नहीं कर सकती। तुम्हारा कोई हक़ नहीं है। इतने सालों से मैंने उनका ध्यान रखा है नीरू। वो मेरे बच्चे हैं। तुम उनसे दूर रहो।"

आँसू जा चुके थे। अब नीरजा को राजीव के माथे पर फड़कती हुई एक नस नज़र आ रही थी। उसने राजीव को बहुत हैरानी से देखा। उसके मूड का बदलाव डरावना था।

"मैं ये पहले ही पेपर में पढ़ चुका हूँ। उसमें लिखा था कि तुम ठीक यही योजना बना रही हो। हर जगह तुम्हारी ही चर्चा है। तुम बच्चों को चुराने वाली हो। यही बात है। चोरों का अड्डा है ये।" राजीव ने अपना सर पकड़ लिया।

"क्या बकवास कर रहे हो?" नीरजा ने उसे उसकी बाँह से पकड़ा और सोफ़े पर बैठा दिया। फिर वो रसोई से उसके लिए पानी का गिलास ले आयी। राजीव के साथ चल क्या रहा था? एकदम बेसिर-पैर की बकवास किए जा रहा था।

राजीव ने नीरजा को जीत वाली बनावटी हँसी से देखा। "तुम्हें क्या लगा कि मैं ये पियूँगा? मैं तुम्हारा खेल जानता हूँ। तुमने उस गिलास में ज़हर मिला दिया है। तुम मुझसे पीछा छुड़वाना चाहती हो ताकि सब कुछ तुम्हारा हो जाए। लेकिन ऐसा कुछ नहीं होगा।" उसने मेज़ से गिलास झटक दिया।

"राजीव!" नीरजा ने उसे भौंचक्का होकर देखा, "मुझे लगता है तुम इस वक़्त सच में ठीक नहीं हो।"

राजीव ने अपने चेहरे को ज़ोर से रगड़ा जिससे उसकी त्वचा लाल हो गयी। उसने एक पल के लिए सामने देखा और फिर सर हिलाया। फिर वो रोने लगा गया। रोने की वजह से उसका पूरा बदन काँप रहा था। नीरजा उसके साथ बैठी और उसकी पीठ मलने लगी।

"तुम बहुत कन्फ्यूज्ड हो राजीव। तुम्हें किसी डॉक्टर को दिखाना चाहिए। ऐसे नहीं चलेगा।"

"नहीं। मैं ठीक नहीं हूँ। कभी-कभी लगता है मैं सपना देख रहा हूँ, समझ रही हो तुम? जैसे कि मैं जाग रहा हूँ लेकिन किसी सपने में फँसा हुआ हूँ। जैसे कि मेरे और बाकी चीज़ों के बीच में एक पर्दा है। मुझे अज़ीब चीज़ें सुनाई और दिखायी देती हैं। ये सब मुझे डरा रहा है।"

"तुम्हें इस हालत में ऐसे ही यहाँ-वहाँ नहीं घूमना चाहिए।"

"मैं डॉ. बेदी से मिलना चाहता हूँ।"

नीरजा ने हाँ में सर हिलाया। डॉ. बेदी वह साइकेट्रिस्ट थे जिन्होंने राजीव का उसके बर्नआउट के वक़्त इलाज किया था। वो उन दिनों भी कन्फ्यूज्ड रहता था लेकिन इस तरह की बकवास तो नीरजा के लिए भी नयी थी।

"बेदी से मिलना बढ़िया रहेगा। तुम्हें उनकी मदद चाहिए। और तब तक बेहतर होगा कि बच्चे मेरे साथ ही रहें।"

"तुम उन्हें मुझसे छीन नहीं सकती," वो बुदबुदाया।

"नहीं। मैं उन्हें तुमसे छीन नहीं रही।"

"मुझे मदद चाहिए नीरू। मैं अकेला ये नहीं कर सकता।"

नीरजा का ध्यान एक पल के लिए बँट गया क्योंकि उसका फ़ोन लगातार बज रहा था। उसने उठा कर देखा। उसी कमीने ख़ूनी का एक और मैसेज था। इस बार व्हाट्सएप था। तो मतलब उसने एक क़दम और आगे बढ़ाने का फ़ैसला किया था। इस बार उसका फ़ोन नंबर दिखायी दे रहा था।

"स्वैप करोगी? उस लड़की की जगह तुम्हारी ज़िंदगी?"

नीरजा को बिल्कुल नहीं समझ आ रहा था कि इस बार उसे क्या चाहिए था। साहिल के छह मिस्ड कॉल आ चुके थे। नीरजा के लिए इस वक़्त उस सबके लिए वक़्त नहीं था। उसने फ़ोन को वापस मेज़ पर फेंका।

“मैं चलूँ तुम्हारे साथ साइकेट्रिस्ट के पास? हम लोग अभी हॉस्पिटल जा सकते हैं।”

राजीव सामने झुका, उसे उल्टी आने जैसा लग रहा था। और वो फिर से रोने लगा। गहरा दिल को छू लेने वाला रोना। नीरजा को कनखियों से साहिल का मैसेज दिखायी दिया।

कहाँ हो तुम? अर्जेंट है। तुरंत फ़ोन करो।

साहिल को अभी इंतज़ार करना होगा। पहले नीरजा को राजीव को ज़रूरी मदद दिलवानी थी। वैसे भी वो साहिल से अभी बस डेढ़ घंटा पहले ही तो मिली थी। नीरजा का हाथ अभी भी राजीव की पीठ पर था कि एक और मैसेज आया।

"वो सुंदर लड़की है। कैसी दिखती है?"

नीरजा का हाथ रुक गया। उसका पूरा बदन जम गया और उसने एकदम से फ़ोन उठाया। उसने तस्वीर खोल कर देखी। धत्, ख़ौफ़ से भरी हुई नीली आँखें थीं और मुँह में एक कपड़ा ठूँसा हुआ था। उस लड़की का सर अजीब तरह लटका हुआ था क्योंकि उसे बालों से खींचा गया था। नीरजा को एक आदमी की मुट्ठी उस लड़की के काले बालों के एक पतले से गुच्छे के पास नज़र आयी। नहीं....

श्रुति। वो श्रुति जैसी दिख रही है।

नीरजा एक झटके से खड़ी हुई और उसने साहिल को कॉल किया।

“उसके पास एक लड़की है। एक बच्ची।” कोई नीरजा के सामने के दरवाज़े को पीट रहा था। नीरजा एक हाथ में फ़ोन और दूसरे हाथ में बंदूक़ लिए हॉल में दाख़िल हुई लेकिन उसे यूनिफार्म में अफ़सर खड़े हुए नज़र

आए। एक सर्विलांस कार उनके पीछे थी और दूसरी वाली के आगे वाले टायर एकदम से फुटपाथ पर आकर रुके।

"नीरजा? थैंक गॉड! तुम घर पर हो? साला ये दरवाज़ा खोलो।"

"हाँ, हाँ, मैं दरवाज़ा खोल रही हूँ।"

"सब ठीक है?"

"हाँ, कम से कम मेरे साथ तो ठीक है।"

नीरजा ने उसे लम्बी आह भरते हुए सुना। "थैंक गॉड!"

"यहाँ इतने ऑफिसर क्या कर रहे हैं?"

"क्योंकि तुम अपना फ़ालतू फ़ोन नहीं उठा रही थीं। मैं परेशान हो गया। मुझे लगा मैं तुम तक नहीं पहुँच पा रहा लेकिन शायद वो ख़ूनी पहुँच गया। धत् नीरजा। आगे से ऐसा कभी मत करना, प्लीज़!"

"सॉरी।"

"तुम यहाँ आ सकती हो? हमें सच में तुम्हारी मदद चाहिए। प्रकाश तुम्हारा इन्तिज़ार कर रहा है। एक लड़की खो गयी है। स्कूल जाते वक़्त एकदम से ग़ायब हो गयी।"

"उसी के पास है वो लड़की, साहिल।" नीरजा की आवाज़ कंपकंपायी। नीरजा ने अपने पीछे देखा, राजीव सोफ़े पर ही बैठा था और उसकी हालत काफ़ी ख़राब लग रही थी। उसे नीरजा की जरूरत थी। मगर इस लड़की की जान ख़तरे में थी। बिल्कुल श्रुति की तरह, पाँच साल चार महीने पहले।

नीरजा ने साहिल से बात ख़त्म की, उसे और प्रकाश को वो मैसेज और तस्वीर भेजकर फिर राजीव के पास आयी। नीरजा उसके साथ ही बैठ गयी।

"मुझे जाना होगा राजीव। एक लड़की किडनैप हो गयी है। मैं किसी को बोलूँ तुम्हारे साथ डॉक्टर के पास जाने के लिए?"

"मुझे तुम्हारी ज़रूरत है नीरू। मेरे साथ रहो। प्लीज़, मुझे ऐसे छोड़ कर मत जाओ।"

नीरजा ने किसी तरह कहा, "आई एम सॉरी राजीव, मुझे सच में जाना होगा।" वह उठी और बाहर निकल गयी।

ख़ूनी

आज नीरजा को हल्द्वानी से नैनीताल का एक घंटे का सफ़र कभी ख़त्म न होने वाले सफ़र जैसा महसूस हो रहा था।

"हट यार, बेवकूफ़!" उसने अपनी कार को दूसरी गाड़ियों से बचाते हुए आगे बढ़ाया। वह अंदर ही अंदर परेशान महसूस कर रही थी।

ये बात इतनी आगे कैसे बढ़ गई थी? नीरजा उस ख़ूनी का शिकार बन चुकी थी। वह लगातार उससे आगे बढ़ रहा था ताक़ि नीरजा का ध्यान अपनी ओर खींच सके। सबसे पहले वो चिट्ठियाँ थीं जो नीरजा के घर और उसकी कार पर छोड़ी गयीं, फिर अनजान नंबर से नीरजा के फ़ोन पर मैसेज आना। नीरजा ने ध्यान नहीं दिया तो ज़ाहिर है उस ख़ूनी का ख़ून खौल उठा और उसने फ़ैसला किया कि वो अब एक कड़ा क़दम उठाएगा। उसने एक बच्ची को अगवा कर लिया।

नीरजा ने कार पार्क की और उसके चेहरे पर आँसू बह रहे थे। सिद्धार्थ का ख़ूनी इस ज़िद में था कि उसका नीरजा से आमना-सामना हो जाए और नीरजा ने अजनाने में उसे शुरू से ही काफ़ी मौक़ा दे दिया था। नीरजा ये सोच

भी कैसे सकती थी कि इस सबके पीछे राजीव का हाथ हो सकता है? वह एकदम अंधी हो गयी थी इस नाते उसे सब कुछ घटता हुआ दिखाई ही नहीं पड़ा।

सबसे पहली लीड थी वो नंबर जिससे व्हाट्सएप मैसेज और तस्वीर आयी थी। नीरजा ने एकदम से राजेश को फ़ोन करके वो नम्बर दे दिया था। राजेश ने उसे चेक किया लेकिन अभी तक कोई जानकारी नहीं मिली।

ऐसा नहीं हो सकता था। जिस कमीने ने सिद्धार्थ का ख़ून किया था, वो अब नीरजा के साथ खेल, खेल रहा था। अब एक बच्ची उस ख़ूनी के क़ब्ज़े में थी। उसने नीरजा को अपना शिकार क्यों चुना? वो नीरजा के बारे में क्या जानता था? उसने उसे अगवा की हुई बच्ची की तस्वीर भेजी थी और पूछा था कि बताओ वो किसकी तरह दिखती है? तो वो जानता था कि पाँच साल और चार महीने पहले क्या हुआ था। जानता ही होगा। श्रुति और उस अगवा की हुई बच्ची की शक़ल एक दूसरे से बहुत मिलती थी।

नीरजा अपनी कार से प्रकाश के दफ़्तर तक भाग के पहुँची। राजेश, प्रकाश के कंप्यूटर पर काम कर रहा था और प्रकाश, राजेश के कंधे से झाँकते हुए स्क्रीन को देख रहा था। माहौल गरमाया हुआ था और जैसे ही नीरजा अंदर आयी, उसने देखा कि साहिल कमरे के दूसरे हिस्से में चक्कर लगा रहा था। नीरजा के कमरे में दाख़िल होते ही साहिल अचानक रुक गया।

"नीरजा!" साहिल ने कहा।

नीरजा ने उसे देखते हुए सर हिलाया और फ़ोन को कवर से बाहर निकाला। साहिल नीरजा की कुछ ज़्यादा ही चिंता कर रहा था और इस बात से वो ज़रा घबरा रही थी। वो ये सब पुलिस पर क्यों नहीं छोड़ देता?

"उसने मुझे मैसेज भेजे हैं।" नीरजा ने फ़ोन को कीबोर्ड के बगल में मेज़ पर रख दिया।

राजेश ने ऊपर देखा। ज़ाहिर है वो समझ नहीं पा रहा था कि आगे क्या करना है। "ठीक है। ओके।" राजेश अपने अगले क़दम के बारे में सोच रहा था और उसने नीरजा को लाचार नज़रों से देखा।

"तुम इस फ़ोन पर काम करो राजेश। हम ज़रा इस पर काम करते हैं," प्रकाश ने कहा।

"एक मिनट रुको," नीरजा ने कहा। "प्लीज़ ये उस ख़ूनी तक पहुँचने का रास्ता है इसलिए ध्यान से। जैसे ही कोई नया मैसेज आएगा, तुम तुरंत वापस आना, ओके?"

राजेश ने हाँ में सर हिलाया और जल्दी से फ़ोन लेकर वहाँ से चला गया। वो फीका और बहुत थका-हारा लग रहा था।

"तो अब क्या?" नीरजा ने कुर्सी पर बैठते हुए पूछा जो अभी-भी राजेश की वजह से हल्की गरम थी। "मेरे हिसाब से तो इन्वेस्टिगेशन फिर से बेनतीजा लग रही है।"

"ये मज़ाक का समय नहीं है।" साहिल की आवाज़ खुरदरी और कंपकंपी से भरी थी। नीरजा ने इस बार उसे ज़रा और ग़ौर से देखा। साहिल का चेहरा सफ़ेद था और माथे और ऊपरी होंठ पर पसीने की बूँदें चमक रही थीं। ज़ाहिर था कि वो सच में मज़ाक करना नहीं चाह रहा था।

"क्या सोच रही हो?" प्रकाश ने कहा, "हम किसके पीछे हैं, नीरजा?"

"एक आदमखोर के।" नीरजा एक पल के लिए रुकी और उसने विक्रम को देख कर सर हिलाया जो तभी कमरे में दाख़िल हुआ था। "हमारे ख़ूनी का मूल उद्देश्य अपने शिकार को दर्द देना नहीं है, बल्कि उसे इससे एक और क़दम आगे जाना पसंद है। सामान्यतः सैडिस्ट की ज़रूरत होती है ताक़त और वह किसी दूसरे के ऊपर पूरी तरह कंट्रोल चाहता है। लेकिन आदमखोर अपने शिकार को ख़ुद के भीतर शामिल करना चाहता है, इतना कि वो आदमी या औरत उसका हिस्सा बन जाए। ये ताक़त का चरम रूप है। वह ख़ुद को सुपीरियर समझता है। लेकिन ये उसकी पर्सनालिटी का वो हिस्सा है जो दुनिया से छुपा रहता है। अपनी आम जिंदगी में वह बेहद अकेला पसंद होता है, वे लोगों से जुड़ नहीं पाता। हम एक ऐसे आदमी को ढूँढ रहे हैं जिसे ज़िन्दगी ने ज्यादा कुछ नहीं दिया। इस वजह से उसमें काफ़ी कड़वाहट है। वह एक अंडरडॉग है।"

"ऐसे तो बहुत से लोग हैं। हमें थोड़ी और बेहतर प्रोफाइल चाहिए होगी। उम्र क्या होगी उसकी? वो किस तरह का काम करता है?"

नीरजा ने अपना होंठ काट लिया। आंकड़ों के हिसाब से इतने ज़्यादा केस नहीं थे कि वह कुछ बता पाती। वह यह बात जानती थी कि उसकी बतायी हुई थ्योरी सही साबित हो गयी। हम एक दूसरे ख़ूनी से डील कर रहे थे और वो कम से कम सेठी जितना ही ख़तरनाक था।

"हम लोग तुम्हारी रिपोर्ट के आधार पर एक नयी रणनीति पर काम शुरू करते है," प्रकाश ने कहा।

लॉजिक के हिसाब से अगला क़दम यही होना चाहिए था मगर उस हरामज़ादे ने एक बच्ची को अगवा किया हुआ था। गुस्से, घबराहट और बेसब्री वाले जज़्बात नीरजा पर हावी हो रहे थे। उन्हें उस बच्ची को ढूँढना ही था। देर होने से पहले।

“मगर वो दोनों ख़ूनी एक दूसरे को जानते कैसे थे? कोई तो लिंक होना चाहिए,” नीरजा ने कहा।

“आजकल बहुत सारी संभावनाएँ हैं। हो सकता है दोनों में किसी ऐप पर बातचीत शुरू हुई हो,” विक्रम ने सुझाव दिया।

“हम इस बात की उपेक्षा नहीं कर सकते। उसके कंप्यूटर पर इसका कोई क्लू मिला था?” नीरजा ने पूछा।

प्रकाश ने निराशा से अपना सर हिलाया। “राजेश और उसकी टीम को उसके पूरे डाटा को प्रोसेस करने में कई दिन लगेंगे।”

“फिर उन्हें बहुत ही टार्गेटेड तरीक़े से खोजना होगा। किसी भी तरह का डिजिटल क्लू बहुत काम का हो सकता है।” नीरजा ने उस ख़ूनी के बारे में सोचा। सोचने की कोशिश की कि वो क्या सोच रहा होगा, उसकी चाहत क्या होगी और वो किस तरह का इंसान होगा। कहाँ और कैसे मिला होगा वो सेठी से? “सोचते वक़्त हमें उसे सेठी की सोच के क़रीब रखना होगा। हमारे इस नये ख़ूनी को सेठी के रूप में एक पार्टनर मिला था। सेठी के सामाजिक परिवेश को ध्यान से देखना होगा। क्या उसके यहाँ कोई बराबर आने-जाने वाला था? सेठी को एक ऐसा आदमी मिल गया था जो खून करने के बारे में कल्पनाएँ किया करता था, जो उस घिनौनी चाहत को समझता था। कोई ऐसा जिससे वो अपनी भयानक चाहतों को शेयर करता था। ऐसा तुम किसी के साथ पहली बार ही मिल कर नहीं कर सकते। उन दोनों ने कुछ ख़ास समय एक साथ गुज़ारे होंगे। सेठी को कोई बहुत ख़ास मिल गया था। हो सकता है, फिर से खून शुरू करने के ठीक पहले।”

“तो मतलब लगभग पाँच साल पहले,” प्रकाश ने अंदाज़ा लगाया।

"शायद हमें फिर से उसके म्यूजिक ग्रुप के लोगों से बात करनी चाहिए?" विक्रम ने पूछा।

नीरजा ने हाँ में सर हिलाया। "और ख़ासतौर पर हमें उन नये संबंधों के बारे में जानना होगा जो उसने उन दिनों बनाया होगा। सेठी अपनी बीवी के मरने तक अपने ख़ूनी चेहरे को छुपा के जीता रहा लेकिन उसके मरने के बाद काफ़ी जल्दी उसने पहला खून किया, वो भी किसी के साथ मिल कर।"

"हम नहीं जानते कि पहले मर्डर में कोई उसके साथ था," विक्रम ने कहा।

"उसके काम करने का तरीका इस तरफ़ इशारा करता है। मैं इस निष्कर्ष पर पहुँची हूँ कि खून के दूसरे दौर की शुरुआत के सभी शिकार एक दूसरे ख़ूनी की तरफ़ लगातार इशारा करते हैं। कोई ऐसा जो बिल्कुल ही अलग उद्देश्य से ये सब कर रहा था। ये दूसरा ख़ूनी ही हमारी पहेली का वो हिस्सा है जो हमारी गणित से हर बार बच रहा है।"

कुछ देर तक चुप्पी छायी रही। सभी आदमी नीचे फ़र्श को ताक रहे थे।

"सेठी की बेटी ने बताया था न कि उसने कुछ समय एक अल्कोहल एडिक्शन रिहैब में बिताया था?" नीरजा ने उस चुभती चुप्पी को तोड़ने की कोशिश करते हुए कहा। दुखी होने या किसी पर ऊँगली उठाने का कोई फ़ायदा नहीं था। उन्हें एक छोटी सी बच्ची की जान बचानी थी।

"हाँ," प्रकाश ने जवाब दिया।

"तो फिर हमें ये पता करना होगा कि उस समय उस क्लीनिक में और कौन-कौन था। प्रथमतः हमें किसी ऐसे की तलाश करनी होगी जो नैनीताल के आसपास ही रहता है।"

"हो सकता है कि वो कहीं और से हो? शायद सिर्फ़ वेश्याओं के लिए आया हो मगर रहता बिल्कुल किसी अलग जगह हो? बहुत लोग हैं जो इसके लिए दूर-दूर तक चले जाते होंगे," प्रकाश ने कहा।

"मेरी प्रोफाइल के हिसाब से ये कोई ऐसा आदमी है जो उस क्षेत्र में रहता रहता है जिससे वो अच्छी तरह वाकिफ़ है।"

"मैं अभी किसी को इस काम पर लगाता हूँ," प्रकाश ने कहा।

"सेठी की कंप्यूटर वाली कोठरी में कोई सुराग मिले क्या?"

"सिर्फ़ उसके ख़ुद के।"

नीरजा ने मुट्ठियाँ भींचीं। ये बात तो साफ़ थी कि वो हरामज़ादा बेवक़ूफ़ नहीं था।

"तो इस वक़्त सिर्फ़ एक चीज़ है हमारे पास, सिद्धार्थ के नोटबुक पर उसके फिंगरप्रिंट। और यह कि वो मुझसे संपर्क में आना चाहता है," नीरजा ने मुँह बनाया।

साहिल कॉफ़ी पीते-पीते लगभग उछल पड़ा, "ऐसा कुछ नहीं होगा, भरोसा रखो। हमारी लगातार नज़र है तुम पर।"

"मैं अपना ख़याल रखने में सक्षम हूँ, साहिल। और वैसे भी मेरा वो मतलब नहीं था। हमें इस बात को फैक्ट की तरह देखना होगा कि मुझसे उसका जुड़ना एक तरह का मौक़ा है।"

प्रकाश ने अपना गला साफ़ किया, "शायद राजेश हमें उसकी लोकेशन के बारे में बता पाए। उसका फ़ोन तो हम ट्रेस कर ही सकते हैं ना?"

नीरजा ने एक गहरी साँस ली। "मैंने अभी तक उसे जवाब नहीं दिया। शायद उससे बातचीत शुरू करनी चाहिए।"

"क़ानूनी नज़रिए से शायद ये अच्छा सुझाव नहीं है," साहिल ने कहा।

प्रकाश के माथे पर चिढ़ने की लक़ीरें आ गयीं। "ऐसा न करके हम बहुत बड़ा मौक़ा खो देंगे। हमारे पास ज़्यादा टाइम नहीं है। थोड़ा और वेट करते हैं कि शायद वो फिर से हमसे कांटेक्ट करने की कोशिश करेगा वरना हम ख़ुद ही कोई एक्शन लेंगे। हमें उस एरिया में एक्टिव औरतों से भी बात करनी चाहिए। किसी न किसी के पास तो हमारे लिए कुछ काम की इन्फॉर्मेशन होगी। देखा जाए तो सेठी जाना-पहचाना चेहरा था तो ये स्वाभाविक है कि वो कई बार अपने दोस्त के साथ नज़र आता होगा। विक्रम, तुम सेठी के उन दोस्तों के फिंगरप्रिंट ट्रेस करवाओ और मैं नीरजा के साथ आज शाम को टिफ़िन टॉप जाकर देखता हूँ कि उन औरतों को कुछ और पता है या नहीं। मीटिंग हम कल दोपहर में करेंगे। और अभी मुझे कॉफ़ी चाहिए।" प्रकाश अपना बटुआ उठा कर विक्रम के पीछे-पीछे कमरे से निकल गया। नीरजा उनके पीछे जाने ही वाली थी कि साहिल ने कोहनी से पकड़ के उसे रोक दिया।

"नीरजा।"

"हाँ?" नीरजा ने साहिल को देखा।

"प्लीज़, अपना ध्यान रखना।"

नीरजा ने उसे आँख मारी। "भरोसा रखो। पर मेरा हाथ छोड़ोगे, मुझे काम करना है।"

"हाँ, हाँ... बिल्कुल," साहिल ने कहा और नीरजा का हाथ छोड़ दिया।

"और वो सुबह मेरे घर पर इतने पुलिस वालों को भेजने का क्या मतलब था? तुम्हें गए एक घंटा भी नहीं हुआ था और तुमने इतने लोगों को भेज दिया। सच कहूँ तो ज़रा परेशान हो गयी थी। वे लोग लगभग मेरा दरवाज़ा तोड़ के अंदर घुस ही आए थे।"

"मैंने तुम तक पहुँचने की कोशिश की लेकिन हुआ नहीं। तुम फ़ोन उठा नहीं रही थीं। मुझे लगा इतनी धमकियाँ मिल रही हैं, पता नहीं कहीं कुछ..."

"कहीं कुछ क्या?"

"एक वास्तविक धमकी के बेसिस पर तुम निगरानी में थीं। तो जब तुमने फ़ोन नहीं उठाया तो मुझे लगा कि इसे बिल्कुल गंभीरता से लिया जाना चाहिए।"

"वो ख़ूनी मेरे सामने आएगा तो मुझसे लड़ना पड़ेगा। भरोसा रखो। पर तुम सारा दिन मेरे केस पर तो नहीं बैठ सकते न, वरना मैं अपना काम नहीं कर पाऊँगी।"

साहिल ने समझते हुए सर हिलाया।

नीरजा उसे गहरी सोच में छोड़ कर निकल गयी।

नीरजा भी प्रकाश के साथ राजेश के दफ़्तर में पहुँच गयी जहाँ उसने अपनी सारी टेक्निकल इन्वेस्टिगेशन वाली टीम को इकट्ठा किया हुआ था।

"कुछ और पता चला?" नीरजा की आवाज़ उम्मीद भरी थी। अगर फ़ोन कंपनी बस इतना ही बता देती कि ख़ूनी कौन था तो सब कितना आसान हो जाता।

"फ़ोन प्रीपेड था, किसी मुन्ना कुमार के नाम से रजिस्टर्ड है। मैंने ट्रेस फॉलो करने की कोशिश की लेकिन कुछ नहीं मिला। उस ख़ूनी ने नक़ली डॉक्यूमेंट से मोबाइल लिया था। पर मैं इतना देख सकता हूँ कि वो कहाँ-कहाँ गया था। ये बात और है कि लोकेशन लगातार बदल रही थी। एक लोकेशन पर दो बार सिग्नल कभी नहीं मिला। और मैं उसे ढूँढ भी नहीं पा रहा जिसका मतलब है कि जब वो फ़ोन यूज़ नहीं कर रहा होता तो उसे स्विच ऑफ़ कर देता है। और अगर उसने फ़ोन की बैटरी निकाल दी तो मैं उसे बिल्कुल ट्रेस नहीं कर पाऊँगा।" राजेश ने एक ही साँस में सब बोल दिया।

"पर वो गया कहाँ-कहाँ था?" नीरजा ने पूछा।

"रात वाले मैसेज हल्द्वानी से आए थे।"

नीरजा ने हामी भरते हुए सर हिलाया। उसके रौंगटे खड़े हो रहे थे। मतलब वो ख़ूनी सच में उसके घर आया था।

"और अभी वाला मैसेज नैनीताल से आया था। वो बच्ची जिस प्राइमरी स्कूल में जा रही थी, उससे 100 मीटर से भी कम दूरी से।"

"हमें कोशिश कर के उससे बातचीत शुरू करनी होगी। उसे कॉल करने की कोशिश करो," प्रकाश ने कहा।

नीरजा ने उस नंबर पर कॉल किया जिससे व्हाट्सऐप मैसेज आए थे। दूसरी तरफ़ से सुनाई पड़ा—जो नंबर आपने मिलाया है, वह इस समय उपलब्ध नहीं है। धत्त।

"तो मैसेज करो उसे," प्रकाश ने कहा, "बोलो उसे कि तुम उससे बात करने के लिए तैयार हो।"

नीरजा ने एकदम से मैसेज लिख कर भेज दिया। वक़्त बहुत कम था।

"फ़ोन स्विच ऑफ आ रहा है। आख़िरी सिग्नल नैनीताल से था।" राजेश ने बताया।

"उसके रिएक्शन का इन्तिज़ार करते हैं। इस बीच हम लोग टिफ़िन टॉप पर जाकर चेक करते हैं कि वो औरतें सेठी को जानती थीं या नहीं और उसके साथ कभी किसी दूसरे आदमी को देखा था या नहीं।" प्रकाश उठ खड़ा हुआ। नीरजा ने अपना फ़ोन बैग में डाला और उसके पीछे चल पड़ी।

शाम के धुँधलके ने टिफ़िन टॉप को एक दूसरी दुनिया ही बना दिया था। ये पहली बार था जब नीरजा शाम को वहाँ घूम रही थी। वो अपने लखनऊ में बिताए वक़्त की वजह से ऐसी जगह को पहचानती थी : वहाँ भी औरतें आती-जाती गाड़ियों में लोगों को रिझाने की कोशिश करती थीं ताक़ि थोड़े-बहुत पैसे कमा सकें। जो भी कमाई होती थी, वो उसी रात नशे में उड़ जाती थी। और यही चीज़ अगले दिन भी फिर से होती थी। ये समाज के वो बेचारे लोग थे जो इस जगह को अपने काम करने की जगह कहते थे। जो वेश्याएँ अपने ग्राहकों की गाड़ियों में बैठ कर उनके साथ चली जाती थीं, वो इस पेशे का सबसे ख़तरनाक रूप थी।

नीरजा उनके साथ होने वाली ज्यादती के बारे में जानती थी जिसे अक्सर रिपोर्ट नहीं किया जाता था। कई बार उन औरतों को वीराने में फेंक दिया जाता था। कभी-कभी उन्हें पैसे भी नहीं दिए जाते थे या जितने पर बात तय होती थी, उससे कम दिए जाते थे। और कुछ नहीं तो कभी-कभी आते-जाते लोगों को कई हफ़्तों बाद कोई लाश नज़र आ जाती। औरत के हाथ में कुछ भी नहीं था। किसी भी आदमी की गाड़ी में घुसते ही वो उसके रहमोकरम पर होती थी। बार-बार बलात्कार करवाने या अपना ख़ून हो जाने का ख़तरा आप तभी उठाते हो जब ज़िंदगी में बहुत निराश, दुखी और परेशान हो। जब किसी का सब्र टूट चुका हो।

"रुको," नीरजा ने अचानक प्रकाश से कहा, "एक मिनट रुको ज़रा। वह औरत हमारे काम आएगी।"

नीरजा ने उस भारी आईब्रो वाली औरत को पहचान लिया था। "वो शालू है, वो हम से बात करेगी।"

नीरजा गाड़ी से निकल कर शालू के पास गयी और प्रकाश भी कुछ दूरी से उसका पीछा करने लगा। नीरजा ने शालू की आँखों में देख लिया था कि वो उसे पहचान गयी। उसे देखते ही वह एकदम से मुड़ कर उल्टी तरफ़ चलने लगी।

"शालू," नीरजा ने कोशिश की लेकिन वो जानती थी कि कोई फ़ायदा नहीं है। आख़िर शालू पुलिस के इंतज़ार में नहीं बैठी थी। नीरजा को महसूस हुआ कि दूसरी औरतें, जिन्होंने उसे शालू के पीछे जाते देखा था, गलियों में भाग गयी थीं।

"एक मिनट रुको," नीरजा ने कहा और उस वेश्या की बाँह पकड़ ली, "हमें तुमसे सिर्फ़ कुछ पूछना है।"

"मुझे तुमसे बात नहीं करनी। बाद में झेलना मुझे पड़ता है। मैं यहाँ पैसे कमाने के लिए खड़ी हूँ अगर तुमसे बात करूंगी तो काम कब करुँगी।"

"ये सिद्धार्थ के बारे में है।"

"मुझे जो पता था, सब बता दिया था जो बिल्कुल नहीं बताना चाहिए था। अब तुम लोग मेरा पीछा छोड़ दो।"

"देखो," प्रकाश ने कहना शुरू किया मगर वो चुप कर गया जब नीरजा ने हाथ से इशारा किया। उसे समझाने की कोशिश करना बेकार था।

नीरजा ने प्रकाश से सेठी की तस्वीर ली। एक गंजा होता हुआ आदमी, थोड़ी-बहुत बिखरी सफ़ेद दाढ़ी, सस्ते सिल्वर फ्रेम वाला चश्मा। नाक जो छोटी-छोटी नसों के फूटने की वजह से पूरी तरह से लाल थी। वह कोई ख़ास दिखने वाला आदमी नहीं था जब तक कि आप उसकी आँखों में न देखें।

नीरजा को लगता था कि आँखें सेठी की असली शख़्सियत दिखाती थीं। सेठी कि आँखों में एक कमीनापन था, वो उस आम से दिखने वाले चेहरे पर जलते हुए कोयले सी जगमगाती थीं। ऐसा अक्सर होता था। नीरजा ने बहुत से अपराधियों के चेहरे पढ़े थे: तक़रीबन सभी ऐसे नज़र आते थे कि सड़क पर आपके सामने से निकल जाएँ तो किसी का ध्यान तक नहीं जाएगा लेकिन उनकी आँखें उनकी आत्मा का अँधेरा नहीं छुपा सकती थीं।

"तुम इस आदमी को जानती हो?" नीरजा ने शालू से पूछा। शालू कहीं और देखने लगी, वो उस तस्वीर को देखना तक नहीं चाहती थी।

"शालू! हमें सिर्फ़ कुछ जानकारी चाहिए। एक और बच्चा ग़ायब हो गया है।"

"तो मैं क्या करूँ, उसका मुझसे क्या मतलब ?"

"एक मासूम सी बच्ची है, स्कूल जा रही थी। प्लीज़, एक बार तस्वीर देखो। बच्ची की मदद करो!"

शालू ने अपनी मर्ज़ी से तो नहीं लेकिन तस्वीर को फिर से देखा। वो भौंचक्की रह गयी। नीरजा ने भी देखा, शालू के माथे पर परेशानी की लक़ीरें उभर आयीं थीं और उसका मुँह हल्का सा खुल गया। उसने पहचान लिया था। लेकिन फिर शालू एकदम से पहले जैसी हो गयी, पर नीरजा एकदम से जान गयी थी कि शालू ने तस्वीर वाले आदमी को पहले देखा था।

"हमें लगता है इस आदमी ने सिद्धार्थ का ख़ून किया है।"

शालू ने बिल्कुल कोई प्रतिक्रिया नहीं दी।

"ये मर चुका है। तुमने इसे कभी यहाँ देखा था?"

शालू को ज़रा आराम मिला, मानो सेठी की मौत की ख़बर ने उसे भरोसा दिलवा दिया हो। उसने एक गहरी साँस ली और हामी भरते हुए सर हिलाया। "वो एक जानवर था, सभी लड़कियाँ एक दूसरे को उसके बारे में सावधान करती थीं। वह उन्हें बेल्ट से मारता था या गला दबा दिया करता था। एक लड़की है यहाँ जो लगभग मर ही गयी थी। वो तो उसका दल्ला टाइम पर पहुँच गया तो वो बच गयी।"

"तुम हमें उस लड़की से मिलवा सकती हो?"

"नहीं। वो अब यहाँ नहीं रहती, क़रीब छह महीने से उसे नहीं देखा।"

"उससे पहले वो रोज़ शाम को यहाँ रहती थी?"

शालू ने अपने कंधे उचकाए, "मैं सब पर आँख रख के नहीं बैठती कि कौन क्या करता रहता है, सब अपने काम से काम रखते हैं। पर वो टिफ़िन टॉप की पक्की राँड़ थी। कई आदमी थे उसके। अच्छा चल रहा था उसका।"

"अजीब है न कि उसने अचानक यहाँ आना छोड़ दिया?"

"हो सकता है कहीं और अच्छी जगह मिल गयी हो।"

या किसी ग़लत आदमी के हत्थे चढ़ गयी हो, नीरजा ने सोचा।

"क्या नाम था उसका?"

"चंदा। पर मुझे नहीं लगता कि ये उसका असली नाम था।"

"तुम बता सकती हो कि वो दिखती कैसी थी?" चंदा का ग़ायब हो जाना कोई बड़ी बात नहीं थी। हो सकता है उसने घर बदल लिया हो, या किसी अस्पताल में हो, या अच्छी क़िस्मत रही होगी तो हो सकता है उसके परिवार

ने उसे वेश्यावृत्ति से बाहर निकाल लिया हो। मगर नीरजा जानती थी कि ये लड़कियाँ यूँ ही वेश्यावृत्ति नहीं छोड़ देतीं। उन्हें कुछ और आता भी नहीं था। वे हमेशा इस में वापस लौट आती थीं।

शालू बिना जोश के चंदा के बारे में बताने लगी और प्रकाश जल्दी से सारी जानकारी लिखने लगा।

"असल में हम जानना चाहते हैं कि तुमने कभी इस आदमी को किसी और आदमी के साथ देखा था? हमें लगता है कि कभी-कभी ये एक और आदमी के साथ घूमता था।"

शालू अचानक से फीकी पड़ गयी और उसने हाथ से मना करने का इशारा किया। "नहीं। मुझे कुछ नहीं पता।" वो इतने ज़ोर से साँस ले रही थी कि उसके नथुने पूरे खुल गए थे। उसके धँसे हुए चेहरे में वे दो बड़े काले गड्ढे से नज़र आ रहे थे। "अभी मुझे जाने दो और मेरे पीछे मत आना। मुझे उसके बारे में कुछ नहीं पता।"

इतना कह कर शालू भाग गयी।

"हम जाएँ उसके पीछे?" नीरजा ने पूछा।

"उसे छोड़ो अभी, वापसी में उठा लेंगे उसे। मैं अभी आराम घर पर जाना चाहता हूँ, हो सकता है वहाँ क़िस्मत कुछ साथ दे जाए।"

"पर ये औरतें आराम घर से निकलती ही नहीं, मुझे तो वो जगह काफ़ी सिक्योर लगी थी। उन औरतों को पता होगा कि टिफ़िन टॉप पर कौन से लोग बराबर आते हैं?"

"हो भी सकता है, नहीं भी। दुनिया बहुत छोटी है, हर क्लू पर ध्यान रखना चाहिए। हर विकल्प पर काम करना पड़ेगा।"

दस मिनट बाद उन्होंने अपनी कार उस ट्रेलर के पीछे पार्क की जहाँ उन औरतों का लिविंग रूम बना था। नीरजा ख़ुश नहीं थी। उन्होंने क़रीब घंटे भर वेश्याओं से बात करने की कोशिश की थी ताक़ि कोई छोटी-मोटी जानकारी ही मिल जाए। लेकिन जब तक वो शालू से बात करके गली से निकले, तब तक ज़्यादातर वेश्याएँ ग़ायब हो चुकी थीं। शाम अभी शुरू ही हुई थी, शायद उन्हें बाद में आना चाहिए तब किसी से बात हो पाना ज़्यादा मुमकिन होगा। अगर शालू अपने आप मदद नहीं करेगी तो उसे ज़बरदस्ती पुलिस स्टेशन लाना होगा।

जब उन्होंने ट्रेलर का दरवाज़ा खटखटाया तो व्योम ने उसे खोला।

"अंदर आइए, बाहर बहुत ठंड है।" व्योम ने उन्हें देखते ही कहा।

नीरजा ने आसपास देखा। एक औरत सोफ़े पर बैठी थी और उसके बिना मांस के घुटने उसकी स्कर्ट में से झाँक रहे थे और नंगी टाँगें खरोंचों से भरी थीं। उस औरत ने अपनी बाँहें रगड़ीं, जैसे वो ठंडी पड़ी हों। शायद थीं भी। न के बराबर कपड़े पहन कर बाहर इतनी ठंड में रहना मुमकिन ही नहीं था। वो औरत टीवी देखते हुए एकदम सुन्न सी लग रही थी।

"क्या कर सकता हूँ आपके लिए?" व्योम ने पूछा। नीरजा आगे बढ़ी। वह सोच रही थी कि शायद समाज कर्मी होने के नाते व्योम कुछ ज़रूरी जानकारी दे पाए।

"हम अशोक सेठी के बारे में पूछना चाहते हैं। वो सिद्धार्थ का ख़ूनी है।"

"हाँ, ज़रूर। आप लोग चाय लोगे?"

प्रकाश और नीरजा, दोनों ने मना कर दिया। वे सलेटी रंग की मेज़ पर बैठ गए जो कि एक वाहियात क़िस्म की मेज़ थी जिसे व्योम ने मेजपोश और कुछ सूखे हुए फूलों से सजाने की कोशिश की थी।

"तुमने ये तस्वीर पहले कभी देखी है?" प्रकाश ने सेठी की तस्वीर व्योम की तरफ़ सरकाते हुए कहा।

"हाँ, पिछली बार जब आप आए थे तो दिखायी थी। मैंने इस आदमी को पहले कभी नहीं देखा। सॉरी।"

"हाँ, तुमने कहा था। पर तुम फिर भी शायद हमारी मदद कर सकते हो। ऐसा हो सकता है कि वो बराबर टिफ़िन टॉप आया करता हो और हमें लगता है कि अक्सर उसके साथ एक और आदमी होता होगा। बल्कि यह हो सकता है कि इस दूसरे आदमी को भी औरतों ने देखा हो। पर ये औरतें हम से बात ही नहीं करना चाहतीं। अगर तुम साथ रहो तो शायद बात बन जाए। वो तुम पर विश्वास करती हैं।"

व्योम ने आह भरी। "मैं कोशिश कर सकता हूँ।" उसने सोफ़े पर बैठी औरत की तरफ़ इशारा किया जो इस वक़्त घबराते हुए अपने गाल रगड़ रही थी जिस वजह से उसकी रूखी-सूखी त्वचा और भी लाल हो रही थी। "हो सकता है चम्पा ने उसे देखा हो। वह टिफ़िन टॉप से परिचित है।"

"उसके पास परमिट नहीं है?" नीरजा ने पूछा।

"नहीं, वो यहाँ आराम घर पर काम नहीं कर सकती लेकिन ये लिविंग रूम सबके लिए खुला है," व्योम ने उसे देखते हुए आँख मारी, "ज़रा देर गर्माहट के लिए आयी है, उसके बाद वापस बाहर काम पर जाएगी।"

चम्पा ने व्योम को खोखली आँखों से देखा। नीरजा ने प्रकाश के हाथ से तस्वीर ली और जाकर चम्पा के साथ बैठ गयी। चम्पा एकदम से नीरजा से परे होकर बैठ गयी और अपनी बाँहें अपने बदन के इर्द-गिर्द कुछ इस तरह बाँध लीं मानों बेहद छोटी सी और ग़ायब ही हो जाना चाहती हो।

"तुम उस आदमी को जानती हो जिसे ये आदमी अपने साथ लाया करता था?"

चम्पा ने तेज़ी से अपना सर हिलाया और व्योम की ओर देखती रही मानो उसका साथ चाह रही हो। पर व्योम कुछ नहीं बोला और मुड़ कर मेजपोश ठीक करने लगा। उसने चम्पा के उस तरह देखने का जवाब क्यों नहीं दिया?

"ये बहुत ज़रूरी है। जिस आदमी को हम ढूँढ रहे हैं, उसने एक बच्चे को किडनैप किया है।"

"बच्चा?" चम्पा की आवाज़ में ख़ौफ़ था और जिस तरह की वो औरत थी, उसके मुक़ाबले काफ़ी ऊँची आवाज़ थी उसकी।

नीरजा ने हाँ में सर हिलाया। "बिल्कुल, हमारे पास समय बहुत कम है।"

चम्पा की नज़र कहीं दूर गयी और वो ज़ोर-ज़ोर से सर हिलाने लगी। "बहुत देर हो गयी है। अब कोई फ़ायदा नहीं, पहले ही देर हो चुकी होगी।"

नीरजा ने चम्पा की बाँह पर अपना हाथ रखा लेकिन कोई फ़र्क़ नहीं पड़ा। उसकी बाज़ू एकदम कड़क और ठंडी थी। चम्पा बुदबुदाती रही। "बहुत देर हो गयी है, बहुत देर।"

"क्या मतलब है तुम्हारा?"

उस औरत ने नीरजा को कोई उत्तर नहीं दिया। आख़िर में व्योम उठा और चम्पा के साथ आकर बैठ गया और अपनी एक बाज़ू उसके कंधे पर घुमा के रखी। वो एक डरी हुई बच्ची-सी लग रही थी जो सोफ़े के तकियों में कहीं खो जाना चाहती थी लेकिन व्योम ने उसे अपनी ओर खींचा।

“चम्पा ख़ुद एक बच्चे को खो चुकी है और हमेशा उसका दिमाग साफ़ नहीं रहता,” व्योम ने कंधे उचकाते हुए कहा, “बच्चे के खोने की ख़बर ने उसे परेशान कर दिया। बाक़ी काम ड्रग्स ने कर दिया।”

नीरजा ने अपने होंठ भींचे और प्रकाश की आँखों में देखा। कोई फ़ायदा नहीं था।

“बाहर कोई होगा?” नीरजा ने पूछा।

“नहीं, अभी बहुत जल्दी है। एक-दो घंटे में बाक़ी औरतें आएंगी,” व्योम ने कहा, “अगर आप वो तस्वीर यहाँ छोड़ दोगे तो मैं कुछ और पता लगाने की कोशिश करूँगा। जैसे ही कुछ पता चलेगा, आपको कॉल करता हूँ।”

नीरजा और प्रकाश को शालू टिफ़िन टॉप पर फिर दोबारा नज़र नहीं आयी। उन्होंने पुलिस स्टेशन में कॉल करके बता दिया ताक़ि उस जगह गश्त लगाने वाले उनके कलीग शालू पर नज़र रख सकें। हो सकता है सही तरीक़े से पूछताछ के दौरान उससे थोड़ी और जानकारी मिल जाती। एकदम निराश होकर वे लोग वापस पुलिस स्टेशन पहुँचे। पूरी दोपहर वे लोग बाहर थे लेकिन कुछ हासिल नहीं हुआ था। वक़्त बहुत कम था।

नीरजा को अचानक कुछ अजीब सा महसूस होने लगा। कहीं उसकी प्रोफाइल पूरी तरह से ग़लत तो नहीं थी? उसने इतना ही तो किया था कि साइकोलॉजिकल पार्ट को जोड़ दिया था और फिर उन्हें सुलझाए हुए केसों से मिलाने की कोशिश की थी। इसमें हमेशा ही एक तरह का ख़तरा रहता है कि कुछ छूट गया हो या ऐसा कुछ हुआ हो जो किसी क़िताब में न लिखा हो। या हो सकता है नीरजा ने अपना काम ही ठीक से न किया हो? कहीं कोई चीज़ उससे छूट तो नहीं गयी जिसकी वजह से रिपोर्ट के नतीजे ग़लत आए हों? अब एक बच्चे की ज़िंदगी इस पर टिकी थी। वक़्त हाथ से निकलता जा रहा था।

"तुम ठीक हो? बहुत चुप सी हो," प्रकाश ने कहा।

नीरजा ने सर हिलाया- "ठीक हूँ।"

नीरजा ने अपने हाथों की तरफ़ देखा जो उसकी गोद में पड़े हुए मचल रहे थे। तनाव की वजह से उसका पूरा बदन कड़क हो गया था। उसकी आँखों के पीछे हल्का सा दर्द हो रहा था और गर्दन की मांसपेशियाँ दुःख रही थीं। वो इस सबसे पहले भी गुज़र चुकी थी। श्रुति के साथ।

पाँच साल और चार महीने पहले।

ये सब नीरजा को बहुत कमज़ोर कर रहा था। प्रेशर इतना ज़्यादा था कि लग रहा था वो उसे चूर-चूर कर देगा। एक डरी हुई छोटी-सी बच्ची कहीं पर थी। नीरजा ही थी जो उसे बचा सकती थी। प्रकाश को इस बात का एहसास

नहीं था। साहिल को भी नहीं। मगर नीरजा जानती थी कि ख़ूनी के लिए अब सब कुछ नीरजा के बारे में था, वो उसे लड़ाई के लिए उकसाना चाहता था। तभी उसने नीरजा तक पहुँचने की कोशिश की थी।

उस ख़ूनी के लिए शायद उस बच्ची को अगवा करना भी कुछ मायने नहीं रखता था। वह तो बस नीरजा तक पहुँचने का एक ज़रिया थी।

ये एक जानी-मानी और तफ़्शील से रिसर्च की हुई बात थी: एक सीरियल किलर जिसके सपने बड़े से और बड़े हो रहे थे। सिद्धार्थ का ख़ूनी इस बात को साबित कर रहा था। वो लगातार एक क़दम आगे रहना चाहता था ताक़ि पूरी दुनिया को दिखा सके कि वो सबसे ख़ास है।

और इसीलिए वो ख़ूनी अब नीरजा को चाहता था। सबको पता होना चाहिए था कि वो पुलिस को कहीं भी ले जा सकता था और उसके लिए अब उसने एक शिकार भी ढूँढ लिया था। वेश्याएँ आसानी से पहचान में नहीं आतीं। कुछ लोगों के तो खोने की रिपोर्ट भी दर्ज़ नहीं हुई थी। दिन-दहाड़े बीच सड़क पर एक बच्चे का ख़ून करना काफ़ी ख़तरनाक हो सकता था। फिर भी वो अभी तक पकड़ा नहीं गया था।

उस ख़ूनी ने ये सब हासिल कर लिया था इसलिए उसका अगला निशाना और भी बड़ा होना चाहिए था। क्या इसीलिए उसने नीरजा को चुना था? क्या उसने ये सोचा था कि ख़ून की तहक़ीक़ात करने वाली एक प्रोफाइलर से पंगा लेकर कैसा लगेगा? इसका साफ़ मतलब था कि वो ख़ूनी अपनी सीमाएँ दूर-दूर तक फैलाने के लिए तैयार था ताक़ि सारी दुनिया को पता चल सके कि वह गज़ब का मास्टरमाइंड था।

नीरजा को नहीं लगता था कि प्रकाश को इस सबका कोई भी एहसास था, मगर वो जानती थी कि अगर उसे ख़ूनी को पकड़ना था तो उसे उस ख़ूनी का खेल खेलना होगा। यही एक तरीक़ा था उसके पास पहुँचने का। अगर उसने साहिल और प्रकाश को इस बारे में बताया तो वे सुरक्षा के दायरे में

रहकर क़दम उठाना चाहेंगे। साहिल का तो दिमाग़ ही ख़राब हो जाएगा और वो नीरजा की सुरक्षा इतनी बढ़ा देगा कि वो अकेली बाथरूम भी नहीं जा पाएगी। या उससे भी बदतर ये होगा कि साहिल नीरजा को केस से ही हटा देगा और फिर वो कुछ नहीं कर पाएगी।

तो फ़िलहाल नीरजा ने अपना ख़याल अपने तक ही रखने का फ़ैसला किया। वो अब अकेली थी। एक बात तो वो ठीक से जानती थी: श्रुति के साथ जो हुआ, वह अब दोबारा नहीं होगा।

वे लोग वापस पुलिस स्टेशन पहुँच ही रहे थे कि नीरजा का फ़ोन बीप हुआ। एक मैसेज आया था! नीरजा का दिल तेज़ी से धड़क रहा था। "उसने रिप्लाई किया है।" नीरजा ने कहा।

"क्या कह रहा है?" प्रकाश ने पूछा।

"तुम ख़तरनाक खेल रही हो। बहुत कुछ दाँव पर लगा रही हो।"

"हरामज़ादा!" प्रकाश गुस्से में बोला।

"वो मुझ पर नज़र रखे हुए है।"

प्रकाश ने एकदम से राजेश को कॉल किया। "हाँ," उसने कहा। "हमें एक और मैसेज मिला है। उसकी लास्ट लोकेशन क्या थी?" एक छोटी सी चुप्पी छा गयी। "टिफ़िन टॉप? ठीक है, हम वहीं जा रहे हैं। बाद में मिलते हैं।"

प्रकाश ने नीरजा की ओर देखा। "सिग्नल टिफ़िन टॉप का था।" उसने एक्सेलरेटर पर पैर दबाया।

आधे घंटे के बाद नीरजा की साँस फूली हुई थी। उन्होंने पूरे टिफ़िन टॉप और उसके आस पास के इलाक़े को ढूँढ डाला था। वो सब जगह हो आए थे। पुलिस वालों की मौजूदगी की वजह से पूरी गली ख़ाकी रंग की नज़र आ रही थी। बुरी तरह से उथल-पुथल मची हुई थी, लेकिन जिसकी तलाश थी वो कब का जा चुका था। वो भी बेवक़ूफ़ नहीं था। और ये लोग शालू को भी नहीं ढूँढ पाए थे। धत्।

प्रकाश ने नीरजा को पुलिस स्टेशन की पार्किंग में वापस छोड़ा ताक़ि वो अपनी कार उठा सके, उस वक्त रात के क़रीब 10 बज चुके थे।

"मुझे लगता है वो फिर से मैसेज करेगा," नीरजा ने कहा।

"देखते हैं।"

नीरजा के दिमाग़ में ख़याल मक्खियों के झुंड की तरह भिनभिना रहे थे। वो सच में प्रकाश को चुपचाप ये बताना चाहती थी कि ख़ूनी का अगला क़दम नीरजा से आमना-सामना करने का होगा। लेकिन फिर क्या? ये लोग नीरजा को किसी भी क़ीमत पर ख़ूनी से मिलने नहीं देंगे। या शायद बहुत तैयारियों के साथ एक बार मिलने भी दें लेकिन फिर उसे भी एक नौटंकी सी बना देंगे और वो कमीना एकदम से समझ जाएगा कि कहीं कुछ गड़बड़ है। फिर नीरजा और उसकी टीम अपना पहला और आख़िरी मौक़ा भी गँवा देंगे और एक और बच्चा अपनी जान से हाथ धो बैठेगा। वो ज़िंदगी जो इस वक़्त नीरजा के हाथ में थी।

थकान से चूर नीरजा बाथरूम में दाख़िल हुई। आगे काम करने से पहले उसे कुछ घंटों की नींद लेनी पड़ेगी। उसका दिन काफ़ी लम्बा गुज़रा था लेकिन अगवा की हुई बच्ची का कुछ पता नहीं चला था। उस बच्ची का नाम मिश्का था। ऐसा लग रहा था जैसे वो ज़मीन से कहीं ग़ायब ही हो गयी थी। किसी ने कुछ नहीं देखा था।

नीरजा को अपना गला सूखता सा महसूस हुआ। आज सुबह उस बच्ची को दुनिया बिल्कुल अलग नज़र आ रही होगी। उसका पूरा नाम है—मिश्का मेहता। आज का दिन भी रोज़ की ही तरह शुरू हुआ होगा। मिश्का की माँ ने उसे नींद से जगाया होगा और उसके सोते हुए चेहरे को प्यार से चूमा होगा। उसने उठ कर ब्रश किया होगा और तैयार हुई होगी। फिर उसकी माँ ने उसके कंधे तक के बालों में कंघी कर के उसे कुछ रंग बिरंगे क्लिप से बाँधा होगा। हो सकता है उन्होंने एक साथ नाश्ता किया हो। शायद ब्रेड के साथ एक गिलास दूध पिया हो। उसकी माँ ने उसे गुडबाय कह के स्कूल के लिए रवाना किया होगा और फिर ख़ुद तैयार होने चली गयी होंगी। स्कूल जाते वक़्त मिश्का की दुनिया एकदम से रुक गयी थी और जहाँ मिश्का अपनी माँ को आवाज़ें दे रही थी, वहीं उसकी माँ अपनी बाइक से काम पर चली गयी थी; इस बात से बेख़बर कि कहीं कुछ ग़लत हो रहा था।

बिल्कुल ऐसा ही हुआ होगा।

नीरजा ख़ूनी के मैसेज को देखने लगी।

“मुझे उससे बात करनी पड़ेगी,” उसने ख़ुद से कहा।

"हम कहाँ मिल सकते हैं?"

नीरजा ने मैसेज भेजा और फिर फ़ोन पिछली जेब में डाल दिया। उसने ख़ुद को शीशे में देखा। उसका चेहरा सफ़ेद दिख रहा था और बाल बिखरे हुए थे। उसका मन तो था कि सुबह उठ कर बाल धोए और उन्हें इस तरह ब्लो ड्राई करे कि कम से कम दुनिया के सामने जाने लायक तो हो जाए। लेकिन वो सब इस वक़्त एकदम ग़ैरज़रूरी लग रहा था। नीरजा ने एक गहरी साँस ली और अपने चेहरे पर एक हल्के से गर्म कपड़े को मला। बच्चे अपनी दादी के साथ थे और एकदम सुरक्षित थे। और दो भरोसेमंद अफ़सर आम कपड़ों में उसके घर के सामने फिर से अपनी कार में मौजूद थे तो नीरजा शांति से सो सकती थी। ख़यालों में तो ऐसा हो ही सकता था। ज़ाहिर है कि असलियत में तो नीरजा भी जानती थी कि उसे एक पल भी नींद नहीं आएगी।

उसके बहुत सारे सवाल थे। श्रुति और नयी लड़की, मिश्का का आपस में क्या संबंध था? दोनों की शक्लें एक दूसरे से काफ़ी मिलती-जुलती थीं। ख़ूनी की भी यही इंटेंशन थी। उसने साफ़ तौर पर श्रुति के बारे में बात की थी। मगर क्यों? वो कहना क्या चाह रहा था?

श्रुति की मौत इसलिए हुई थी क्योंकि पुलिस ने पहुँचने में देर कर दी थी। क्रिमिनल रिकॉर्ड वाले पीड़ोफ़ाइल, पांडे के पास पहुँचने में उन्होंने बहुत देर लगा दी थी। नीरजा उस तहक़ीक़ात की इंचार्ज थी। क्या ये सब उस बारे में था? कौन था वो जो नीरजा को उसकी ग़लतियाँ याद दिलवाना चाहता था? या ये इंसान एक पढ़ा-लिखा बेवक़ूफ़ था जो जानता था कि नीरजा को कैसे उकसाया जा सकता था?

नीरजा ने चेहरे पर नाईट क्रीम लगायी। तनाव की वजह से उसका सर दर्द कर रहा था और एक ख़याल लगातार गर्दन से शुरू होकर दिमाग़ को झन्ना रहा था। बिना एक पल सोचे, उसने शीशे वाला कैबिनेट खोला और नींद की गोलियों वाला डब्बा निकालने लगी लेकिन वहाँ कुछ नहीं था। वो परेशान हो उठी और उसने उस कैबिनेट को थोड़ा और खोला। वहाँ कोई डब्बा नहीं था।

क्या उसने आख़िरी डब्बा खोल कर ख़त्म कर दिया था? धत् तेरे की। वो हर रात को सोने के लिए एक गोली लेती थी और अगर फिर भी नींद नहीं आती थी तो एक और ले लेती। मगर अब वो भौंचक्की रह गई थी कि उसकी नींद की गोलियों का कोटा ख़त्म हो गया था। इतनी जल्दी तो ख़त्म नहीं हुईं होंगी न वैसे?

नीरजा सीढ़ियों से नीचे गयी। कोट टाँगने की जगह पर उसका हैंडबैग लटका हुआ था। एमरजेंसी के लिए उसमें दवाई का एक पत्ता तो होना चाहिए था और यही सोच कर उसने सारा बैग छान मारा। उसे लगा वो ठंडे पसीने से भीगी हुई थी। कहाँ थी वो साली गोलियाँ? दिन में ठीक से सोच पाने के लिए जो दवाई लेती थी, उस प्रोविजिल का डब्बा पड़ा था। वो भी ख़त्म ही होने वाली थीं। साला!

डॉक्टर ने साफ़ कह दिया था कि वो उसे नया प्रिस्क्रिप्शन नहीं देंगे। तो नीरजा को अब उस साइकेट्रिस्ट से मिलना ही होगा जिसने श्रुति के केस के बाद उसका इलाज किया था। वैसे नीरजा सच में उसे टालना चाहती थी क्योंकि उसे उस डॉक्टर पर भरोसा नहीं था। न ही उन साइकेट्रिस्ट पर जिन्होंने उसके बाद नीरजा की मदद करने की कोशिश की थी। वो अपने तजुर्बे से जान गयी थी कि सिर्फ़ वो ख़ुद ही अपनी मदद कर सकती थी। ये उसका दर्द था तो उन लोगों के सामने बैठने का क्या फ़ायदा जिनके लिए वो सिर्फ़ एक फ़ाइल थी। उस साइकेट्रिस्ट को बिल्कुल नहीं पता था कि नीरजा किस हालात से गुज़र रही थी क्योंकि वो ख़ुद उसे महसूस नहीं कर सकता था।

तभी नीरजा का मोबाइल बजा। राजीव का मैसेज था:

"आर्यन और अहाना के बिना मेरा ज़िंदा रहने का कोई मतलब नहीं है। इससे अच्छा तो मैं ख़ुद को ख़त्म ही कर दूँ। मगर उन्हें कभी नहीं छोड़ूँगा। वो मेरे हैं। तुम अकेली रह जाओगी, नीरजा।"

नीरजा ने बेमन से मोबाइल को वापस जेब में रखा। जहाँ तक उसके बच्चों का सवाल था, नीरजा के पास राजीव की बचकानी हरकतों के लिए बिल्कुल भी ताक़त नहीं थी। वो उससे कल बात करेगी। मगर इस वक़्त उसे अपनी नींद की गोलियाँ चाहिए थीं। वो अपना बैग रसोई में ले गयी और उसे रसोई की स्लैब पर ख़ाली कर दिया। नीरजा ने काँपते हुए हाथों से कुछ काग़ज़ देखे, थोड़ी टॉफ़ियाँ और छोटे-छोटे खिलौने भी थे जो उसने बच्चों के साथ कार के सफ़र के दौरान बैग में डाल लिए थे, लेकिन गोलियाँ नहीं थीं।

उसने दोनों हाथों से अपना सर रगड़ा और बाल खींचने लगी। नहीं। धत्। बिना गोली के उसके लिए रात गुज़ारनी नामुमकिन थी। उसने दोबारा से अपना सामान चेक किया, इतनी बेसब्री से कि उसका बैग नीचे गिर पड़ा। और साथ ही अहाना का एक खिलौना और कुछ छोटी-मोटी चीज़ें भी गिर गयीं। ओफ़्फ़। उसने उस स्लैब से सारा सामान एक साथ नीचे फेंका और वहीं ज़मीन पर बैठ गयी। साला क्या झंझट है!

नीरजा नहीं जानती थी कि वो उसी हालत में कितनी देर तक वहाँ बैठी रही कि अचानक लैंड्लाइन की ज़ोर से बज रही रिंगटोन से वो चौंक उठी। वो भागती हुई ऊपर गयी और उसकी टाँगों में मानो ताक़त आ गयी थी। अगर उसी ख़ूनी का फ़ोन हुआ तो? क्या वो कोई ऑफर देगा? क्या वो नीरजा से मिलना चाहता था? मिश्का के बदले नीरजा? जब नीरजा ने बिस्तर के साथ पड़े मेज़ से मोबाइल उठाया तो उसका दिल उसके गले तक आ चुका था। साहिल। ये साहिल का फ़ोन था।

"हेल्लो," नीरजा ने नर्मी से कहा।

"कैसा चल रहा है? कोई न्यूज़?"

"मैं ठीक हूँ। मैंने उससे कांटेक्ट करने की कोशिश की थी।"

"और? कोई जवाब आया?"

नीरजा हिचकिचाई। नहीं, उसे अपने प्लान पर ही काम करना होगा।

"नहीं। अभी तक नहीं।" वो बिस्तर के कोने पर ही बैठ गयी। वो पिछली रात के बारे में सोचने लगी जब साहिल उसके साथ ही था। उन्होंने एक दूसरे को चूमा था। ये सोचते ही एक पल के लिए नीरजा की साँस रुक गयी। साहिल में हज़ार ख़ामियाँ थीं लेकिन जबसे नीरजा ने उसकी शख़्सियत का दूसरा रूप जाना था, वो उसे इंसानी तौर पर अच्छा मानने लगी थी। वो सच्चा था। ध्यान रखने वाला था। यही बात नीरजा को छू गयी थी। साहिल, नीरजा की चिंता करता था, ये जानते हुए भी कि नीरजा अपना ध्यान रखने में सक्षम थी। साहिल का पास होना जाना-पहचाना सा लगा था, इतना कि वो उसकी बाँहों में ही सो गयी थी। ये बात और है कि रात ख़त्म होते-होते काफ़ी झंझट हो गई थी लेकिन वो ख़ुश थी कि साहिल उसके लिए वहाँ उसके साथ था।

"मेरी सारी गोलियाँ ख़त्म हो गयीं," नीरजा बिना सोचे ही बोल पड़ी।

"बेहतर।"

"मुझे बहुत डर लगता है। मैं अपने ही बिस्तर में घुसने की हिम्मत नहीं कर पा रही हूँ।"

"ओह, नीरजा। तुम इससे मजबूत हो। तुम उन साली गोलियों के बिना रह सकती हो।"

"हाँ।" इस "हाँ" पर विश्वास करना मुश्किल था। "मैं अपने माइंड को स्विच ऑफ करके रिलैक्स कर ही नहीं पा रही। लगातार उस लड़की का चेहरा मेरे सामने घूम रहा है और फिर अचानक मेरे दिमाग़ में वो सब चीज़ें घूमने लगती हैं कि वो उस बच्ची के साथ क्या कर रहा होगा। सब कुछ इतना रियल है साहिल जैसे कि मैं वहीं हूँ लेकिन कुछ नहीं कर पा रही।"

"मैं आऊँ वहाँ?"

"नहीं। मुझे ख़ुद ही इससे निबटना होगा।"

"ठीक है।" नीरजा ने उसकी आवाज़ में निराशा सुन ली थी।

नीरजा ने अपनी आँखें बंद कीं। साहिल ने उसकी नामंज़ूरी मान ली थी। वो फ़ोन पर चिल्ला-चिल्ला कर कहना चाहती थी कि वो ये अकेले नहीं कर पाएगी, कि उसे ऐसा लग रहा था जैसे वो तूफ़ानी समुंदर में डूब रही है। नीरजा साहिल को क्यों नहीं बता पा रही थी कि उसे साहिल की ज़रूरत थी? कि उसका पास होने कितना अच्छा लगेगा।

नीरजा ने अपना होंठ काटा। "ठीक है, कुछ हुआ तो कॉल करूंगी।"

नीरजा ने फ़ोन काटा और गद्दे पर पसर गयी। उसका शरीर थकान से टूटा हुआ था। यूँ सीधा लेट कर उसे काफ़ी आराम मिला और ऐसा लग रहा था जैसे उसकी टाँगें गद्दे के ऊपर हवा में तैर रही थीं। मगर उसका सर फट रहा था। उसने बिस्तर के साथ वाली मेज़ पर रखा लैंप जलाया। अँधेरा बहुत परेशान कर रहा था उसे। उसने फिर से फ़ोन उठाया और उसकी स्क्रीन को ताकने लगी।

और फिर अचानक साहिल को फ़ोन लगा दिया।

"तुम्हारे पास एक्स्ट्रा बेड होगा? सोफ़ा भी चलेगा," नीरजा ने कहा।

"नीरजा? क्या?"

"क्या मैं तुम्हारे पास आ सकती हूँ? मुझसे अब और नहीं हो रहा।"

नीरजा ने सोचा था कि साहिल का फ्लैट बेहतरीन होगा। लेकिन नैनीताल से बस थोड़ा ही बाहर, उस 1930 के ज़माने का घर नीरजा की

सोच से बिल्कुल अलग था। वो तीन-मंज़िला इमारत थी और सामने के शीशों पर दाग़ लगे हुए थे। नीरजा के घंटी बजाने से पहले ही साहिल ने सामने का दरवाज़ा खोल दिया और उसके आगे-आगे सीढ़ियों पर चढ़ने लगा।

सबसे पहली चीज़ जिस पर नीरजा का ध्यान गया, वो थी साहिल की एक्साइटमेंट जिससे उसने नीरजा का हॉल में खड़े होकर स्वागत किया था। वो लिविंग रूम में आयी जहाँ हीटर जल रहा था। नीरजा को पूरी दीवार के बराबर एक बड़ा-सा रैक दिखायी दिया जो क़िताबों से भरा हुआ था। एक घिसा हुआ लेदर का सोफ़ा अलमारी के सामने रखा था और साथ ही एक छोटी-सी मेज़ थी जिस पर एक क़िताब खुली पड़ी थी।

"मैंने तुम्हारे घर के बारे में कुछ और ही सोचा था।"

साहिल ने अपनी एक भौंह ऊपर चढ़ाई। "कुछ और?"

"हाँ, पता नहीं। थोड़ा कम कम्फ़र्टेबल, शायद।" नीरजा ने कुछ फ्रेम में लगी तस्वीरों पर नज़र डाली। वो कहीं दूर-दराज़ की तस्वीरें थीं।

"और हाँ, थैंक यू।" नीरजा ने कहा।

और वो हँस पड़ी। वो एक घबराई हुई सी टीनएजर लग रही थी।

हे भगवान नीरजा, नॉर्मल रहो।

"वाइन लोगी?" साहिल ने पूछा।

नीरजा ने न में सर हिलाया। "सिर्फ़ पानी, थैंक यू। क्या पता अभी रात में क्या होना बाक़ी है।" उसने अपना फ़ोन हवा में लहराया, "हो सकता है वो ख़ूनी सामने आ जाए।"

साहिल की रसोई सादी सी थी और लिविंग रूम और उसके बीच सिर्फ़ एक काउंटर ही था। वो रसोई में गया और नीरजा सोफ़े के सामने खड़ी हुई उसे देख रही थी। इस आरामदायक कमरे में अपने कंधों पर एक हूडी लपेटे हुए साहिल वो दिन वाला प्रॉसिक्यूटर नहीं लग रहा था।

उसने फ्रिज से एक मिनरल वाटर की बोतल निकाली और मुड़ा। अचानक नीरजा उसके पास गयी और उसे चूम लिया। साहिल ने बोतल को एक तरफ़ रखा और नीरजा को गर्दन से थामते हुए अपनी ऊँगलियाँ उसकी ज़ुल्फ़ों में उलझा लीं। नीरजा ने उसे फ्रिज की तरफ़ धकेल दिया।

जैसे ही नीरजा एक क़दम पीछे लेने को हुई, साहिल ने उसे फिर से अपने क़रीब खींच लिया। वो अब बड़ी बेदर्दी से उसे चूम रहा था, मानो अब तक बड़ी मुश्क़िल से ख़ुद पर क़ाबू कर रहा था। साहिल ने हल्के से नीरजा के निचले होंठ को काटा और अपना माथा उसके माथे पर रख दिया ताक़ि वो सीधा उसकी आँखों में देख सके।

"ये अचानक क्या हुआ था?" साहिल ने पूछा।

"आई लाइक यू।"

"ओह, यह तो आश्चर्यजनक है। कुछ हफ़्ते पहले तक तो तुम मुझे झेल भी नहीं पा रही थीं।"

"तब मैं तुम्हें जानती नहीं थी। मेरा मतलब है, जानती थी लेकिन लगता है शायद अच्छे से नहीं।"

"और अब जानती हो?"

नीरजा ने अपने कंधे उचकाए। "मेरी समझ से थोड़ा बेहतर।"

"तुम बहुत प्रेशर में हो।"

नीरजा ने उसे देख कर अपनी आँखें बड़ी कीं। "क्या मतलब है तुम्हारा?"

साहिल ने उससे आँखें चुराते हुए अपने कंधे उचकाए। "कुछ नहीं। मैं सिर्फ़ ये सोच रहा हूँ कि क्या यह अच्छा होगा?"

"ओह।" नीरजा ने इसकी उम्मीद नहीं की थी। "अगर तुम्हें लगता है कि ये अच्छा नहीं है तो हमें निश्चित करना होगा कि आगे से ऐसा कभी ना हो," नीरजा ने सख़्ती से कहा और मुड़ गयी। साहिल के लफ़्ज़ नीरजा के पेट में पत्थर की तरह चुभ रहे थे। नकारे जाने की बेइज्जती से बचने के लिए वो घर वापस जाना चाहती थी। लेकिन वो बचपना सा लगता और इसीलिए नीरजा सोफ़े पर जाकर काले चमड़े की गद्दियों में खो गयी।

साहिल ने पानी की बोतल उसके सामने मेज़ पर रख दी।

"मेरा कहने का वो मतलब नहीं था।" साहिल ने कहा।

"तो क्या मतलब था?"

"दरअसल हम दोनों एक ही चीज़ से डील कर रहे हैं। हमारा पास्ट और जो कुछ भी सिद्धार्थ के साथ हुआ और अब ये नयी लड़की, ये हमें एक दूसरे के पास ला रहे हैं।"

नीरजा ने अपने पाँव ऊपर खींचे। सिद्धार्थ के केस ने उसे बीते हुए वक़्त से फिर एक बार ऐसे मिलवाया था कि उसके लिए गोलियों के बिना दिन बिताना नामुमकिन सा हो गया था। उसमें अगर आप ये बात और जोड़ दें कि उसका परिवार टूट कर बिखर रहा था और एक ख़ूनी उसके पीछे पड़ा हुआ था तो ये कोई बड़ी बात नहीं थी कि वो अजीब हरक़तें कर रही थी। जैसे कि उसी इंसान के साथ मुश्क़िल हालात पैदा कर देना जिसने सबसे पहले उसकी तरफ़ मदद का हाथ बढ़ाया था।

"तुम मेरे लिए सॉरी फील कर रहे हो?" नीरजा ने अपने हाथों से खेलते हुए कहा।

"तुम्हारे लिए सॉरी?" साहिल ज़रा-सा मुस्कुराया। "तुम्हारे लिए? नहीं, मुझे नहीं लगता।"

नीरजा ने उसकी ओर गुस्से से देखा। क्या वो उस पर हँस रहा था? "मैंने जोक नहीं सुनाया। सच में पूछ रही हूँ।"

साहिल फिर से सीरियस हो गया।

"तुम इतने उदार और जिम्मेदार इसलिए हो रहे हो क्योंकि तुम मेरे लिए सॉरी फील कर रहे हो?" नीरजा ने फिर से पूछा, इस बार ज़रा सख़्ती से।

साहिल ने धीरे से न में सर हिलाया और उसकी आँखों में देखा। "नहीं," उसने कहा और नीरजा की तरफ़ मुड़ा। "मेरे ख़याल से तुम ज़िद्दी हो, ढीठ हो और पिछवाड़े का दर्द हो!"

"वाह, थैंक यू!"

"मैंने सकारात्मक ढंग से कहा था। मैं और किसी को नहीं जानता जो अपनी जॉब इतने पैशन और गंभीरता से करता हो। हमेशा सोचता हूँ कि तुम ये सब कैसे कर पाती हो। मुझे बिल्कुल नहीं लगता कि तुम कमज़ोर या बेचारी हो सिर्फ़ इसलिए कि अचानक तुम्हारे साथ इतना कुछ हो गया है। बल्कि मेरे लिए तो एक सुकून है कि आख़िर तुम भी सबकी तरह सामान्य मनुष्य हो। यही तुम्हें ज़्यादा ख़ूबसूरत बनाते हैं। निश्चय ही, मुझे तुम्हें उदास देखना बिल्कुल अच्छा नहीं लगता। लेकिन मैं भी सामान चीज़ों से गुज़र रहा हूँ।"

"तो तुम मेरे परेशान होने का कारण समझते हो?"

साहिल ने हाँ में सर हिलाया। “मगर मैं ख़ुद को उसके लिए ज़िम्मेदार भी मानता हूँ। जब तुम्हें उस दिन जंगल में देखा था तो समझ नहीं आ रहा था कि मैं क्या करूँ। तुम्हें उस हालत में ऐसे ही ड्राइव करके घर जाने देना मुझे बिल्कुल ठीक नहीं लगा था।”

“इसलिए तुमने जानबूझकर मुझे नुक़सान पहुँचाने की कोशिश की।”

“अभी भी गुस्सा हो उस बात से, है न?”

“मुझे ऐसा लगा था जैसे किसी ने मेरी पीठ में छुरी घोंप दी हो। तुमने मुझे मेरे सबसे कमज़ोर क्षण में देखा और फिर मेरी तरफ से निर्णय भी ले लिया। ऐसा लगा जैसे तुमने मुझे धोखा दिया था।”

“मुझे लगा कि अगर तुम इस केस पर रहीं तो वो तुम्हें बिल्कुल तोड़ देगा।” साहिल ने अपना गला साफ़ किया। “मेरे पास भी उस केस से बचने का कोई विकल्प नहीं था। मगर मैंने तुम्हें भी अपने साथ घसीट लिया और मैं तुम्हारे साथ वैसा कुछ नहीं करना चाहता था। मुझे पता है वो मेरे लिए कितना मुश्किल था।”

“इसलिए शराब में डूब गए।”

“वो सिर्फ़ एक बार हुआ था। पिछले तीन साल से लेकर इस केस के मिलने तक मैं मुक्त था। श्रुति की मौत के बाद मैं भयानक अवसाद में चला गया था। मुझे उस अपराधबोध की भावना को दबाने के लिए, दर्द को थोड़ा कम करने के लिए कुछ चाहिए था इसलिए शराब का सहारा ले लिया। और उसने और ज़्यादा नुक़सान कर दिया। मुझे समझ तो आ रहा था लेकिन मैं उसे छोड़ ही नहीं पा रहा था। अपने आप तो नहीं। फाइनली, मेरे बॉस ने अल्टीमेटम दे दिया। मैं साइकेट्रिस्ट से मिला और बिना नौकरी छोड़े मुझे इससे निबटने की परमिशन मिल गयी।”

नीरजा उसे चुपचाप देख रही थी। जब वो हँसता था तो आँखों के आसपास छोटी झुर्रियाँ और गहरी हो जाती थीं। उसके बाल गहरे थे जो इस वक़्त पूरी तरह से बिखरे हुए थे। वो भूरी आँखें जिनकी पुतलियों के आसपास एक सुनहरा गोला बना हुआ था, जिनसे वो नीरजा की तरफ़ ईमानदारी से देख रहा था। साहिल कहता रहा।

"ऐसा लग रहा है जैसे इस केस ने मुझे पाँच साल पीछे उठा कर फेंक दिया हो। मुझे पैनिक अटैक्स आते थे। सामान्यतः रात को। साँस लेना मुश्क़िल हो जाता है। ठंडा पसीना आने लगता है। एकदम घबराहट होने लगती है और वो भी बेवजह। अचानक मुझे ये समझ आया कि मैं अपनी पीड़ा में तुम्हें भी घसीटते जा रहा हूँ। मैं ये कर नहीं सकता था।"

"लेकिन तुमने मुझे इस केस में शामिल किया ही क्यों?"

"मैं नहीं जानता था कि तुम्हारे लिए ये इतना मुश्क़िल होगा। लेकिन हाँ, जब उस दिन तुम्हें जंगल में उस बुरी हालत में देखा, तो समझ में आया। मैं सिद्धार्थ के केस की इन्वेस्टिगेशन तुम्हें बर्बाद करके नहीं करवा सकता था। मेरी वजह से तुम पाँच साल पहले वैसे ही बहुत भुगत चुकी हो।"

"तुम बस अपनी जॉब कर रहे थे। तुमसे एक ग़लती हुई। लेकिन जानबूझकर नहीं हुई थी।"

कुछ देर एकदम चुप्पी थी।

साहिल मज़ाक़िया हँसी हँसा। "मगर इसका मतलब ये नहीं कि उस ग़लती को कभी भी माफ़ किया जा सके।"

नीरजा अपने सामने देख रही थी। उसके पास साहिल की बात का कोई ऐसा जवाब नहीं था जो उसकी इस फीलिंग को दूर कर सकता। वो अंदर से खा जाने वाले उस एहसास को जानती थी और जानती थी कि लोग कितनी भी मदद करने की कोशिश कर लें, वो एहसास कहीं नहीं जाता था। साहिल को ख़ुद को माफ़ करना होगा।

"साहिल," नीरजा ने कहना शुरू किया। उसे सही शब्द चुनने थे। "मैं सच में नहीं जानती कि मैं यहाँ क्या कर रही हूँ। मगर मैं यहाँ अवसाद में या डर के मारे नहीं आयी थी। ऑफ़ कोर्स मैं वो सब महसूस कर रही हूँ मगर वो सब वैसे भी रहने ही वाला है, चाहे तुम मेरे साथ बैठो या नहीं। लेकिन किसी ऐसे के साथ बात करना अच्छा लगता है जो समझ सकता हो कि आप क्या कहना चाह रहे हो।"

साहिल उठ खड़ा हुआ। "मैं सुबह के लिए कपड़े और एक स्लीपिंग बैग ले लेता हूँ। फिर तुम मेरे बेड पर जाकर सो सकती हो।"

नीरजा कुछ पल सोफ़े पर ही बैठी रही और साहिल को बेडरूम में जाते हुए देखती रही। फिर वो उठ कर उसके पीछे गयी और बेडरूम के दरवाज़े पर खड़ी हो गयी। कमरा बड़ा और बत्तियों से जगमगा रहा था। लकड़ी का फ़र्श चमकदार था और काफ़ी बड़े बिस्तर पर सलेटी रंग की रज़ाई और ढेर सारे तकिए रखे हुए थे। नीरजा ने उसे अलमारी में से एक काले रंग का सूट और एक सफ़ाई से प्रेस की हुई क़मीज़ निकालते हुए देखा।

"मेरा ये मतलब नहीं था कि तुम अपना बेड ही छोड़ दो," नीरजा ने कहा।

साहिल ने ऊपर देखा। उसको अभी तक नीरजा के वहाँ आने का एहसास नहीं हुआ था। "सच कह रहा हूँ, तुम्हें बेड पर सोना चाहिए। सोफ़ा एकदम बेकार है।"

नीरजा उसके पास गयी और उसके हाथ से कपड़ों के हैंगर लेकर लकड़ी के दरवाज़े पर टाँग दिए। फिर वो अपने पंजों पर खड़ी हुई और उसने अपने होंठ साहिल के होंठों पर रख दिए। नीरजा के हाथ साहिल के कपड़ों के अंदर सरक गए, थोड़ी सी गरमाहट की तलाश में। साहिल ने गहरी साँस ली।

"नीरजा," साहिल ने कहा और नीरजा को बाँहों से थाम लिया। उसने नीरजा को पीछे धकेलने की कोशिश की, हालाँकि पूरे मन से नहीं।

पर वो हार मानने वाली नहीं थी। वो उसे चाहती थी। उसे पता नहीं था कि क्यों, लेकिन जो वो महसूस कर रही थी, वो एकदम सच्चा और साफ़ था।

"भाड़ में गयी शरीफ़ इंटेंशन," साहिल बुदबुदाया और उसने नीरजा को बिस्तर पर धकेल दिया। नीरजा भी ख़ुशी-ख़ुशी जा गिरी। फिर वो उसके ऊपर झुक गया। "मैं मानता हूँ कि शायद तुम्हारे बारे में मैं वो सब सोचता हूँ जो उतना एप्रोप्रियेट नहीं है।"

नीरजा ने उसके होंठों पर ऊँगली रख दी और उसका स्वेटर उतार दिया।

अगले दिन नीरजा पुलिस स्टेशन जल्दी पहुँच गयी। साहिल की बाँहों में सो कर उठना एक अलग तरह का एहसास था। बिना कपड़ों के और वो भी अपनी त्वचा पर सेक्स की सुगंध के साथ उठ

ना। वो गहरी नींद में सोयी थी और कोई डरावना सपना भी नहीं आया था। लेकिन नए दिन की शुरुआत के साथ ही एक गिल्ट के एहसास ने उसे घेर लिया। राजीव की वजह से? नहीं, ये वो नहीं था। साहिल के साथ बितायी रात ऐसी लग रही थी मानो नीरजा ने अपने पूरे परिवार को धोखा दिया हो। जैसे कि उसने ये मान लिया हो कि सब टूट कर बिखर रहा था। राजीव की कही बातों की याद अभी भी ताज़ा थी। क्या वो सच में सिर्फ़ अपने ही बारे में सोचती थी?

अब नीरजा प्रकाश और विक्रम के साथ मीटिंग रूम में मेज़ पर बैठी थी और उसका मोबाइल उसके सामने पड़ा था। कोई नया मैसेज नहीं आया था और लग रहा था कि मिश्का के किडनैपर को नीरजा का मैसेज अभी तक मिला भी नहीं था।

"हम लोग जल्दी से सोचते हैं कि अभी तक हम कहाँ पहुँचे हैं और फिर तय करेंगे कि आज का काम कैसे बाँटना है," प्रकाश ने कहना शुरू किया। "विक्रम, तुम उस मोबाइल की खरीद के बारे में कुछ पता कर पाए? कोई कैमरा इमेज?"

"बहुत पहले ख़रीदा गया था उसे," विक्रम ने जवाब दिया।

"और मिश्का के अगवा होने के आसपास की कोई टिप्स भी नहीं?" नीरजा ने पूछा।

"हम लोग अभी डोर टू डोर पूछताछ कर रहे हैं," विक्रम ने कहा, "मगर अभी तक कुछ पता नहीं चला। मुझे अभी भी आशा है कि हमें कोई इन्फॉर्मेशन मिलेगी। उस वक़्त काफ़ी लोग काम पर जा रहे थे। माँएँ बच्चों को स्कूल छोड़ने जा रही थीं। हम लोग उस पर काम कर रहे हैं लेकिन दुर्भाग्य से इस सब में समय लगेगा।"

“ठीक है। एक बार सेठी पर वापस चलते हैं। वो म्यूजिक एसोसिएशन के लोगों के फिंगरप्रिंट लेने थे, वो कहाँ तक पहुँचे?”

“नेगेटिव। और, कोई और भी नहीं था जो बता पाता कि सेठी के घर कोई आता-जाता था या नहीं,” विक्रम ने कहा।

नीरजा ने आह भरी। निराशा की वजह से उसे गुस्सा चढ़ रहा था। “हम जानते हैं कि मिश्का का किडनैपर सिद्धार्थ के मर्डर केस में शामिल है क्योंकि मेरी खिड़की पर मिले नोट पर उसके फिंगरप्रिंट सिद्धार्थ की नोटबुक से मैच करते हैं। और फिर वो नेपाल का मैप भी है। हाँ, वही मैप जो सिद्धार्थ के बैग से मिला था। उसके फ़ोन की लोकेशन देख कर लगता है कि पिछले कुछ दिनों में वो नैनीताल और हल्द्वानी में मेरे घर के आसपास था। मगर वो बैग नेपाल बॉर्डर के पास मिला था। उससे क्या पता चलता है? ये हमें भटकाने के लिए है? या किसी और भयानक खेल का क्लू है?”

“वो मैप, हाँ। वो तो मेरे लिए अभी भी एक रहस्य है,” प्रकाश ने कहा।

प्रकाश और विक्रम ने हाँ में सर हिलाया।

“तो शालू मिली किसी को?” नीरजा ने पूछा।

“नहीं, हम अभी भी उसे ढूँढ रहे हैं।” प्रकाश ने बताया।

“मैं अल्कोहल एडिक्शन वाले क्लीनिक पर गया था,” विक्रम ने कहा, “मैंने एक डॉक्टर से बात की जो सेठी को जानता था लेकिन दुर्भाग्य से उसे कोई आइडिया नहीं था कि वहाँ रहने के दौरान सेठी किन लोगों से मिलता जुलता था। बड़ी मुश्क़िल से उन लोगों से मरीजों की लिस्ट निकलवायी है, आज किसी समय मेल मिल जाएगी।”

"बढ़िया। आज दोपहर में मीटिंग है। लंच के बाद शुरू करते हैं।"

विक्रम और नीरजा ने हामी भरी।

"राजेश से कोई और अपडेट?" नीरजा ने पूछा।

"नहीं, पर मैं उसी के पास जा रहा हूँ। तुम आना चाहती हो तो आ जाओ," प्रकाश ने कहा।

राजेश कंप्यूटर और सर्वर की वजह से गरम हुए कमरे में बैठा था और उसके आसपास ढेरों लाल और हरी बत्तियाँ टिमटिमा रही थीं।

"गुड मॉर्निंग, राजेश," प्रकाश ने कहा।

राजेश, प्रकाश की आवाज़ सुन कर चौंक गया। उसे पता ही नहीं चला कि वे लोग कब अंदर आ गए थे। उसने उन्हें बड़ी-बड़ी आँखों से देखा। "मैं आप लोगों के पास ही आने वाला था। देखो क्या मिला मुझे।"

नीरजा के माथे पर परेशानी की लक़ीरें थीं और उसने राजेश के कंधे के ऊपर से देखा।

“मुझे लगता है दूसरे ख़ूनी की तस्वीर मिल गयी है।” राजेश ने स्क्रीन पर एक तस्वीर की तरफ़ इशारा किया जिसे उसने बड़ा कर दिया था और उसकी वजह से उस पर दाने-दाने आ रहे थे और वो धुँधली नज़र आ रही थी।

“ये क्या है?”

“ये सेठी के चश्मे की रिफ्लेक्शन है जो मुझे एक पिक्चर में मिली थी।”

नीरजा का दिल ज़ोर से धड़का और उसने और ध्यान से उस तस्वीर को देखा। जो वो देख रहे थे, हो सकता था कि ये वही आदमी था जिसकी उन्हें तलाश थी। वो एक आदमी की सलेटी रंग के कपड़े पहने हुए धुँधली सी रूपरेखा थी। किसी चीज़ ने, शायद उस कैमरा ने जिसे वो पकड़े हुए था, उसके चेहरे के निचले हिस्से को ढक दिया था। वो एक सलेटी रंग की बिंदु से ज़्यादा कुछ नहीं था और उसकी आँखों वाली जगह पर कुछ गहरे धब्बे थे। राजेश ने बात आगे बढ़ायी

“हम लोग इस पर काम करेंगे। थोड़ा समय लगेगा लेकिन निश्चित है कि हम इस इमेज को और साफ़ कर लेंगे।”

प्रकाश मुस्कुराया। “बढ़िया, राजेश। और जितनी तेज़ी से कर सकते हो, करो। हमें इस हरामज़ादे को ढूँढना ही है।”

नीरजा ने मीटिंग से पहले एक बार फिर अपनी रिपोर्ट पर नज़र डाली। इस वक़्त मीटिंग में एक पूरी दोपहर लगा देना उसे ठीक नहीं लग रहा था। ज़ाहिर है कि ये किसी भी केस को सुलझाने के लिए सबसे ज़रूरी क़दम होता लेकिन नीरजा के अंदर की एक आवाज़ कह रही थी कि उन्हें इस ख़ूनी तक जल्द से जल्द पहुँचना चाहिए। नीरजा के लिए बाक़ी कुछ भी करना बस वक़्त की बर्बादी थी। लेकिन दिल पर पत्थर रख कर वो ये भी मान रही थी कि उनके पास अभी ऐसे कोई सुराग़ नहीं थे कि उस आदमी को ढूँढने के लिए पुलिस दौड़ायी जा सके। इसलिए इंतज़ार करने के अलावा कोई और रास्ता नहीं था।

उसने मिश्का की तस्वीर देखी। सीधे काले बाल, प्यारा-सा, छोटा-सा चेहरा था उसका। वो उसके स्कूल की तस्वीर थी। हँसते हुए मिश्का अपने दाँत दिखा रही थी और सामने के टूटे हुए दाँत की वजह से बड़ी शैतान लग रही थी। बेहद मासूम भी। किस हाल में होगी वो? ये ख़याल नीरजा के लिए बहुत डरावना था कि वो किसी कोने में पड़ी होगी और या तो वो उसे मार रहा होगा या उसके साथ बुरी हरक़तें कर रहा होगा। उन्हें देर होने से पहले उस ख़ूनी को ढूँढना ही था।

नीरजा ने अपनी चीज़ें इकट्ठी कीं और अपना हैंडबैग मेज़ पर रखा। वो पाँच मिनट में मीटिंग के लिए जाने वाली थी। तभी उसका फ़ोन बजने लगा। ये उसकी सास का फ़ोन था। धत्, उसके पास इस वक़्त उनके लिए बिल्कुल वक़्त नहीं था। वो एक पल के लिए हिचकिचाई लेकिन फिर फ़ोन उठाने का फ़ैसला किया।

“हेल्लो। मैं अभी बहुत व्यस्त हूँ और बस निकलने वाली हूँ। कुछ एकदम ज़रूरी है या दोपहर तक बात करूँ?” नीरजा ने पूछा।

“नहीं। सब ठीक है, चिंता मत करो। मैं सिर्फ़ ये पूछ रही थी कि बच्चे कैसे हैं और कल भी मैं उन्हें लेने आऊँ या नहीं?”

“बच्चे? मुझे लगा वो आपके साथ हैं।”

“नहीं। राजीव ले गया था उन्हें आज सुबह।”

“राजीव? क्यों? मुझे लगा हमारी बात हुई थी कि आप आर्यन को स्कूल ले जाएंगी और अहाना को प्ले में छोड़ देंगी?”

“राजीव ने कहा कि उसकी तुमसे बात हो गयी है। उसने कहा वो बच्चों के साथ मज़ा-मस्ती करेगा तो मुझे लगा ठीक है।”

नीरजा के सर में हथौड़े बजने लगे। “मज़ा-मस्ती करेगा? मगर आर्यन का तो स्कूल है?” नीरजा को एकदम से कुछ अजीब सा लगने लगा।

“राजीव ने कहा कि दो दिन की छुट्टी है और अब सीधा परसों ही स्कूल जाना है।”

“साला चल क्या रहा है यहाँ?”

“अच्छा अच्छा, बच्चे राजीव के साथ सेफ हैं न?”

“मुझे बताइए कि वो इस वक़्त हैं कहाँ?”

“मुझे नहीं पता,” उन्होंने धीमी-सी आवाज़ में कहा। “उसने बताया नहीं।”

“मगर सिक्योरिटी वाले उनके साथ गए हैं न?”

"वो, सिक्योरिटी वाले सामने के दरवाज़े पर थे जबकि राजीव, आर्यन और अहाना को पिछले दरवाज़े से ले गया। वो तो अभी भी बैठे हैं वहाँ कार में।"

"धत् तेरे की! कितनी देर पहले निकला राजीव?"

"आज सुबह। जैसे ही मैं घर आयी। वो हमारा पहले से ही इंतज़ार कर रहा था।"

नीरजा ने फ़ोन काटा। धत् तेरे की। ये गंभीर बात थी। राजीव बिना कारण कभी भी आर्यन की स्कूल से छुट्टी नहीं करवाता था। क्या करने वाला था वो? उनकी बात हुई थी कि वो बच्चों को थर्सडे से पहले लेने नहीं आएगा। तो अभी क्यों ले गया? और अपनी माँ को झूठी कहानी क्यों सुनाई किसी छुट्टी के बारे में? इस सबका कोई मतलब नहीं समझ आ रहा था। नीरजा के बच्चे। वे जा चुके थे। नीरजा ने घबराहट बढ़ती हुई महसूस की।

कश्मकश

आर्यन और अहाना, दोनों ही राजीव के पास थे। नीरजा ने जल्दी से अपना कोट पहना और दरवाज़े से बाहर निकल गयी। नहीं, नहीं, ये नहीं हो सकता था। हालात कुछ इस तरह के बन जाएंगे, नीरजा इस बात का पहले ही अंदाज़ा क्यों नहीं लगा पायी? काफ़ी दिनों से राजीव वही पुराना, ख़ुद पर क़ाबू रखने वाला इंसान नहीं रह गया था। और पिछले कुछ हफ़्तों की उसकी वो अजीबोग़रीब बातें भी तो थीं। वो सब उनके रिश्ते के टूटने की वजह से नहीं था। इस सबके पीछे और भी बहुत कुछ था। मगर नीरजा को इस सबका एहसास अब हो रहा था।

सबसे पहले डिप्रेशन था। फिर राजीव का यह डर था कि नीरजा उसे उसके बच्चों से दूर कर देगी। उसके बाद था राजीव का बुरा बर्ताव जो नीरजा ने पहले कभी नहीं देखा था। फिर राजीव का वो शक़ करना जहाँ उसे लगता था कि कोई उसका पीछा कर रहा था और उसके बच्चे उसकी ज़िंदगी से ग़ायब हो जाएंगे। क्या राजीव का डिप्रेशन पागलपन में बदल गया था? गया कहाँ वो? बच्चों के साथ क्या करना चाह रहा था?

वो गलियारे में प्रकाश से टकराई।

“अरे, तुम तो बड़ी जल्दी में हो! कहाँ जा रही हो?”

“मुझे जाना होगा।”

“लेकिन हम लोग मीटिंग करने लगे थे।”

“राजीव मेरे बच्चों को ले गया है। किसी को नहीं पता कि वो कहाँ है। मुझे जाना ही पड़ेगा।”

“मैं कुछ कर सकता हूँ?”

“पता नहीं। जैसे ही कुछ और पता चलेगा, मैं तुम्हें कॉल करती हूँ।” नीरजा जल्दी से सीढ़ियों से उतर कर इमारत से बाहर निकल गयी। कार तक पहुँचते-पहुँचते वो हाँफ़ रही थी। तो अब क्या? वह कहाँ जा सकता है? उसकी राजीव से बात नहीं हो पा रही थी। वह कहीं भी हो सकता था।

आह नीरजा, सोचो। कहाँ ले गया होगा वो बच्चों को?

नीरजा ने अपना होंठ इतनी ज़ोर से काटा कि वो ख़ून का स्वाद चख सकती थी। “कहाँ हो तुम, राजीव?” वो बुदबुदायी। अगर उसे बच्चों के साथ कहीं जाकर छुपना होता तो वो कहाँ जाता? जहाँ वो सुरक्षित महसूस करता। वो अपने माँ-बाप के घर पर नहीं था। तो कहाँ?

घर। नीरजा को पहले घर वापस जाकर कोई सुराग़ ढूँढना होगा। उसने कार में बैठ कर साहिल को फ़ोन किया।

“नीरजा? मैं एक मीटिंग में जाने वाला हूँ। कुछ अर्जेंट है क्या?”

“राजीव बच्चों को ले गया है।”

“सच में? कहाँ ले गया?”

“पता नहीं। मैंने इस सब को उतनी गंभीरता से नहीं लिया। कितनी बेवक़ूफ़ हूँ मैं साहिल। मैं सच में बेवकूफ़ हूँ।”

“एक मिनट के लिए शांत हो जाओ। तुमने क्या गंभीरता से नहीं लिया?”

“वो डरा हुआ था कि मैं उससे बच्चों को छीन लूँगी। मेरी समझ से उसे शायद कोई पागलपन का दौरा पड़ा है।”

“पागलपन? पहले भी हुआ है ये उसके साथ?”

“नहीं। पर पिछले कुछ दिनों से अज़ीब बातें कर रहा था। जैसे कि वो क़िसी दूसरी दुनिया में रह रहा था। धत्, राजीव। वो चला गया। उसने अपनी माँ के यहाँ से बच्चों को लिया और चला गया। ये सब मेरी ग़लती है।”

नीरजा ने एक ट्रैफिक लाइट पर कार धीरे की। उसने हैंडल को इतनी ज़ोर से पकड़ा कि ऊँगलियाँ सफ़ेद पड़ गयीं।

साहिल ने धीरे से गाली दी। “अच्छा, तुम्हें कोई अन्दाज़ा है कि वो उन्हें कहाँ ले गया होगा?”

“नहीं, कुछ भी नहीं,” नीरजा रोने लगी, “मैं एकदम डरी हुई हूँ। वो उन्हें कोई नुक़सान पहुँचा सकता है।”

एक पल के लिए चुप्पी छा गयी। “मैं तुम पर विश्वास करता हूँ, पर तुम्हें सच में लगता है कि राजीव अपने बच्चों को कोई नुकसान पहुँचा सकता है?”

“उसने कहा था कि वो ऐसा ही कुछ करेगा, साहिल। और मैंने एक सेकेंड के लिए भी उसकी बात पर ध्यान नहीं दिया क्योंकि मैं सिर्फ़ अपने और उस वाहियात खून के बारे में सोच रही थी।”

“उसने ठीक-ठीक क्या कहा था?”

"उसने इस हफ़्ते मुझे मैसेज किया था कि वो इस तरह जीना नहीं चाहता लेकिन वो अपने बच्चों को कभी नहीं छोड़ेगा। और ये कि मैं एकदम अकेली रह जाऊँगी।"

"इसके दो मतलब हो सकते हैं।"

"यही तो मेरा मतलब है," वो चिल्लायी, "मैंने उसे अवसाद में कही बातें समझ कर नज़रअंदाज़ कर दिया था, लेकिन वह बच्चों को अपने साथ मार देगा, ये बात साफ़-साफ़ नज़र आ रही थी।"

"या फिर हो सकता है वो कहना चाहता होगा कि वो अपनी इस लाइफ़ को नहीं छोड़ना चाहता क्योंकि वह बच्चों को कोई नुकसान नहीं पहुँचाना चाहता। ये भी तो हो सकता है न? हो सकता है कि तुम कुछ ज़्यादा सोच रही हो?"

"मुझे ऐसा नहीं लगता।"

"तुम हो कहाँ?"

"घर जा रही हूँ। मैंने हल्द्वानी थाने में भी रिपोर्ट की लेकिन उन्हें नहीं लगता कि कोई परेशान होने वाली बात है। मैं चाहती हूँ कि अर्जेंट एक्शन ले लिया जाए।"

"मैं तुम्हारे यहाँ आ रहा हूँ।"

"लेकिन तुम्हारी मीटिंग... "

"वे लोग उसे टाल देंगे। मैं निकल रहा हूँ। मिलता हूँ।"

नीरजा ने कार को घर के सामने एकदम से रोका और घर में घुसते ही झट से सीढ़ियाँ चढ़ कर ऊपर गयी मानो ख़ुद को यक़ीन दिलाना चाहती हो कि ये बस एक बुरे ख़्वाब से ज़्यादा कुछ नहीं था। एक मन कह रहा था कि वो बिल्कुल ग़लत समझ बैठी थी और अभी उसे बच्चे हँसते-खेलते हुए अपने कमरे में मिल जाएंगे। ये सब एक बहुत बड़ी ग़लतफ़हमी साबित होगी। मगर वहाँ ख़ौफ़नाक चुप्पी छायी हुई थी।

सबसे पहले वो आर्यन के कमरे में गयी जहाँ डिटर्जेंट, घास के पत्तों और उसके छोटे नवाब के ख़ुद के बदन की महक फैली हुई थी। दीवार की स्लैब पर आर्यन के छोटे सैनिक एक लाइन में खड़े हुए थे और दूसरे कोने में लेगो का एक बड़ा डब्बा रखा था। नीरजा ने आर्यन की मेज़ पर हाथ फेरा जहाँ लेगो की ढेर सारी बनी हुई चीजें रखी थीं। फिर नीरजा ने आर्यन की अलमारी खोली। सब कुछ वहीं था। जो बैग उसने अपनी सास को दिया था, उसमें दोनों बच्चों के बस एक-एक दिन के ही कपड़े थे। राजीव कुछ भी नहीं ले गया था। उसे एकदम उल्टी आने को हुई, मानो वो बीमार पड़ने वाली थी।

नीरजा ने अपने पेट से गले में आए हुए एसिड को वापस नीचे घोंटा और अहाना के चमकदार गुलाबी कमरे में चली गयी। वो भी खाली था। उसने अहाना के बिस्तर पर पड़ी एक गुड़िया को उठाया और उसके नर्म छोटे से शरीर को अपने गले से लगा लिया। गुड़िया के ऊनी बालों से उसकी गर्दन पर गुदगुदी होने लगी थी। वो जानती थी कि अहाना के भी सभी कपड़े मौजूद होंगे लेकिन वो ख़ुद को अलमारी खोलने से रोक नहीं पायी। वो घुटनों के बल गिर पड़ी और अपने हाथों से अपना मुँह बंद कर लिया। वो इतनी बेवक़ूफ़ कैसे हो सकती थी? उसने पहले ही वार्निंग को क्यों नहीं पहचाना? किस तरह की माँ है वो? अब उसके चेहरे पर आँसू तेज़ी से बह रहे थे।

ये मत करो, नीरजा। मजबूत बनो। अगर इस वक़्त तुम टूट गयीं तो बच्चों की नज़र में गिर जाओगी। तुम्हें लड़ना होगा।

नीरजा ने एक गहरी साँस ली और अहाना की गुड़िया को अपनी बाज़ू में दबाए नीचे आ गयी। उसका गला जल रहा था। वहाँ कोई भी नहीं था और राजीव भी लापता था। लिविंग रूम में सब ठीक लग रहा था। ढूँढने की शुरुआत करे तो करे कहाँ से? राजीव चाहता ही नहीं था कि कोई उसे ढूँढ पाए। घर आते वक़्त नीरजा ने राजीव को दर्जनों बार कॉल किया था लेकिन वो सब बेमतलब था।

उसने कमरे में आसपास देखा। काश वो वक़्त को वापस पीछे ले जा पाती। घड़ी की सुइयों को सिर्फ़ एक दिन पीछे घुमाने के लिए वो कुछ भी करने को तैयार थी। वो दिन जब सब कुछ ठीक था। अहाना कमरे में अपनी छोटी-सी लकड़ी की बत्तख़ को लिए फुदक रही थी।

नीरजा का हाथ दरवाज़े पर चिपकी हुई एक ड्राइंग को छूने लगा। उसमें एक घर बना था जिसकी चिमनी से गहरा धुआँ निकल रहा था। आर्यन और उसके बीच में इसको लेकर बहस हुई थी क्योंकि वो अपने काम में मसरूफ़ थी और आर्यन उसका पीछा ही नहीं छोड़ रहा था कि ड्राइंग को दरवाज़े पर चिपका दिया जाए। पिछले कुछ हफ़्तों में उसने सिद्धार्थ के ख़ून के केस को सुलझाने के लिए कितने घंटे लैपटॉप पर बिताए थे? और पूरे वक़्त उसने बच्चों को परे धकेल दिया था। हो सकता है वो उनके साथ में बिताए कुछ आख़िरी घंटे थे। वो अनमोल पल जो अब खो चुके थे।

नीरजा रसोई में गयी और अचानक जहाँ थी, वहीं जम गयी। एक नोट लगा हुआ था। काले पत्थर पर सफ़ेद काग़ज़ साफ़ नज़र आ रहा था। ये राजीव का लिखा हुआ था, वो उसकी लिखावट पहचानती थी। उसने वो

काग़ज़ उठाया मगर उसकी ऊँगलियाँ इतनी काँप रही थीं कि उससे कुछ पढ़ा ही नहीं गया। उसने काग़ज़ को वापस नीचे रख दिया।

नीरू, अब से तुम अकेली हो। अब तुम्हें पता चलेगा कि अकेला होना कैसा महसूस होता है।

"मुझे दूर क्षितिज पर पंछी दिखाई दे रहे हैं। ब्लू मैग्पी। वो मुझे बुला रहे हैं। हमें। उन्होंने हमसे आज़ादी का वादा किया है। हर दुःख और डर से आज़ादी, मुझे यही चाहिए। मैं अपना पीछा करने वालों से छुटकारा चाहता हूँ। चले जाना चाहता हूँ। मैं तैयार हूँ। और मैं अकेला नहीं हूँ। मैं आज़ाद हूँ और उन्हें मेरे साथ मेरी उड़ान पर ले जा रहा हूँ। मेरे दो चौड़े और मोटे पंख। आर्यन और अहाना। पंखों के एक अच्छे सूट में।"

आई लव यू, नीरू। हमेशा।

ऐसा लग रहा था जैसे किसी ने नीरजा के फेफड़ों से हवा निचोड़ दी हो। वो हाँफ़ रही थी लेकिन ऑक्सीजन उसके दिमाग़ तक पहुँच ही नहीं रहा था। कनरा घूमना शुरू हो गया और आसपास अँधेरा छा गया।

लड़ो नीरजा।

नीरजा ने साँस अंदर खींची। अंदर और बाहर। अंदर और बाहर। उसे फोकस करना था। बच्चों को उसकी ज़रूरत थी। अभी टूट कर मत गिर जाना, वरना सब कुछ गँवा बैठोगी।

नीरजा ने हाथों से दीवार को थामा और ज़रा सा आगे को झुकी और वैसे ही खड़ी रही जब तक उसने फिर से ठीक से साँस लेना शुरू नहीं कर दिया। तभी रसोई की खिड़की में दस्तक हुई। साहिल सामने के दरवाज़े पर खड़ा

हुआ था। नीरजा ने जल्दी से दरवाज़ा खोला और साहिल ने उसे अपने क़रीब खींच कर उसके माथे को चूमा।

"विश्वास करो, हम उन्हें ढूँढ लेंगे।"

"एक नोट भी है।" नीरजा ने उसे वो काग़ज़ का टुकड़ा थमाया। साहिल ने जल्दी से उसे पढ़ा।

"क्या मतलब है इसका?" साहिल ने पूछा।

"मुझे तो इसका कोई सर पैर समझ नहीं आ रहा। इतना पक्का है कि राजीव हद से ज़्यादा कन्फ्यूज्ड है। उसने हाल में कई बार अज़ीब तरह का व्यवहार किया था। मगर फिर कई बार ऐसा भी था जब वो एकदम नॉर्मल था। मुझे लगा यह स्ट्रेस होगा क्योंकि उसके लिए हमारे अलगाव को एक्सेप्ट करना बहुत मुश्क़िल हो रहा था। मुझे लगा शायद इसी वजह से ठीक से सोच नहीं पा रहा। पर अब मैं निश्चित हूँ कि वाक़ई में उसकी दिमाग़ी हालत काफी ख़राब है। मैं इतनी बेवक़ूफ़ कैसे हो सकती हूँ? मुझे पहले ही समझ क्यों नहीं आया कि ऐसा कुछ हो सकता है?"

"ये सब सोच कर अब कोई फ़ायदा नहीं है। हमें एक योजना के हिसाब से काम करना होगा। सबसे पहले पुलिस स्टेशन चलते हैं और कहते हैं कि वे इस केस को प्राथमिकता से हैंडल करें। पर एक बात और भी है, हमने बच्चों के लिए सिक्योरिटी रखी थी। वे लोग कहाँ थे जब राजीव बच्चों को लेकर गया?"

"वे लोग बाहर थे और राजीव बच्चों को पिछले दरवाज़े से छुपा कर ले गया।"

"इसका मतलब उसकी माँ ने उसकी मदद की?"

"मुझे ठीक ठीक नहीं पता कि क्या हुआ था। वो भी काफ़ी परेशान थीं। मुझे उनसे मिलना पड़ेगा, हो सकता है वो कुछ और बता पाएँ। मैं यहाँ बैठ कर इन्तिज़ार नहीं कर सकती कि अपने आप कुछ होगा या हल्द्वानी की पुलिस अपने हिसाब से एक दिन निर्णय लेगी कि अब कुछ करना चाहिए।"

साहिल ने हाँ में सर हिलाया और बिना और कुछ कहे दोनों बाहर निकल कर साहिल की कार में बैठ गए जो उसने नीरजा की कार के पीछे ही खड़ी की थी।

जब वो राजीव की माँ के घर पहुँचे तो वे दरवाज़े पर खड़ी रो रही थीं। नीरजा ने भाग कर उन्हें गले लगा लिया। उनके परफ्यूम की महक एकदम से नीरजा की नाक में घुस गयी। आर्यन और अहाना जब भी अपनी दादी के साथ वक़्त गुज़ारते थे तो उनसे भी यही महक आती थी।

"कहाँ है वो?" नीरजा ने पूछा और आसपास देखा। हल्की-हल्की बूँदाबाँदी को चखने के लिए मानो घर के सामने वाला बड़ा सा बरगद का पेड़ अपनी नंगी टहनियों को फैलाए खड़ा था। अभी कुछ ही हफ़्ते पहले वहाँ सूखे पत्तों का ढेर लगा हुआ था। इस साल पेड़ इतना बढ़ा था कि बच्चों ने अपनी दादी के साथ वहाँ बहुत मस्ती की थी। गुड़िया, मकड़ी के जाले और अहाना के लिए गले का एक हार बनाया था।

नीरजा ने अपनी सास को सवालिया नज़रों से देखा। उन्होंने अपने कंधे उचकाए। "हो क्या रहा है? कहाँ है राजीव?"

“हमें नहीं पता लेकिन वह बहुत कन्फ्यूज्ड है। मुझे डर लग रहा है कि वो बच्चों को नुकसान पहुँचा सकता है। हमें उसे ढूँढना ही होगा।” नीरजा ने परेशानी भरी आवाज़ में कहा।

“बच्चों को नुकसान पहुँचा सकता है? वो ऐसा कभी नहीं करेगा।”

“वो इस वक़्त बहुत डिप्रेस्ड है। मेरे लिए एक गुडबाय लेटर छोड़ कर गया है।”

“हे भगवान!” नीरजा की सास ने अपने हाथ से अपना मुँह ढका। “ऐसा नहीं हो सकता। मुझे बहुत डर लग रहा है।”

“आपने उसे यूँ ही बच्चों के साथ जाने क्यों दिया?”

“क्यों नहीं जाने देती? वो उनका बाप है, है न?”

नीरजा ने उनकी बाँह को छुआ। “उसने बताया कि वे लोग कहाँ जा रहे थे?”

“मुझे भरोसा था कि बच्चे उसके साथ सुरक्षित हैं। बच्चे भी तो उसे देख कर कितने ख़ुश थे, एकदम से उसकी गोद में कूद गए थे। फिर उसने कहा कि एक पुरानी एल्बम देखनी है। मुझे लगा कि अजीब सी रिक्वेस्ट है लेकिन फिर भी मैं उसे लेने ऊपर चली गयी।”

“राजीव ने आपको ऊपर भेजा?”

“हाँ, उसे पता है कि मैं सारे एल्बम अपने बेडरूम में रखती हूँ। और मेरे पीछे से उसने बच्चों को उनके कोट पहनाये। जब तक मैं वापस आयी, वे लोग जा चुके थे। गेट खुला हुआ ही था।”

"और आपको फिर भी ऐसा नहीं लगा कि यह कुछ अजीब है?"

"लगा तो पर मैंने सोचा हो सकता है मेरे ही समझने में कोई ग़लती हुई हो।"

"तो वो पिछले दरवाज़े से गया था? तभी पुलिस वालों ने उसे नहीं देखा।"

"मैं उनके पीछे गयी थी, गेट से बाहर निकली पर वे लोग तब तक जा चुके थे।"

नीरजा अफ़सरों को भी फटकारना चाहती थी। एकदम बेवक़ूफ़ थे वे लोग और एक बार फिर फेल हुए। बिल्कुल उसी रात की तरह जब सिद्धार्थ के ख़ूनी ने नीरजा की खिड़की पर चिट्ठी छोड़ी थी। पर नीरजा ने बात न बढ़ाने का फ़ैसला किया। इस वक़्त उन पर ऊँगली उठाने का कोई फ़ायदा नहीं था, ये बाद में किया जा सकता था।

"आपको कोई अन्दाज़ा है कि वो कहाँ जा सकता है?" नीरजा ने फिर से अपनी सास से पूछा। उसने पीछे मुड़ कर साहिल की तरफ़ देखा जो कार के पास खड़ा होकर किसी को हुए एक कॉल कर रहा था।

"नहीं, कुछ भी नहीं।"

"ये लेटर मिला है मुझे। कोई सर पैर नहीं है इसका। लीजिए, पढ़िए।" नीरजा ने कहा और चिट्ठी ज़बरदस्ती उनके हाथ में थमा दी।

पढ़ते-पढ़ते उसकी सास अपना हाथ वापस अपने मुँह पर ले आयी। "तुम्हें क्या लगता है, क्या मतलब है इस सबका?"

"मुझे लगा शायद आपको समझ आएगा।"

उन्होंने आँसू भरी आँखों से नीरजा को देखते हुए ना में अपना सर हिलाया।

"मुझे कुछ समझ नहीं आ रहा," नीरजा ने कहा। वो साहिल के साथ कार में झुकी हुई सी बैठी थी। पूरी दोपहर उन्होंने बच्चों को ढूँढने में बितायी थी। वे लोग खेल के मैदानों में गए, जंगल के उन हिस्सों में गए जहाँ पहले भी बच्चों को ले गए थे लेकिन बच्चों या राजीव का कहीं कोई नामोनिशान नहीं था।

"ढूँढें तो ढूँढें कहाँ?" नीरजा बुदबुदायी।

साहिल ने अपना फ़ोन कानों से लगा लिया। "हाँ मैं उसी सिल्वर-ग्रे कार के बारे में कॉल कर रहा हूँ।" कुछ देर चुप्पी थी। "कहीं नहीं दिखी? और वो फ़ोन, उसे ट्रेस कर पाए तुम?" साहिल ने नीरजा की ओर अपने होंठों को भींचते हुए देखा। "अच्छा, शुक्रिया।" साहिल ने धीरे से अपना सर हिलाया। "वे लोग कोशिश कर रहे हैं लेकिन लगता है कि राजीव ने ये सब बहुत ध्यान से किया था। उसका वाक़ई में कोई ट्रेस नहीं मिल रहा।" साहिल ने अपने हाथों की तरफ़ देखा। "जो इन्वेस्टिगेशन लीड कर रहा है, वो तुमसे बात करना चाहता है।"

"अभी? साहिल, मेरे पास अभी उससे बात करने का टाइम नहीं है। मुझे अपने बच्चों को ढूँढना है।"

"और वे लोग भी यही कर रहे हैं। क्लू ढूँढ रहे हैं और उन्हें लगता है तुम उनकी हेल्प कर सकती हो।"

नहीं। नीरजा को आगे बढ़ना होगा, ढूँढते रहना होगा। वक़्त बिल्कुल नहीं था।

"भीमताल।" नीरजा ने कहा।

"क्या?" साहिल ने पूछा।

"भीमताल।" इस बार नीरजा ने थोड़ा ज़ोर से कहा। "हम लोग वीकेंड पर वहाँ बराबर जाया करते थे। वसंत में तो कई बार।"

साहिल ने कार को पार्किंग से बाहर निकाला।

"तो हम ठीक-ठीक कहाँ जा रहे हैं?" साहिल ने अगला सवाल किया।

"भीमताल के लेक के पास एक रिसॉर्ट है, लेक कॉटेज।" नीरजा का दिल मानो उसके गले में आकर धड़क रहा था। वहीं होगा वो। क्षितिज तक पंछी। बात साफ़ थी। ब्लू मैग्पी के बारे में कह रहा था वो।

"कुछ हफ़्ते पहले भी वो अचानक ग़ायब हो गया था। तब भी मुझे वो भीमताल के लेक के पास ही मिला था।" नीरजा ने बताया।

"अच्छा, आशा है कि इस बार भी वो वहीं गया हो," साहिल ने सड़क पर नज़र रखते हुए कहा।

शाम के क़रीब छह बज चुके थे और अँधेरा होने लगा था। नीरजा ठीक सामने देखते हुए एकदम सुन्न सा महसूस कर रही थी और उसे साहिल की बातें सुनाई दे रही थीं जो हज़ारवीं फ़ोन कॉल पर होगा। और 5 मिनट में वे लोग वहाँ पहुँच जाएंगे।

"हेल्लो?" एक महिला अफ़सर की तेज़ आवाज़ हैण्ड फ्री फ़ोन पर सुनाई दी। "हमें लेक कॉटेज रिसॉर्ट के बारे में कुछ इन्फॉर्मेशन मिली है। सिल्वर-ग्रे रंग की कार वहाँ देखी गयी है। आज ही आयी है वो वहाँ।"

नीरजा ने बाक़ी की बात नहीं सुनी। तो राजीव वहीं था बच्चों के साथ। ऐसा लग रहा था जैसे कुछ उसके गले के आसपास कस रहा था। साहिल ने जितनी तेज़ी से हो सकता था, सीधे रिसॉर्ट के पार्किंग में कार लगायी। वहीं सामने एक छोटी सी चमकती हुई रिसेप्शन बिल्डिंग थी।

नीरजा ने ज़ोर से कार का दरवाज़ा खोला।

"मैं एक कार और एक एम्बुलेंस भी भिजवा देता हूँ, सेफ्टी के लिए," नीरजा ने साहिल को पीछे से कहते हुए सुना। वो कार से निकल चुकी थी। साहिल उसके पीछे-पीछे गया।

"मैं सीधा जा रही हूँ, तुम देखो अगर रिसेप्शन से कोई जानकारी मिलती है तो।" नीरजा ने जल्दी से साहिल को अपनी फैमिली की तस्वीर थमायी। अहाना, आर्यन, कहाँ थे वो?

नीरजा वहाँ लगे हुए बैरियर से बचती हुई तेज़ी से भागने लगी। वहाँ इक्का-दुक्का पेड़ ही थे और मुख्य रास्ते पर लैंप से पड़ती रोशनी से आसपास बने रिसॉर्ट के कॉटेज चमक रहे थे। हो सकता है कि क़िस्मत साथ दे और उसे राजीव की कार कहीं नज़र आ जाए। पर तभी ऐसा लगने लगा जैसे कि हर तरफ़ सलेटी रंग की ही गाड़ी खड़ी थी। नीरजा भागती रही। वो गले में जमा देने वाली ठंड और बदन के दोनों तरफ़ एक तेज़ खिंचाव महसूस कर रही थी।

वो एक मोड़ पर रुक गयी और हाथ घुटनों पर रख लिए। किस तरफ़ जाना चाहिए? साँस लेती रहो। नीरजा ने दाहिने जाने का फ़ैसला किया और भागती रही। नहीं। कोई कार नहीं थी। क्या राजीव ने किसी दूसरी कार का इस्तेमाल किया था? या कार कहीं और पार्क की थी? वो नहीं चाहता था कि कोई उसे ढूँढ पाए। क्या राजीव ने कार छुपाने के बारे में भी सोच लिया था?

फिर तो इस सबका कोई मतलब ही नहीं था। ये एक नामुमकिन काम था। क्या नीरजा को साहिल के पास वापस चले जाना चाहिए? हो सकता हैं वो कुछ और जानकारी पता कर पाया हो, लेकिन रिसेप्शन काफ़ी पीछे रह गया था।

नीरजा पेड़ों के एक झुंड के पास पहुँची जहाँ एक गेट था और पार्क ख़त्म हो रहा था। वो पीछे मुड़ी, उसे चलते रहना होगा।

चीड़ के कुछ पेड़ों की लम्बी छाया पड़ रही थी। नीरजा एक पतले से रास्ते पर मुड़ी जो आगे जा कर दूसरी सड़क से मिल रहा था। चीड़ के फल उसके पाँव तले मसले जा रहे थे लेकिन वो भागती रही। वो लेक की ठंडी हवा सूँघ पा रही थी और राजीव और बच्चों को यहीं कहीं होना चाहिए था। चिट्ठी में लिखी बातों का यही मतलब था। क्षितिज़ पर पंछी यानि ब्लू मैग्पी। सब कुछ तो इसी तरफ़ इशारा कर रहा था। नीरजा को उसे ढूँढना ही था। वे लोग यहीं थे। उसे पक्का विश्वास था। वो बहुत क़रीब थी लेकिन फिर भी उसे देर हो सकती थी।

"नीरजा!" कोई ज़ोर से चिल्लाया। वो एकदम से रुक गयी और उसने आसपास देखा। वहाँ था वो। एक लम्बे काले कोट में एक लम्बा सा आदमी। वो साहिल था।

साहिल ने नीरजा को अपनी तरफ़ आने का इशारा किया। "हमें इस तरफ़ जाना है। जल्दी करो।"

नीरजा उसकी तरफ़ दौड़ी और फिर कुछ ही देर में वो साहिल को पीछे छोड़ कर उसके आगे भाग रही थी।

"कॉटेज नंबर 38। रिसेप्शनिस्ट ने उसे फोटो देख कर पहचान लिया था। लेकिन उसने बच्चों को नहीं देखा। वो आज दोपहर को यहाँ आया है।" साहिल ने भागते-भागते नीरजा को बताया।

जितना हो सकता था, नीरजा उतनी तेज़ भागी। उसे कनखियों से एक बोर्ड नज़र आया जिस पर 30-39 लिखा हुआ था। वहाँ था राजीव। नीरजा को मोड़ पर खड़ी हुई उसकी कार नज़र आयी। वो छोटा सा घर जहाँ राजीव और बच्चे थे, वो पेड़ों और झाड़ियों के बीच छुपा हुआ था। नीरजा का दिल धौंक रहा था और उसके कान में घंटियाँ बज रही थीं। घर के सामने वाली बड़ी खिड़की से एक हल्की पीली रोशनी दिखायी दे रही थी। सफ़ेद धुँध में ढकी पत्तियाँ सामने के दरवाज़े के साथ ईंटों की दीवार पर चिपकी हुई थीं।

साहिल नीरजा के साथ आकर खड़ा हो गया। नीरजा ने घंटी बजायी और फिर दरवाज़ा ज़ोर से खटखटाया। उसे कोई दिखाई नहीं दे रहा था न ही किसी तरह की कोई हरक़त का एहसास हो रहा था। उसकी मुट्ठी में दर्द हो रहा था। वो राजीव का नाम लेकर चिल्लायी लेकिन कुछ नहीं हुआ। बच्चों की भी कोई आवाज़ें नहीं आ रही थीं। धत्। ऐसा लग रहा था जैसे नीरजा का सर किसी भी पल फट जाएगा। उसने पूरी ताक़त लगा कर दरवाज़े को पीटना शुरू किया।

"एक तरफ़ हटो नीरजा।" साहिल ने कहा और नीरजा को धक्का देते हुए सामने के दरवाज़े के साथ छोटी सी खिड़की के काँच को ईंट से तोड़ दिया। नीरजा के पाँव के पास शीशे के टूटने की ज़ोर की आवाज़ हुई। साहिल उसके रास्ते में खड़ा था और नीरजा ने उसे एक तरफ़ धकेला, आगे बढ़ी और टूटी हुई खिड़की में से हाथ अंदर डाल कर दरवाज़े के हैंडल को पकड़ा। फिर उसने चाबी घुमायी और दरवाज़ा एकदम से खुल गया।

वो हॉल में गयी। लिविंग रूम दो क़दम पर था और खुला हुआ था। नीरजा अपनी जगह जम गयी। नहीं। ये नहीं हो सकता था।

नीरजा के सामने लिविंग रूम से सटी हुई ओपन रसोई थी। बिजली बचाने वाली सस्ती बत्तियों की फीकी रोशनी डाइनिंग टेबल पर पड़ रही थी। पिछली रात जिस दवाई के डब्बे को वह अपने बाथरूम के कैबिनेट में ढूँढ रही थी, वो वहाँ रखा हुआ था। नीरजा चिल्लाना चाहती थी, कहना चाहती थी साहिल को कि वो कुछ करे। मगर वो सुन्न सी वहाँ खड़ी रही। बचा-खुचा दही तीन काँच की प्लेटों पर वहीं रखा हुआ था, चम्मच भी वहीं थे। मेज़ के बीचोंबीच दही का बड़ा सा डब्बा रखा था। जहाँ अहाना बैठी थी, वहाँ उसे दही के काफ़ी छींटे नज़र आए। वो गंदगी अच्छी थी लेकिन उसका ध्यान सिर्फ़ एक ही चीज़ पर जा रहा था—ग्रेनाइट की छोटी सी खल में, जिसे राजीव ने उसे कई साल पहले दी थी। और नींद की गोलियों के दो खाली पत्ते जो उसके बगल में रखे थे।

"नीरजा?" साहिल ने कहा।

"तुम ऊपर जाकर देखो," नीरजा ने साहिल से कहा, जबकि वो ख़ुद रसोई के रास्ते घर के पिछले हिस्से में जा पहुँची। वहाँ एकदम अँधेरा था और नीरजा एकदम से बिजली का स्विच ढूँढ नहीं पायी लेकिन वो चलती रही। वहाँ दो दरवाज़े थे। पहला वाला बाथरूम था और वो ख़ाली था। जब उसने दूसर दरवाज़ा खोला तो उसका दिल उसके गले में आ गया।

नीरजा को उसके चेहरे से ख़ून सूखता हुआ महसूस हुआ। अपने परिवार के साथ बितायी हुई ज़िंदगी की तस्वीरें उसके दिमाग़ में दौड़ने लगीं। हँसता हुआ राजीव जिसने उसे जंगली फूलों का एक हार गर्मियों में मनाली के मैदान पर दिया था। आर्यन का जन्म, उसका फिसलता हुआ नन्हा सा शरीर और

उसकी रिरियाती आवाज़ें जब उसे नीरजा की बाँहों में दिया गया था। और अहाना का दिल खोल कर हँसना और फिर उसकी ठोड़ी के नीचे गुदगुदाने के बाद उसका झल्लापन।

वहाँ वो सब मौजूद थे।

एक कम्बल के ऊपर।

नीरजा को ख़ुद की चीखें कहीं दूर से आती सुनाई दे रही थीं मानो कोई और चीख रहा हो। उसके आसपास सब धुँधलाने लगा था। उसे लगा जैसे किसी ने उसका नाम पुकारा हो लेकिन वो जवाब नहीं दे पायी। वो अपने और अपने परिवार के आसपास बने एक बुलबुले में फँस गई थी। वो एक दर्शक थी, बाहर वाली थी। राजीव बच्चों के साथ बिस्तर पर था और वो उसके गले लगे हुए थे। राजीव ने बच्चों को बाँहों में लिया हुआ था। लग रहा था वो सब शांति से सो रहे थे। नीरजा बहुत ज़ोर से चिल्लाई लेकिन उन सबकी आँखें बंद थीं और किसी ने जवाब नहीं दिया।

नीरजा बिस्तर के पास ही घुटनों के बल बैठ गयी और उसने पूरी ताक़त से अहाना के छोटे से बदन को हिलाया लेकिन वो नहीं हिली। अचानक बत्तियाँ जला दी गयीं और तेज़ रोशनी ने नीरजा को ज़बरदस्ती हक़ीक़त से रूबरू करवा दिया। अहाना के होंठ नीले पड़ चुके थे। नीरजा राजीव के ऊपर से होती हुई आर्यन के पास गयी जो राजीव की तरफ़ पीठ करके एक तरफ़ लेटा हुआ था। नीरजा ने उसके गाल पर चूंटी काटी और तब जाकर उसने देखा कि आर्यन का गाल चिपचिपा सा था। नीरजा ने उसका चेहरा घुमाया। आर्यन ने उल्टी की हुई थी।

“आर्यन! आर्यन, बेटा उठो!” नीरजा चिल्लायी।

लेकिन तभी सख़्त हाथों ने नीरजा को थामा। "एम्बुलेंस आ गयी है, नीरजा।"

नीरजा ने ख़ुद को साहिल से छुड़ाया और ज़ोर से आर्यन को कंधों से झकझोर दिया। फिर अहाना को भी हिलाया। उसकी सुंदर छोटी सी परी थी वो।

"अहाना!" नीरजा को अहाना की त्वचा बेहद ठंडी और चिपचिपी महसूस हुई।

"मैडम।" नीरजा को दूर से आवाज़ आती हुई सुनाई दी। अगले ही पल नीरजा की टाँगें हवा में झूल रही थीं और उसे साहिल का चेहरा धुँधला सा दिखाई देने लगा था। और वो फिर से ग़ायब हो गया। क्या साहिल ने ही नीरजा को थामा हुआ था? नीरजा ने ख़ुद को छुड़ाने की कोशिश की। उसे अहाना के पास जाना था। अहाना को उसकी ज़रूरत थी।

लेकिन लोगों ने नीरजा को एक तरफ़ धकेल दिया। उसे पीछे घसीटा जा रहा था और उसके पाँव ज़मीन पर थे। नीरजा उस शक्ति से नहीं लड़ पा रही थी जो उसे दूर खींच रही थी। फिर उसे चेहरे दिखने लगे। एक डॉक्टर, चश्मा पहने हुए गंजा सा आदमी और एक औरत जिसके काले घने लम्बे बाल थे, वो बच्चों को छू रहे थे।

नीरजा ख़ुद पर पकड़ ढीली करवाने के लिए लड़ने लगी। उसने लोगों को हाथों से मारा, उन्हें लातें मारीं लेकिन मानो किसी ने ध्यान ही नहीं दिया। आख़िर उन लोगों को नीरजा को छोड़ना ही पड़ा। ये उसके बच्चे थे, और उन्हें नीरजा की ज़रूरत थी। राजीव ने उन्हें ज़हर दे दिया था।

नीरजा को कमरे से बाहर खींचा जा रहा था और हॉल से होते हुए उसकी बाँहों को सख़्ती से पकड़ा गया था। लिविंग रूम नीली जगमगाती बत्तियों

से जगमगा रहा था। वहाँ से नीरजा ने रसोई पर नज़र डाली जहाँ मेज़ पर ओखली के साथ सफ़ेद चूरे का बचा-खुचा हिस्सा पड़ा हुआ था। वो उसकी नींद की गोलियों का चूरा था।

नीरजा के पैरों को काँच के टुकड़ों पर से घसीटा गया, दहलीज़ के पार और फिर चीड़ की नुकीली पत्तियों और मिट्टी में से भी। और उस पूरे वक्त नीरजा ख़ुद को छुड़ाने के लिए लड़ रही थी लेकिन जितना ही वो हाथ-पैर मारती, उस पर पकड़ उतनी ही मज़बूत होती जाती।

"शांत रहो, नीरजा। मेरी बात सुनो।" लग रहा था साहिल की आवाज़ पास आती जा रही थी। उसी ने नीरजा को थामा हुआ था। नीरजा ने एक बार फिर से ख़ुद को छुड़ाने की कोशिश की। उसे साहिल के शरीर में ताक़त का एहसास हुआ और साहिल की बाँहें जैसे एक शिकंजे की तरह नीरजा को जकड़े हुए थीं। साहिल नीरजा को उसके बच्चों से दूर कर रहा था। नीरजा के मरे हुए बच्चे जिनका ख़ून उनके ही बाप ने किया था। नीरजा को लगा उसका शरीर ढीला पड़ गया था। वो और नहीं लड़ सकती थी। वो हार चुकी थी।

साहिल ने ध्यान से नीरजा को घुमाया और उसके सर को अपनी छाती पर रख दिया। साहिल के कोट की खुरदरी ऊन नीरजा के गाल को रगड़ रही थी।

"मुझे अंदर जाना होगा साहिल।" नीरजा ने किसी तरह कहा।

"अभी नहीं। हमें डॉक्टरों को उनका काम करने देना चाहिए। वो पूरी कोशिश कर रहे हैं।" साहिल ने उसे दिलासा दिया।

नीरजा घुटनों के बल गिर गयी। ऐसा लग रहा था जैसे उसके शरीर को अंदर से चीरा जा रहा था। वो बहुत लम्बी सिसकियाँ लेते हुए रोने लगी और साहिल को और भी क़रीब से गले लगा लिया।

"हे भगवान! क्या कर दिया उसने?" नीरजा बुदबुदायी।

साहिल कुछ नहीं बोला। वो भी नीरजा के साथ नीचे ही बैठा हुआ था और उसे थामे हुए था। नीरजा के नाख़ून साहिल के कोट में धँसे हुए थे मानो वो किसी खाई के ऊपर लटक रही थी और साहिल उसकी ज़िंदगी की आख़िरी उम्मीद था। नीरजा के आसपास की दुनिया घूमने लगी थी। वो किसी भी वक़्त गिर सकती थी और एक काला ख़ालीपन उसे निगल जाएगा। अब वो अकेली थी। वो सब कुछ खो चुकी थी।

नीरजा को अपने आसपास वॉकी-टॉकी की आवाज़ें सुनाई दे रही थीं और यूनिफार्म पहनी टाँगें यहाँ-वहाँ दौड़ती नज़र आ रही थीं। एक स्ट्रेचर ज़ोर की आवाज़ करता हुआ उसकी ओर आ रहा था। ऐसा लग रहा था जैसे नीरजा किसी फ़िल्म के सेट का हिस्सा हो और वो ज़बरदस्ती बस बैठने और देखते रहने के लिए मजबूर थी। वो सिर्फ़ एक दर्शक थी।

लम्बे काले घने बालों वाली अफ़सर सामने के दरवाज़े से तेज़ी से बाहर आयी।

"छोटा बच्चा ज़िंदा है," वो औरत अपने वॉकी-टॉकी पर चिल्लाई।

साहिल के बदन में बिजली सी कौंध गयी और उसने नीरजा पर अपनी पकड़ और मज़बूत कर दी, मानो वो डर रहा हो कि नीरजा फिर से ख़ुद को छुड़ाने की कोशिश करेगी। वो अफ़सर आगे जा चुकी थी और नीरजा को सिर्फ़ उसके बालों की चोटी नीली रोशनी में ऊपर-नीचे झूलती हुई नज़र आ रही थी।

आर्यन ज़िंदा था। वो ज़िंदा था।

मगर अहाना? प्लीज़। हे भगवान, प्लीज़। अहाना भी ज़िंदा हो। प्लीज़, ये सब बस एक भयानक सपना ही हो।

सब ठीक होना ही था। उन सबको इससे ज़िंदा निकलना ही था। उम्मीद अभी बाक़ी थी। आर्यन ने अपने पेट के अंदर का सब कुछ उलट दिया था। और अहाना मर नहीं सकती थी। बस, नहीं तो नहीं। उन्हें वहाँ ज़्यादा वक़्त नहीं हुआ था। उनके शरीर को अभी तक ज़हर का पूरा असर सोखने का वक़्त नहीं मिला होगा। राजीव आज दोपहर ही यहाँ आया था। आजकल डॉक्टर क्या कुछ नहीं कर सकते हैं। वे लोग पेट खाली करेंगे, दवाइयाँ देंगे। वो मर नहीं सकते। ये अंत नहीं था।

एक स्ट्रेचर नीरजा के पास से गुज़रा। एक छोटा सा शरीर चादर के नीचे था। कितना नाज़ुक सा। ये आर्यन था। उसका चेहरा ऑक्सीजन मास्क से ढका हुआ था और दो डॉक्टरों के हाथों ने उसे थामा हुआ था जो स्ट्रेचर के साथ भाग रहे थे। नीरजा को आर्यन की एक झलक मिली। उसकी मोटी गहरी पलकें और उसके घुँघराले बाल दिखायी दिए।

"वे लोग कहाँ जा रहे हैं?" नीरजा बुदबुदाई। उसने ख़ुद को साहिल से अलग किया। इस बार साहिल ने उसे रोका नहीं। नीरजा स्ट्रेचर की तरफ़ दौड़ पड़ी जिसके पहिए तेज़ी से बढ़ रहे थे और आर्यन को एम्बुलेंस में डाल दिया गया।

"मैं उसकी माँ हूँ," नीरजा ने कहा।

डॉक्टर ने हाँ में सर हिलाया, "ओके, अंदर आइए पर हमें अभी निकलना होगा।"

नीरजा ने अपने चेहरे को मला। वो वेटिंग रूम में बिल्कुल अकेली बैठी थी। प्लास्टिक की कुर्सी की वजह से उसका पूरा बदन अकड़ गया था। वो उठ खड़ी हुई और किसी पिंजरे में बंद पागल जानवर की तरह चक्कर लगाने लगी। आधी रात का वक़्त था। समय बहुत धीरे बीत रहा था।

वो सिर्फ़ अपने बच्चों के बारे में सोच पा रही थी जो फ़िलहाल मौत से लड़ रहे थे। क्या उन्हें एहसास हुआ था कि उनके पिता ने उनकी जान लेने की कोशिश की थी? आर्यन जानता था कि दवाइयाँ क्या होती हैं और ये भी कि उन्हें छूना मना था। राजीव ने उसे क्या बताया था?

नीरजा को ये एहसास क्यों नहीं हुआ कि राजीव की हालत इतनी बुरी थी कि वो अपने ही बच्चों को नुक़सान पहुँचा सकता था? वो नहीं जानती थी। उसे बिल्कुल अंदाज़ा नहीं था कि उसके पति के दिमाग़ में क्या चल रहा था। वो आदमी जिससे उसने कभी बेहद मोहब्बत की थी। क्या उसी ने राजीव को इतनी निराशा वाली हालत में धकेल दिया था? और क्या उसी वजह से नीरजा ख़ुद इस पूरे हालात के लिए ज़िम्मेदार थी? वो बस वहाँ बैठी हुई थी और उसके पास बहुत वक़्त था जवाबों के बारे में सोचने के लिए। लेकिन वो उन्हें ढूँढ नहीं पा रही थी। बस और ज़्यादा सवाल पैदा हो रहे थे और नीरजा फिर से बैठ गयी।

जब रूम का दरवाज़ा खुला तो नीरजा ने ऊपर देखा। शायद कोई डॉक्टर उसके बच्चों की कोई ख़बर लाया होगा? लेकिन नहीं, ये साहिल था। उसकी आधी क़मीज़ उसकी पैंट से बाहर लटक रही थी और उसके ऊपर उसने एक काला कोट पहना था और एक स्कार्फ़ था जो उसके एक कंधे पर झूल रहा था। अगले कुछ घंटे साहिल नीरजा के साथ ही रहा। चुप्पी गला घोंटने वाली थी। ऐसा लग रहा था जैसे वेटिंग रूम की हवा लगातार पतली होती जा रही

थी और धीरे-धीरे नीरजा सिर्फ़ ये चाह रही थी कि साहिल वहाँ से चला जाए और उसे उसके दुखों के साथ अकेला छोड़ दे। जब साहिल आख़िरकार एक कॉल लेने के लिए बाहर गया तो नीरजा को लगा कि अब वो राहत की साँस ले पाएगी। लेकिन ऐसा नहीं हुआ और अकेलेपन और निराशा ने उसे घेर लिया।

"हेल्लो," साहिल ने धीरे से कहा। नीरजा ने थकी हुई मुस्कान दी। वो साहिल की गहरी धँसी हुई आँखों के नीचे काले गड्ढे देख पा रही थी। वो नीरजा की साथ वाली कुर्सी पर बैठ गया और उसने अपना हाथ नीरजा की पीठ पर रख दिया। नीरजा को स्वेटर के ऊपर से भी ये एहसास ठंडा महसूस हुआ। वो कंपंकपा उठी।

"तो?" साहिल ने पूछा।

नीरजा ने अपना गला साफ़ किया। "आर्यन और अहाना दोनों ही अभी क्रिटिकल हैं। आर्यन ने थोड़ा ही खाया था क्योंकि शायद उसकी तबियत ठीक नहीं थी। अहाना के साथ चीज़ें ठीक नहीं हैं।" नीरजा को ऐसा लगा जैसे उसकी आवाज़ कहीं दूर से आ रही थी, जैसे साहिल को कोई और बता रहा था कि शायद उसके बच्चे सुबह तक बचेंगे नहीं।

"और राजीव?" साहिल ने पूछा।

"उन्होंने उसका पेट साफ़ कर दिया है। वो बिना किसी प्रॉब्लम के ठीक हो जाएगा।"

"तुम उसे देखने गयीं?"

नीरजा ने न में सर हिलाया। उसने फ़िलहाल इस बात को दिमाग़ से निकाल दिया था और वो ख़ुद भी नहीं जानती थी कि वो राजीव से मिलना चाहती भी थी या नहीं।

"नहीं। मेरी समझ से उसके ठीक होते ही उसे कस्टडी में ले लेंगे।"

साहिल अपनी कुर्सी पर ज़रा खिसका।

"ये मेरी भी ग़लती है," नीरजा ने कहा।

साहिल उसकी तरफ़ झुका। "ये तुम कैसे कह सकती हो?" वो फुसफुसाया।

"मैंने ही राजीव को इस ओर धकेला था।"

"चुप करो।"

"कितने सारे संकेत थे पर मैंने ध्यान ही नहीं दिया। उसने मदद माँगी थी लेकिन मैंने उसे उसके हाल पर छोड़ दिया था।"

"तुम इसके लिए ख़ुद को दोष नहीं दे सकतीं।"

"राजीव का बर्नआउट तब तक नहीं हुआ था जब तक उसने मेरे लिए अपनी लाइफ़ की हर चीज़ को एक तरफ़ नहीं कर दिया था। मैं ख़ुशी-ख़ुशी उससे आगे बढ़ रही थी और सारा इमोशनल बैगेज उसके ऊपर छोड़ दिया था। एक बार भी ध्यान नहीं दिया कि वो कैसे ये सब ढो रहा होगा। मैंने उसे बर्बाद कर दिया।"

"चुप करो, नीरजा।"

नीरजा साहिल की तरफ़ मुड़ी। "मैं उससे नफ़रत करती हूँ। शायद इसीलिए अभी मेरा उससे मिलना ठीक नहीं होगा। शायद उसकी गर्दन ही तोड़ दूँ। लेकिन तुम्हें पता है?"

"क्या?"

“उसके बाद भी मैं इस बात से इन्कार नहीं कर पाऊँगी कि ग़लती मेरी भी है। मैं हर तरह से फ़ेल हो गयी हूँ।”

वेटिंग रूम का दरवाज़ा खुलने से वे लोग चौंक गए। अब कॉरिडोर में काफ़ी लोग नज़र आने लगे थे। सुबह-सुबह का भीड़-भाड़ वाला वक़्त था। जब डॉक्टर ने दरवाज़ा बंद किया तो आवाज़ एक बार फिर से दब गयी। नीरजा उस डॉक्टर को पहचान गयी। ये वही था जिससे नीरजा ने रात को बात की थी जब वो अस्पताल पहुँचे थे लेकिन नीरजा को बिल्कुल याद नहीं था कि क्या बात हुई थी।

“मैं आपको कुछ बताना चाहता हूँ।”

नीरजा उठ खड़ी हुई, उसका दिल उसके गले तक आ गया था।

प्लीज़! ये अच्छी ख़बर हो।

साहिल उसके साथ ही खड़ा था। नीरजा उसके बदन की गर्मी को महसूस कर पा रही थी और ख़ुद को पसीने में डूबा हुआ महसूस कर रही थी। नीरजा एक ही साथ गर्म और ठंडी पड़ रही थी। साहिल ने अपना एक हाथ नीरजा के हाथ पर रखा। नीरजा ने उसके हाथ को ज़ोर से दबाया, मानो सहारा ढूँढ रही हो।

"आपकी बेटी की स्थिति गंभीर है। वो स्थिर है लेकिन ख़तरे से बाहर नहीं है। ओवरडोज़ की वजह से काफ़ी ऑर्गन पर असर पड़ा है। जो ऑक्साज़ेपम उसे दिया गया था, उसकी वजह से ऑर्गन पैरालाइज़ हो सकते हैं। हमें पैरासिटामोल की भी भारी डोज़ मिली है और उसका भी बुरा असर पड़ा है। उसकी बॉडी को बहुत ज़्यादा लड़ना होगा।" डॉक्टर ने बताया।

"मैं उसे देख सकती हूँ?" नीरजा ने उम्मीद भरी आवाज़ में पूछा।

"हाँ, मेरे साथ आओ।"

नीरजा डॉक्टर के पीछे-पीछे एक कमरे में गयी जहाँ फिनायल की महक फैली हुई थी। उसकी छोटी सी बच्ची एक बड़े से बिस्तर पर लेटी हुई थी। बहुत छोटी और नाज़ुक सी। अहाना के मुँह में एक बड़ी सी ट्यूब डाली गयी थी और उसे टेप से चिपकाया हुआ था जिसे देख कर नीरजा की आँखों में आँसू आ गए। उसका चेहरा ढेर सारी ट्यूब से ढका हुआ था जो एक मशीन से जुड़ी हुई थीं और उससे बीप-बीप की आवाज़ें आ रही थीं और बत्तियाँ चमक रही थीं।

"उसे आर्टिफीशियल कोमा में रखा गया है। मेन मसला है उसका लीवर। क्योंकि सबसे ज़्यादा लोड उसी पर पड़ रहा है।" डॉक्टर ने कहा।

"लेकिन वो पूरी तरह से ठीक हो जाएगी न?"

"मैं कुछ कह नहीं सकता हूँ, मैं आपको इस वक़्त कोई आश्वासन नहीं दे सकता," डॉक्टर बोला। नीरजा ने उसे देखा। उसके सर पर बाल नहीं थे और उसका सर यूँ चमक रहा था जैसे उसे पॉलिश किया गया हो। डॉक्टर ने अपने होंठ भींचे लेकिन उसकी आँखों में कोई जज़्बात नहीं थे। नीरजा समझ गयी थी। जब वो फ़ील्ड में काम करती थी तो उसे कई बार परिवार जनों को बुरी

ख़बर देनी पड़ती थी। ज़ाहिर है ख़ुद पर भी असर होता था लेकिन वो काम का हिस्सा है। शाम को आप दिन भर की परेशानियों के बारे में एक गिलास वाइन पीते हुए बातें करते हो या बिस्तर में लेट कर उनके बारे में सोचते हो। लेकिन अगले ही दिन वो सब कहीं पीछे छूट जाता था क्योंकि नये केस अपनी तरफ़ आपका ध्यान खींच लेते थे। नीरजा उस आदमी को दोष नहीं दे सकती थी। उस डॉक्टर ने अपना क़ीमती समय निकाल कर नीरजा से बात की थी और अपनी हमदर्दी दिखायी थी लेकिन नीरजा जानती थी कि अहाना उसके कई मरीज़ों में से एक थी। अहाना उस डॉक्टर के लिए उसकी दुनिया नहीं थी।

"और आर्यन कैसा है? मेरा बेटा?"

डॉक्टर ने सर हिलाया। "लोग उसके बारे में कह रहे हैं कि वो बहुत बहादुर है।"

"तो, वो तो बच जाएगा न?"

डॉक्टर ने फिर से अपने होंठ भींचे। "वही बात दुहराऊँगा, मुझे डर है। उसकी बॉडी को बहुत बड़ा झटका लगा है। पर हमसे जो बन सकता है, हम कर रहे हैं। आपके बच्चों को बेहतरीन डॉक्टर देख रहे हैं। अगर कहीं कोई ऑर्गन फ़ेल हुआ तो भी हम लोग तत्काल मदद कर सकते हैं।"

और वो चला गया। नीरजा वहाँ अपनी हद से ज़्यादा बीमार बेटी के बिस्तर के पास थी। एक छोटी सी बच्ची जो कुछ ही घंटे पहले ठंड से गुलाबी हुए गालों के साथ अपनी दादी के बग़ीचे में मस्ती कर रही थी। नीरजा ने अहाना की छोटी सी उंगलियों पर अपना हाथ रखा लेकिन बड़े ध्यान से और उसके हाथ में धँसी हुई ढेरों सुइयों से बच के। अहाना ठंडी और चिपचिपी सी महसूस हुई।

नीरजा के मन की आवाज़ ने कहा कि वो उसे उठा ले, उसे ज़ोर से गले लगाए और वहाँ से भाग जाए ताकि सब परेशानियों से छुटकारा मिल जाए। लेकिन वो ऐसा नहीं कर सकती थी।

नीरजा ने खिड़की से बाहर कॉरिडोर में साहिल को खड़ा देखा। वो अभी भी कोट पहने हुए था और फ़ोन पर बातें करते हुए हाथों से इशारा कर रहा था। नीरजा ने देखा कि एक नर्स ने कुछ बटन दबाये और अहाना के ऊपर झुकी।

नीरजा अहाना पर झुकी और उसका माथा चूम लिया। नर्स मुस्कुरायी और दया से उसे देखने लगी। नीरजा फिर कमरे से बाहर निकल गयी। साहिल कॉरिडोर में उसकी तरफ़ पीठ किए खड़ा था। उसने बस तुरंत अपना फ़ोन जेब में डाला था।

“सब ठीक है?” नीरजा ने पूछा।

साहिल मुड़ा और एकदम से उसकी आँखों में एक नर्मी आ गयी।

“अहाना कैसी है?”

“उसके पूरे सिस्टम को काफ़ी बड़ा धक्का लगा है, वो उसे ज़बरदस्ती सुला के रख रहे हैं। लेकिन अहाना बहुत बहादुर है।”

उसे जीतना ही होगा।

“काश मैं एक मिनट के लिए आर्यन को भी देख सकूँ,” नीरजा ने कहा लेकिन साहिल कहीं दूर देख रहा था। उसका चेहरा सख़्त नज़र आ रहा था।

“तुमने सुना मैंने क्या कहा?” नीरजा ने उसकी बाँह पकड़ी और साहिल ने वापस नीरजा को देखा।

"हाँ, ऑफ़ कोर्स। आर्यन। उससे मिलने के लिए अलाऊ कर दिया उन्होंने?"

"आशा है वो मुझे अंदर जाने दें, कुछ नहीं तो एक झलक के लिए ही सही।"

नीरजा ने साहिल को ध्यान से देखा। कुछ गड़बड़ थी। साहिल का ध्यान कहीं और था और उसने अपने हाथ जेब में डाल लिए थे और कहीं दूर देख रहा था।

"किसका फ़ोन था?" नीरजा ने पूछा।

"ओह, परेशान मत हो। वो सब ज़रूरी नहीं है अभी।"

"साहिल। क्या हुआ है?"

"उस बंदे ने विक्रम से कांटेक्ट किया है।"

"मिश्का के किडनैपर ने?"

"उसे प्रकाश देख रहा है।"

"साहिल।"

"क्या?" साहिल ने नीरजा का हाथ पकड़ा। "चलो, मैं भी तुम्हारे साथ चल कर आर्यन को देखता हूँ।"

नर्स आसानी से नीरजा को आर्यन के पास नहीं जाने दे रही थी। नीरजा सोच रही थी कि पूरी रात आर्यन पर लगाने के बाद भी वे लोग अभी तक क्या कर रहे थे? उसके रौंगटे खड़े हो रहे थे। वो अपने बच्चे को देखना चाहती थी। नीरजा एक पागल साँड़ जैसा महसूस कर रही थी जो उसके रास्ते में आने की हिम्मत करने वाले हर इंसान को फाड़ देना चाहती थी। पर शुक्र है कि उसका दिमाग़ उसके जज़्बातों पर हावी था।

नीरजा को डॉक्टर के जाने के बाद ही अंदर जाकर अपने बेटे से मिलने की इजाज़त मिली थी। ये अहाना वाला डॉक्टर नहीं था, कोई और था लेकिन बात तक़रीबन वही थी। आर्यन को ज़बरदस्ती सुलाया गया था और उसकी हालत नाजुक लेकिन स्थिर थी। ख़तरा अभी टला नहीं था। उन दोनों बच्चों को हर तरीक़े की ग़ैरज़रूरी चीज़ों से बचा कर रखा गया था। बच्चों को इस हालत में देख कर नीरजा का दिल ज़ार-ज़ार हो रहा था। मगर आर्यन ज़िंदा था. अहाना ज़िंदा थी, वे दोनों अब भी यहीं थे और नीरजा को यक़ीन था कि वे सब इस मुश्क़िल हालात से एक साथ निकल आएंगे।

साहिल के लाख समझाने और अपने ही अंदर एक लम्बी लड़ाई लड़ने के बाद नीरजा ने राजीव को देखने का फ़ैसला किया। जैसे ही उसने राजीव को पड़े हुए देखा, वो बहुत जज़्बाती हो गयी। मन में अजीब सी भावनाएँ थीं। राजीव के कमरे में दाख़िल होने से पहले सिर्फ़ नफ़रत थी। बेहद नफ़रत। पर अब जब नीरजा वहाँ खड़ी थी तो वहाँ सिर्फ़ राजीव था। वही राजीव जो

कितने सालों तक नीरजा का हाथ थामे खड़ा था। वही राजीव जिसने मदद की बुरी तरह से भीख माँगी थी। वो मदद जो नीरजा ने उसे देने से इनकार कर दिया था।

राजीव ने आँखें खोलीं और नीरजा को देखा।

"नीरजा," वो एकदम से रोने लगा, "हे भगवान, नीरजा मुझे माफ़ कर दो। क्या कर दिया मैंने?"

नीरजा के मुँह का स्वाद कड़वा हो उठा।

"आख़िर हिम्मत कैसे हुई तुम्हारी?" नीरजा गुस्से में बोली।

राजीव ने अपना सर हिलाया। "पता नहीं। मैं ये कभी नहीं चाहता था। मुझे नहीं पता था कि यह कैसे हो गया।"

"वे दोनों मर सकते हैं, पता है तुम्हें?"

वो ज़ोर से रोने लगा। "नहीं। हे भगवान, नहीं! मुझे मर जाने दो पर उन्हें कुछ नहीं होना चाहिए।" राजीव ने अपने हाथों से अपना चेहरा ढक लिया।

नीरजा ने एक गहरी साँस ली और उसके बिस्तर के पास आयी।

"राजीव।"

"मैं उन्हें सच में नुकसान नहीं पहुँचाना चाहता था। नीरजा, तुम्हें मुझ पर विश्वास करना ही होगा। मैं दोनों से प्रेम करता हूँ। हे भगवान, क्या कर दिया मैंने?"

नीरजा ने ध्यान से अपना हाथ उसके हाथ पर रख दिया।

पंद्रह मिनट के बाद नीरजा वेटिंग रूम की उसी जानी-पहचानी जगह पर वापस पहुँच गयी थी। उसकी राजीव के साथ बातचीत काफ़ी मुश्क़िल थी लेकिन कम से कम वो किसी तरह उसे देख आयी थी। अब फिर से लम्बा इंतज़ार चल रहा था। आर्यन और अहाना स्टेबल थे पर अगले कुछ दिनों तक उन पर ख़ास नज़र रखी जाएगी।

साहिल जा चुका था। उसके हिसाब से वो जाना चाहता था ताक़ि नाश्ता ला सके। पर उसे गए काफ़ी देर हो चुकी थी। नीरजा जानना चाहती थी कि चल क्या रहा था? किडनैपर ने विक्रम से क्या कहा था? इतना तो वो साहिल को जान चुकी थी कि वो उसे कुछ भी बताने वाला नहीं था।

नीरजा ने अपने कोट की जेब से अपना मोबाइल निकाला लेकिन उसकी बैटरी ख़त्म हो चुकी थी। धत्। वो कॉरिडोर में पहुँची तो देखा कि साहिल एक काग़ज़ का थैला और कॉफ़ी के दो कप लिए हुए उसी की तरफ़ आ रहा था।

"कॉफ़ी बहुत ही बेकार बनी है मगर हम दोनों को कैफ़ीन के इस शॉट की सख़्त ज़रूरत है।"

"तुम अपना चार्जर दोगे मुझे, प्लीज़? मेरा फ़ोन ऑफ़ हो गया है।"

साहिल ने नीरजा को देखा, कुछ ज़्यादा ही देर के लिए।

"क्या हुआ?" नीरजा ने पूछा।

"मेरे पास मेरा चार्जर नहीं है।"

नीरजा को पक्का विश्वास था कि रात को उसने साहिल को वेटिंग रूम में अपना फ़ोन चार्ज करते हुए देखा था। वैसे भी साहिल का फ़ोन उसके कान

से ही चिपका हुआ था तो अगर वो फ़ोन को चार्ज नहीं कर रहा होता तो अब तक उसके फ़ोन की बैटरी बोल गयी होती।

"क्या हुआ है, साहिल? मुझसे क्या छुपा रहे हो?" नीरजा ने पूछा।

"कुछ भी नहीं। सब ठीक है।"

"अच्छा। मैं वाशरूम होकर आती हूँ। शायद चेहरे पर पानी के छींटों से थोड़ी नींद खुल जाए।" नीरजा साहिल को उसकी कॉफ़ी के साथ छोड़ गयी और जाते हुए मुड़ कर देखने लगी कि कहीं वो उसके पीछे तो नहीं आ रहा था। जैसे ही वो साहिल की आँखों से ओझल हुई, नीरजा दौड़ने लगी। वो भागती हुई सीढ़ियों से नीचे पहुँची और सबसे पहले जो काउंटर नज़र आया, वहाँ पहुँच गयी। उसने अपना पर्स खोल कर अपनी ID दिखायी।

"मेरे फ़ोन की बैटरी डेड है। आप मेरे लिए ये नंबर मिला देंगे, प्लीज़?" नीरजा ने कहा और साथ ही साथ नैनीताल के पुलिस स्टेशन का नंबर एक कागज पर लिख कर दे दिया। "और राजेश शर्मा के लिए पूछिएगा, प्लीज़। मुझे उससे ज़रूरी बात करनी है।"

नीरजा को उस जवान नर्स की आँखों में घबराहट नज़र आयी लेकिन जैसा उससे कहा गया था, उसने वैसा ही किया और काउंटर के इस तरफ़ नीरजा को फ़ोन का रिसीवर पकड़ा दिया।

"राजेश?"

"नीरजा? कैसी हैं आप? प्रकाश ने मुझे बताया कि क्या हुआ था। बच्चे कैसे हैं?"

धत्। वो इस बारे में अभी उससे बात नहीं कर सकती थी। ये झगड़े वाली बात थी।

"क्या चल रहा है राजेश?"

"एक मिनट रुको नीरजा। मैं प्रकाश को देता हूँ।"

"नहीं राजेश। रुको।"

"हाँ?"

"मेरे पास ज़्यादा समय नहीं है। बस संक्षेप में बताओ।"

"किडनैपिंग केस में कुछ नया है।" नीरजा उसकी हिचकिचाहट सुन पा रही थी। तो नीरजा के अंदर की आवाज़ सही थी। कुछ ऐसा हो रहा था जो वे लोग उससे छुपा रहे थे।

"किडनैपर ने अल्टीमेटम दे दिया है।"

"कैसा अल्टीमेटम? क्या मतलब?"

"मैं सच में इससे ज़्यादा कुछ नहीं बता सकता नीरजा। मैं अपनी सीमाएँ नहीं लाँघ सकता। आपको बाक़ी की बात प्रकाश से करनी होगी।"

नीरजा ने चिढ़ कर फ़ोन नीचे रख दिया। राजेश ने फ़ोन काट दिया था। अल्टीमेटम? ये क्या था? क्या उसे फ़िरौती चाहिए थी? ये सब काफ़ी अजीब था। जैसे ही उसे साहिल का ख़याल आया, सारे सवाल कहीं मिट से गए। वो इस बारे में जानता था और उसने नीरजा को ये बताने से मना कर दिया था। मतलब मामला बहुत गंभीर है। नीरजा ने अपने बैग में से फ़ोन निकाला और उसकी काली स्क्रीन को हथेली से एक तरफ़ स्वाइप किया।

"आपके पास iPhone का चार्जर तो नहीं होगा?" नीरजा ने फ़ोन दिखाते हुए उस जवान लड़की से पूछा।

"ओके," वो नर्स ये कहते हुई झुकी और अपनी मेज़ के नीचे कुछ देखने लगी। "है मेरे पास।" उसने काउंटर के उस पार से नीरजा को सफ़ेद चार्जर पकड़ा दिया।

"सच में तुमने मुझे बचा लिया! मैं जल्दी वापस करती हूँ इसे।"

नीरजा बेसब्री से बिजली के सॉकेट को ढूँढने लगी। उसने काँपते हाथों से सिम कार्ड का कोड डाला और फ़ोन ऑन होने का इंतज़ार करने लगी। काफ़ी मिस्ड कॉल थीं लेकिन उसने उन सबको अनदेखा कर दिया। व्हाट्सएप की हरे रंग की भी काफ़ी नोटिफिकेशन दिख रही थीं और उनकी लिस्ट बहुत लम्बी थी। उसने आख़िरी वाला मैसेज खोला। ये उसी का मैसेज था। किडनैपर का। उसने ढेर सारे मैसेज भेजे थे।

नीरजा के कान बजने लगे। एक तस्वीर भी थी मैसेज में। जो पल उस तस्वीर के खुलने में लगे, नीरजा को वो कई मिनट के बराबर लग रहे थे। आख़िरकार तस्वीर साफ़ हो गयी।

नीरजा ने अपनी साँस रोक ली।

हे भगवान। उसने क्या कर दिया था उस बच्ची के साथ?

छोटी बच्ची के गाल की हड्डी पर बड़ी सी बैंगनी रंग की खरोंच थी। वहाँ बहुत ज़्यादा सूजन थी, इतनी ज़्यादा कि आँख भी दिखायी नहीं दे रही थी। नाक के नीचे ख़ून की पपड़ी जम चुकी थी और होठों और ठोड़ी पर लाल और भूरे रंग के धब्बे थे। वो बच्ची बेहोश लग रही थी। साला हरामी!

"तुम आ क्यों नहीं रही हो नीरजा? क्या तुम उसे भी अकेला छोड़ दोगी, श्रुति की तरह?"

नीरजा का दिल पागलों जैसे धड़क रहा था और उसका बदन बुरी तरह से काँप रहा था।

कुछ घंटों के बाद एक और मैसेज आया था।

"गेम मत खेलो नीरजा। वरना मिश्का की ही हार होगी..."

और एक मैसेज था। आज सुबह का भेजा हुआ। उस किडनैपर ने रात में कई बार नीरजा तक पहुँचने की कोशिश की थी लेकिन नीरजा ने एक भी मैसेज नहीं देखा था। इस बात ने उसे काफ़ी गुस्सा दिलाया होगा। ज़ाहिर है कि उस किडनैपर को कोई अंदाज़ा नहीं था कि नीरजा के साथ क्या हुआ था लेकिन उसे पक्का यही लग रहा होगा कि नीरजा और उसकी टीम उसे बेवक़ूफ़ बना रही थी।

"तुम्हारे ऊपर निर्भर है नीरजा। वो 10:30 बजे मर जाएगी।" नीरजा ने स्क्रीन के ऊपर नज़र आ रही घड़ी देखी। पौने दस बज चुके थे। धत्।

आख़िरी मैसेज बस कुछ ही देर पहले आया था:

"टिक-टोक! टिक-टोक!"

हे भगवान! धत्। क्या करना चाहिए था नीरजा को? जब उसने देखा कि वो किडनैपर ऑनलाइन था तो नीरजा का दिल और ज़ोर से धड़का। वो कुछ लिख रहा था। इस बार वो उससे एक क़दम आगे रहना चाहती थी।

"मैं रास्ते में हूँ।" नीरजा ने लिखा।

"तुम। सिर्फ़ तुम। कोई चालाकी मत करना। वो जिएगी या मरेगी, तुम पर निर्भर करता है। गोला रोड, 110, रामगढ़। 10:30 बजे। एक मिनट की भी देर नहीं होनी चाहिए।"

नीरजा ने चार्जर में से फ़ोन निकाला और दौड़ने लगी। अस्पताल के बाहर जाने वाले गेट पर एक टैक्सी खड़ी थी। वहाँ जाते हुए वो क़रीब गिर ही पड़ी थी लेकिन वो जल्दी से टैक्सी में बैठी और ड्राइवर को पता पकड़ाया।

"मैं जल्दी में हूँ। बहुत जल्दी में।" नीरजा ने ड्राइवर को 100-100 के दो नोट पकड़ाए। उसके पास अभी इतने ही पैसे थे। लेकिन यही सबसे तेज़ रास्ता था। बाक़ी और कुछ भी करने में बहुत क़ीमती वक़्त बर्बाद हो जाता।

"मुझ पर छोड़ दो आप, मैडम," ड्राइवर ने कहा और पाँव एक्सेलरेटर पर दबा दिया।

नीरजा ने सोचा कि उसे कुछ-कुछ अंदाज़ा था कि गोला रोड कहाँ थी। रामगढ़, हल्द्वानी के पास एक जगह थी। रामगढ़ के तालाब हाईवे के पास ही थे। गोला रोड को भी वहीं कहीं होना चाहिए था।

नीरजा को समझ नहीं आ रहा था कि रामगढ़ ही क्यों? सिद्धार्थ का ख़ूनी नैनीताल से आया था। ये बात पक्की थी क्योंकि उसने उस ख़ूनी की प्रोफाइल बहुत ही तफ़्शील से बनायी थी तो वो वहाँ कैसे हो सकता था? उस ख़ूनी ने अपनी स्ट्रेटेजी क्यों बदल दी थी? क्या नीरजा से कोई ग़लती हुई थी या उस ख़ूनी की ज़िंदगी में कुछ हुआ था कुछ ऐसा जिसने उसे सब कुछ बदलने पर मजबूर कर दिया था।

नीरजा ने हर चीज़ के बारे में सोचा। वो अस्पताल से एक पल की बेवक़ूफ़ी के कारण भाग आयी थी। उसके बच्चों की हालत स्थिर थी और वे सो रहे थे। वो इस वक़्त बच्चों के लिए कुछ नहीं कर सकती थी और उन दोनों का बेहतरीन इलाज हो रहा रही था। लेकिन वो उनकी माँ थी और उसने बस उन्हें अकेला छोड़ देने का फ़ैसला कर लिया था। हालाँकि वही तो बात थी कि उसके बच्चे ज़िंदा थे। अगर वो अस्पताल में रहती तो मिश्का मर जाती। यही एक तरीक़ा था मिश्का को उसकी माँ के पास वापस पहुँचाने का। सिर्फ़ नीरजा ही मिश्का को बचा सकती थी।

नीरजा अपनी टीम में किसी को फ़ोन नहीं कर सकती थी। तब तक नहीं जब तक वो व्हाट्सएप पर मिले पते तक नहीं पहुँच जाती। अगर प्रकाश को पता चलता कि वो क्या कर रही थी तो वो उसे मार डालता। साहिल भी यही करता। उस इलाक़े के सारे अफ़सरों को मिनटों में तैयार कर दिया जाएगा, दर्जनों गाड़ियाँ बत्तियाँ चमकाती हुईं गोला रोड पहुँच जाएंगी। वे सब नीरजा के वहाँ पहुँचने से पहले पहुँच जाएंगे। वे इमारत में दाख़िल होकर उस ख़ूनी को पकड़ लेंगे। मगर इसका मतलब होगा मिश्का की मौत। नीरजा को इस बात पर बिल्कुल शक़ नहीं था कि वो मिश्का को मार डालेगा। उस ख़ूनी के लिए इंसानी ज़िंदगी की क़ीमत कसाई के यहाँ कटने वाले जानवर से ऊपर नहीं थी। ये सब बस एक खेल था।

मगर नीरजा वहाँ पहुँच कर करेगी क्या? ये बहुत ही ग़ैरज़िम्मेदार व्यवहार था। उसे किसी प्लान पर अभी काम करना होगा वरना आँखें खोले हुए उसके जाल में फँस जाएगी। नीरजा अस्पताल से एक पल में ग़ायब हो गयी थी और कोई नहीं जानता था कि वो कहाँ थी। उसे किसी को कुछ तो बताना पड़ेगा। उसका मोबाइल अभी भी ऑन था। बैटरी बताने वाली बत्ती

लाल थी और सिर्फ़ 5% ही बची थी। जल्दी से सिर्फ़ एक कॉल करने लायक बैटरी थी जिसके बाद फ़ोन पक्का फिर से बंद हो जाएगा। जैसे ही वो प्रकाश को फ़ोन करके बताएगी कि वो कहाँ जा रही थी, सब कुछ उसके हाथ से निकल जाएगा। उन्होंने पहले भी कई बार उसे केस से अलग किया था लेकिन इस बार ऐसा नहीं हो सकता था, ख़ास तौर पर जब नीरजा केस को सुलझाने के इतने क़रीब थी। मिश्का की जान उसके हाथों में थी। उसे श्रुति का ख़याल आया। उस वक्त उसने सब कुछ नियम-क़ानून के हिसाब से किया था और सब कुछ गंदे तरीक़े से ख़राब हो गया था। नीरजा को इस बार ये सब अपने तरीक़े से और ठीक से करना ही होगा।

नीरजा ने घड़ी देखी। अभी दस मिनट बचे थे। उसे वहाँ पहुँचना ही होगा।

वे लोग हाईवे से उतर कर कच्ची सड़क पर आ गए थे। मीलों तक फैले हुए हरे मैदानों में सफ़ेद भेड़ों के बादल और यहाँ वहाँ हंसों के झुंड फैले हुए थे। नहर के साथ की सड़क ज़रा पतली थी और नीरजा रास्ते में हर घर के नंबर देखती जा रही थी। वो छोटे-छोटे ख़ूबसूरत घर थे जिनके आसपास ढेरों पेड़ लगे हुए थे ताक़ि खुले हरे मैदानों से आती हवा से उनका बचाव हो सके।

“ये 108 है तो वो वहाँ 110 होना चाहिए,” टैक्सी ड्राइवर ने कहा और एक बाड़े के पीछे आधे-छुपे छोटे से घर की तरफ़ इशारा किया।

“ठीक है, शुक्रिया। मुझे यहीं उतार दो।”

टैक्सी ड्राइवर ने सर हिलाया और नीरजा बाहर निकल गयी। वो जल्दी से ढके हुए बाड़े के पास गयी और उसने टैक्सी को मुड़ कर एक सुरक्षित दुनिया में वापस जाते हुए देखा। नीरजा एक पल के लिए वहीं खड़ी रही। वो

आख़िर वहाँ कर क्या रही थी? उसके पास कोई हथियार भी नहीं था। उसे किसी को तो बताना चाहिए था और वो भी इसी वक़्त। यही सोच कर उसने राजेश को कॉल किया।

"सुनो राजेश। मेरा फ़ोन जल्दी ही डेड हो जाएगा। मैं रामगढ़ में गोला रोड पर हूँ। मेरे ख़याल से मिश्का और किडनैपर यहीं हैं।"

"गोला रोड। ठीक। विक्रम भी वहीं पहुँच रहा है। किडनैपर के फ़ोन की लोकेशन यहीं पर ट्रेस हुई है।"

"कितना टाइम लगेगा विक्रम को?"

"वो आधा घंटा पहले निकला है तो मतलब बीस-एक मिनट में वहाँ पहुँच जाएगा। मैं अभी सबको अलर्ट कर देता हूँ। आपके पास जल्दी से हेल्प पहुँच जाएगी। घर का नंबर क्या है?"

"राजेश, नहीं। नहीं..." मगर बहुत देर हो चुकी थी, कॉल कट चुकी थी। नीरजा की स्क्रीन फिर से काली हो गयी थी। धत्। वो ये नहीं होने दे सकती थी। वो पूरी जगह अगले कुछ ही पलों में ख़ाकी वर्दी वालों से भर जाएगी। वो बाड़े के पीछे से होती हुई घर के पिछले हिस्से की तरफ़ भागी। उसे बिना किसी की नज़र में आए घर में घुसने का तरीक़ा ढूँढना था। क़ामयाब होने का एक ही रास्ता था कि वो उस ख़ूनी को अचानक चौंका दे। नीरजा को वक़्त के ख़िलाफ़ दौड़ना होगा।

उसे घर के पीछे पहुँचने में एक पल लगा। खिड़कियों को लकड़ी से बंद किया गया था। जहाँ कभी छत हुआ करती थी, वहाँ अब लम्बी घास और झाड़ियाँ थीं। एक छोटी सी छतरी घर के सामने के हिस्से से बेढंगे तरीक़े से लटक रही थी। नीरजा पिछले दरवाज़े की तरफ़ बढ़ी और जाते-जाते उसने

एक बड़ा सा पत्थर उठा लिया जो उसके हाथ में काफ़ी भारी लग रहा था। वो तो चाहती थी कि उसकी बंदूक़ का ठंडा हत्था उसके हाथों में होता लेकिन जब तक मदद नहीं पहुँच जाती, किसी और बेहतर हथियार के बजाय उसे इस पत्थर से ही काम चलाना पड़ेगा।

नीरजा ने एक गहरी साँस ली। वो क्या कर रही थी? अपनी ट्रेनिंग के दौरान सीखी हर बात से ये सब बिल्कुल उल्टा था। लेकिन वो उस बच्ची को छोड़ नहीं सकती थी। उसकी वजह से एक और बच्ची की जान नहीं जा सकती थी। नीरजा ने ऊपर देखा तो वहाँ दो बनावटी खिड़कियाँ थीं और असली खिड़कियाँ लकड़ी के तख़्ते के पीछे छुपी हुईं थीं। उस ख़ूनी ने अभी तक नीरजा को देखा नहीं होगा। ये फ़िलहाल नीरजा के लिए फ़ायदे की बात थी।

नीरजा ने पिछले दरवाज़े के हत्थे को पकड़ा और बड़े ध्यान से नीचे किया और वो एकदम से खुल गया। वो अंदर घुसी और दरवाज़े को खुला छोड़ दिया। अंदर घुप्प अँधेरा था। उसने आसपास के माहौल से ख़ुद को वाक़िफ़ करने के लिए थोड़ा वक़्त लिया लेकिन उसके सीने में हो रही खलबली उस डरावनी चुप्पी को चीर रही थी। नीरजा की आँखों को धीरे-धीरे अँधेरे की आदत होने लगी और उसने देखा कि वो एक छोटे से रूम में खड़ी थी। वो धीरे से इकलौते दरवाज़े की तरफ़ बढ़ने लगी और उसकी पीठ ठंडी दीवार के ऊपर टिकी हुई थी।

तभी अचानक नीरजा रुक गयी। उसे ऊपर क़दमों की आहट सुनाई दी। तो वो ऊपर था। नीरजा ने जल्दी से दरवाज़ा खोला और बाहर निकल गयी। अब वो रसोई में थी। क़दमों की आहट आ रही थी। फिर किसी चीज़ से टकराने की आवाज़ आयी। धत्। वो नीचे आ रहा था। एक एक क़दम

लेकर, जैसे कसाई बूचड़खाने में बेपरवाह सा दाख़िल होता है। नीरजा अपनी दायीं तरफ़ वाले कमरे में जल्दी से घुस गयी जो कि एक लिविंग रूम था और वो जल्दी से एक सोफ़े के पीछे छुप गयी। वहाँ के कपड़ों से सड़ने की बू आ रही थी। घर काफ़ी वक्त से ख़ाली पड़ा होगा। खिड़कियों के ढाँचे और लकड़ी के पट्टों के बीच से रोशनी की पतली सी धारी अंदर आ थी। वो इसके लिए तो काफ़ी थी कि नीरजा अपने आसपास के माहौल को देख-समझ सके, लेकिन उसे इस बात का कोई अंदाज़ा नहीं था कि उस कमरे के बाहर क्या हो रहा था।

दरवाज़े पर एक काला साया नज़र आया। नीरजा अपने क़द को जितना छोटा बना सकती थी, उसने बना डाला। पत्थर उसके हाथ में ही था और ठंडा और भारी महसूस हो रहा था। नीरजा ने तब तक अपनी साँस रोके रखी जब तक उसने क़दमों की आहट को सुन नहीं लिया और थोड़ी देर में उसे सीढ़ियों से चरमराने की आवाज़ आने लगी।

तो अब क्या? उस ख़ूनी के पीछे जाना चाहिए? नीरजा ऊपर तो नहीं जा सकती थी, वो ख़ूनी एकदम से उसे सुन लेगा। क्या मिश्का ऊपर थी? नीरजा के पास क्या विकल्प थे? मदद आने का इंतज़ार करना? तब तक काफ़ी देर हो सकती थी। उसके पास सिर्फ़ एक ही रास्ता था कि किसी तरह ऊपर की मंज़िल पर पहुँच जाए लेकिन किसी दूसरे रास्ते से; बाहर से। ऊपर एक सपाट छप्पर था और एक बालकनी थी। नीरजा को कोशिश करनी होगी और बाहर जाना होगा।

वो पंजों के बल चलती हुई वापस रूम में पहुँची। उसका हाथ दरवाज़े के हत्थे पर घूमा और उसने उसे नीचे धकेला। धत् तेरे की। ताला लगा हुआ था।

उस ख़ूनी ने दरवाज़े को ताला लगा दिया था। तो वो जानता था कि नीरजा यहाँ थी। हे भगवान!

नीरजा को ध्यान से करना पड़ेगा। अपनी साँस क़ाबू में रखनी होगी। कितनी बेवक़ूफ़ थी वो जो ये समझ बैठी कि उस ख़ूनी ने नीरजा को आते हुए नहीं देखा होगा। अब सच में घुप्प अँधेरा था। उसने दीवार को छूते हुए रास्ता टटोला। कोई बिजली का स्विच होता लेकिन कुछ नहीं था। बढ़ती रहो। वो किसी खिड़की, किसी दरवाज़े की तलाश में थी। कुछ भी। दीवारें ठंडी और सख़्त थीं। बेहद सख़्त। बाहर जाने का कोई रास्ता नहीं था।

तभी नीरजा किसी पतली सी चीज़ से टकरायी। काग़ज़ थे शायद। अख़बार थे जिसे किसी टेप से दीवार पर चिपकाया गया था। और ज़्यादा काग़ज़ थे। कुछ था जो मज़बूत था। पोस्टकार्ड या तस्वीरें थीं।

वो नहीं जानती थी कि किडनैपर के आने से पहले उसके पास कितना वक़्त था। वो फँस चुकी थी। उसे विक्रम को सावधान करना होगा।

साला वो फ़ोन काम क्यों नहीं कर रहा था!

नीरजा ने फ़ोन का बटन दबा के ही रखा हुआ था। उसका दिल ज़ोर से धड़का जब डिस्प्ले जल उठा। हाँ, अब उस फ़ोन को उतनी देर काम करना था जब तक वो किसी से बात कर पाए। उसने अपना कोड दाख़िल किया।

ओह, बंद मत होना। बस ये एक बार। प्लीज़, प्लीज़, प्लीज़।

तभी नीरजा ने ऊपर देखा। उसके फ़ोन से आती रोशनी से उसने देखा कि दीवारों पर जो चिपका हुआ था वो अख़बार की ख़बरें थीं। उसके माथे

पर परेशानी की लक़ीरें उभर आयीं और उसने और पास से देखा। धत्। ये तो वही थी। नीरजा की तस्वीरें थीं। उसे सिद्धार्थ के क्राइम सीन पर लगा सफ़ेद शामियाना नज़र आया। वो फ़ोन को तस्वीर के और पास ले गयी। नीरजा का प्रकाश से बात करते हुए एक क्लोज़-अप था। और भी तस्वीरें थीं जो सबकी सब बिना उसकी जानकारी के ली गयी थीं।

वो दीवार के साथ-साथ चलती रही और सिद्धार्थ के बारे में छपी अख़बार की ख़बरों पर हल्की रोशनी मारती रही। श्रुति के बारे में भी ख़बरें थीं। उस हरामज़ादे के पास श्रुति के बारे में छपे अख़बार भी थे। एक प्रोफाइलर के रूप में किए हुए अपने काम के बारे में दिए गए Times of India के एक इन्टरव्यू की कतरन भी थी। और नीरजा के घर की तस्वीरें भी थीं, उसकी कार की, आर्यन और अहाना की, राजीव की भी। हे भगवान! ये सब क्या है?

नीरजा को ठीक ऊपर से कुछ धौंकने जैसी आवाज़ आ रही थी। उस आवाज़ ने नीरजा को एकदम से वर्तमान में ला कर खड़ा कर दिया। उसे किसी को वार्निंग देनी ही होगी और इसी वक़्त। उसने साहिल को फ़ोन लगाया। बैटरी की बची-खुची ज़िंदगी से अपनी ज़िंदगी बचानी ही होगी।

"नीरजा? कहाँ हो तुम?" साहिल ने पूछा।

"मैंने उसके पीछे जाने का फ़ैसला किया था।"

"क्या? नीरजा, सुनो। तुम्हें अहाना के पास आना होगा।" वो हिचकिचा सा रहा था।

क्या साहिल ने ठीक से सुना था कि वो क्या कह रही थी? "मैं यहाँ फँसी हुई हूँ, साहिल। नंबर 110। तुम तुरंत बैकअप भेजो," वो अपने मुँह पर हाथ रख के फुसफुसायी।

“क्या?”

नीरजा ने वक़्त रहते अपने पीछे सीढ़ियों के चरमराने की आवाज़ नहीं सुनी। वो क़दमों की आहट थी। नीरजा पीछे मुड़ी और एक पल के लिए उसे बहुत राहत सी महसूस हुई लेकिन उसके बाद सब कुछ धुँधला सा हो गया। नीरजा के सर पर जो वार हुआ था, वो उसे काफ़ी हल्का सा महसूस हो रहा था। दर्द भी बिल्कुल नहीं हुआ था? और फिर सब कुछ काला हो गया था।

बेनकाब

ऐसा लग रहा था कि नीरजा होश में आ रही थी लेकिन वैसा हुआ नहीं। उसके आसपास सब कुछ सफ़ेद था, एक गहरे कोहरे की तरह। कहाँ थी वो? उसने उठने की कोशिश की लेकिन उठ नहीं पायी। उसने अपना सर घुमाया। अब उसकी नज़र साफ़ हो रही थी। उसका शरीर झन्ना रहा था, भनभनाहट उसे बहरा किए जा रही थी। एक पल के लिए नीरजा को लगा कि वो अब कुछ सोचने लायक ही नहीं थी क्योंकि उसका सर फट रहा था। उसने अपनी आँखें ज़ोर से सिकोड़ लीं। क्या था ये? उसने याद करने की कोशिश की कि हुआ क्या था? अस्पताल। आर्यन। अहाना। फिर वो मैसेज। टैक्सी में बैठकर एक पुराने टूटे-फूटे घर की तरफ़ आना। हे भगवान! वो घर। उसकी वो तस्वीरें। दीवार पर चिपकी उसके काम से जुड़ी तस्वीरें। नीरजा उस ख़ूनी के शिकंजे में कैसे फँस गयी थी?

नीरजा, तुम इतनी भोली कैसे हो सकती हो?

नीरजा को सर भारी लग रहा था। उसे कहीं से संगीत की आवाज़ आती हुई सुनाई दे रही थी। शायद रेडियो से? वो एक पुरानी इस्तरी की गंदी बदबू

सूँघ पा रही थी। डीजल का तेल था वहीं कहीं पर। उसने फिर से पलकें झपकायीं लेकिन उसके आसपास की दुनिया धुँधला गयी। एक कार, नहीं वो एक वैन के सामान रखने वाली जगह पर तिरछी पड़ी हुई थी। वैन के पिछले हिस्से में जहाँ कोई खिड़कियाँ नहीं थीं। केबिन के ज़रिए ही बस ज़रा सी रोशनी आ रही थी। वो ये नहीं देख पा रही थी कि वैन चला कौन रहा था। उसके सामने दो प्लास्टिक के डब्बे रखे हुए थे। अब उसे याद आया कि उसके सर पर वार हुआ था। वो जाना-पहचाना सा चेहरा याद आने लगा। नीरजा को यहाँ से बाहर निकलना होगा। उसने हिलने की कोशिश की लेकिन उसके पाँव किसी चीज़ से बाँधे गए थे या शायद आपस में बाँधे गए थे; वो नहीं जानती थी। उसके हाथ। उफ़्फ़! नीरजा की आँखों के आगे बिजली सी कौंध गयी और सब कुछ फिर से काला हो गया।

जब नीरजा फिर से होश में आयी तब भी सब कुछ काला ही था। उसका सर दुःख रहा था। उसने फिर से पलकें झपकीं लेकिन सिर्फ़ अँधेरा था। क्या वो अंधी हो गयी थी? उसने हिलने की कोशिश की पर कुछ नहीं हुआ। वो फँसी हुई थी। उसने ज़ोर से कोशिश की लेकिन बिल्कुल भी हिल नहीं पायी। उसका पूरा बदन दुःख रहा था और लग रहा था जैसे उसका शरीर उसका था ही नहीं। नीरजा के आसपास चुप्पी फैली हुई थी। वो किसी कुर्सी पर पड़ी हुई थी और उसकी टाँगें ऊपर की ओर थीं। जैसे कि डिलीवरी में होता था। उसने अपना सर हिलाने की कोशिश की लेकिन वो भी एक ही जगह अटका हुआ था। नीरजा अचानक काँप उठी। उसने ऐसा सब पहले भी देखा था। सेठी की तस्वीरों में। वो कुर्सी और उस अनजान औरत का चेहरा कुर्सी से चिपकाया हुआ था। जैसा कि अभी उसका ख़ुद का था। अंधाधुंध घबराहट ने नीरजा को घेर लिया। उसकी आँखों के सामने सब कुछ लाल रंग का हो गया था। उसने अपने सर और हाथों-पैरों को झटका। तब तक कोशिश करती रही जब तक मांसपेशियाँ दर्द से थक नहीं गयीं और लगने लगा की सर फट जाएगा।

नीरजा ने शांत होने की कोशिश की। यहाँ चल क्या रहा था? वो यहाँ से कैसे भाग सकती थी? उसने अपनी आँखें ज़ोर से भींचीं और फिर खोलीं, लेकिन वहाँ सिर्फ़ अँधेरा ही अँधेरा था। उसने अपनी साँस रोकी। कोई आवाज़ नहीं थी। ऐसा लग रहा था जैसे वो अपने ही ख़ालीपन में जकड़ ली गयी हो। क्या होने वाला था? क्या वो ख़ूनी वहीं था? या उसने नीरजा को उसके हाल पर छोड़ दिया था। नीरजा को ऐसा नहीं लगा। उसने तस्वीरें देखी थीं, वो जानती थी कि वो ख़ूनी क्या कुछ कर सकता था और उस पूरे समय वो ख़ूनी नीरजा को बेवक़ूफ़ बनाने में सफ़ल रहा था। नीरजा ने एक पल भी इस बात पर ध्यान नहीं दिया था कि वो सेठी के साथ काम कर रहा था, कि हो सकता है वो ही सिद्धार्थ का ख़ूनी था। ये एक ऐसी ग़लती थी जिसकी वजह से अब नीरजा की जान जा सकती थी। नहीं, रुको। नीरजा को ऐसा नहीं सोचना चाहिए था वरना वो पागल हो जाएगी। यहाँ से निकलने का कोई तरीक़ा होगा। इससे बचने का कोई तो ज़रिया होगा ही।

नीरजा ने ध्यान लगाने की पूरी कोशिश की। क्या वो कुछ सुन पा रही थी? क्या कहीं से कुछ आवाज़ें आ रही थीं? ट्रैफिक की? नहीं, कुछ भी नहीं। वो सिर्फ़ अपने धौंकते हुए दिल और अपनी साँसों को सुन पा रही थी। या... शायद कुछ और ही। कपड़ों के आपस में रगड़ने की आवाज़ थी शायद लेकिन वो मुश्क़िल से सुनाई दे रही थी। हालाँकि वो आवाज़ थी वहाँ। क्या वहाँ कोई और भी था? मिश्का? एक पल में नीरजा को अपने सामने वो स्कूल की तस्वीर नज़र आयी। बड़ी नीली आँखों और लम्बे घुँघराले बालों वाली लड़की जो एकदम श्रुति जैसी दिख रही थी। क्या उसे भी यहाँ रखा हुआ था?

"तुम जाग गयीं," किसी ने अँधेरे में कहा।

नीरजा डर के मारे चिल्ला पड़ी।

"जितना चिल्लाना है चिल्लाओ। तुम्हें कोई सुन नहीं पाएगा।"

नीरजा को अब क़दमों की आहट सुनाई दी। दबे हुए क़दमों की आहट। उसकी तरफ़ आते हुए क़दम। हवा का ज़रा सा हिलना। वो ख़ूनी उसके बेहद क़रीब खड़ा हुआ था। नीरजा अपनी गर्दन की त्वचा पर उसकी गर्मी महसूस कर पा रही थी। नीरजा की बाहों पर किसी चीज़ का एहसास हुआ, बिल्कुल किसी पंख जितना हल्का एहसास। क्या वो उस आदमी की उंगलियाँ थीं? नीरजा ने उसे नाक सुड़कते हुए सुना।

"मज़ेदार।" उस आदमी ने कहा।

वो उसे सूँघ रहा था। हे भगवान! नीरजा को यहाँ से निकलने के बारे में सोचना होगा।

बहुत सारी बातें थीं जो वो चिल्ला-चिल्ला कर कहना चाहती थी। उस ख़ूनी से ख़ुद को छोड़ देने की भीख माँगना चाहती थी। उससे पूछना चाहती थी कि वो ये क्यों कर रहा था? मगर नीरजा ने अपना मुँह बंद रखा। कोई फ़ायदा नहीं था। उसने कई सालों तक ऐसे दिमाग़ से बीमार लोगों के बारे में पढ़ाई की थी। ये वो आदमी था जिसने सिद्धार्थ का ख़ून किया था और भी कई दूसरे ख़ून किए थे। नीरजा ने फ़ाइल को गहराई तक जाकर पढ़ा था, इतना कि उसे लगता था कि वो विक्टिम को निजी तौर पर जानती थी। वो औरतें जिन्हें एक मेज़ पर लिटा दिया गया था और उन्होंने एक सैडिस्ट के पागलपन के आगे हार मान ली थी। जैसे कि अभी उसकी ख़ुद की हालत थी। नीरजा ने अपने अंदर मौजूद सारा सेल्फ़-कंट्रोल इस कोशिश में लगा दिया था कि वो पागल न हो जाए, ताक़ि वो घबराहट जो उसके शरीर के हर हिस्से को तबाह कर सकती थी, उसे क़ाबू में रख सके। अगर उसने किडनैपर की बातों को अपने ऊपर हावी होने दिया तो वो हार जाएगी और इससे उसे और मज़ा आता है। नीरजा उसे इस बात का सुख नहीं देना चाहती थी। नहीं, वो नीरजा से किसी भी तरह की खुशी हासिल नहीं कर पाएगा।

उस ख़ूनी की उंगलियाँ हर जगह घूम रही थीं। नीरजा की गर्दन की पतली त्वचा पर। फिर वो नीचे की ओर चल पड़ीं। नीरजा के स्तनों पर। उसने नीरजा के स्तनों को हल्के से मसला और नीरजा की मर्ज़ी के ख़िलाफ़ उनमें उसकी उँगलियों के एहसास की वजह से हरक़त हुई। नीरजा का शरीर उसे धोखा दे रहा था। नीरजा ने उसे लम्बी आह भरते हुए सुना। नहीं। नीरजा के पेट का एसिड ऊपर को आ रहा था। उसे डर था कि वो बीमार पड़ने वाली थी।

नीरजा, दूसरी चीज़ों के बारे में सोचो। फूलों से भरे मैदान के बारे में, बच्चों के चेहरे पर चमक रहे सूरज के बारे में, आर्यन और अहाना के बारे में। हे भगवान, आर्यन और अहाना के बारे में नहीं। वो उन्हें उनके हाल पर छोड़ आयी थी। अब उन्हें बिना माँ के बड़ा होना होगा। वो माँ जिसने उन्हें अस्पताल में उनके हाल पर छोड़ दिया था और वो भी एक ख़ूनी के लिए। नीरजा ने उन्हें एकदम अकेला छोड़ दिया था। वो एक हैवान थी। अब जो नीरजा के साथ हो रहा था, शायद वो उसी के लायक थी।

उस ख़ूनी की हथेलियाँ नीरजा के पेट की नंगी त्वचा को मल रही थीं, उसके स्तनों को दबा रही थीं। नीरजा उसके हाथों को परे धकेल देना चाहती थी, लड़ना चाहती थी, अपने शरीर को सिकोड़ कर उससे बचाना चाहती थी। लेकिन नीरजा के पास वहाँ यूँ ही पड़े रहने और वो आदमी जो भी कर रहा था, उसे सहने के अलावा कोई चारा नहीं था। तभी अचानक किडनैपर के हाथ नीरजा के बदन से अलग हो गए। नीरजा साँस लेती रही और वो उसके कदमों की आहट सुन पा रही थी। वो नीरजा के आसपास चल रहा था। फिर वो नीरजा के पाँव से टकराया। उस किडनैपर को भी कुछ दिखायी नहीं दे रहा था। मतलब वो अंधी नहीं थी। किडनैपर के हाथ ने नीरजा के पाँव को पकड़ा और फिर वो बिना आवाज़ किए मुस्कुराया, बिल्कुल किसी राक्षस की तरह।

नीरजा को फिर उसी छुअन का एहसास हुआ और उसने अपनी थूक निगली। नहीं, ये नहीं! किडनैपर ने नीरजा की टाँग को छूते हुए उसकी जाँघ के अंदरूनी हिस्से को हल्का सा दबाया। वो चाहता था कि नीरजा कुछ प्रतिक्रिया करे लेकिन नीरजा उसे इस बात की ख़ुशी नहीं देगी। ये एक ख़तरनाक खेल था जिसे आख़िरकार वो हारने वाली थी। वो जानती थी कि उसका ख़ुद का सब्र टूट जाएगा, कि वो ख़ूनी उसे तड़पाने की हर मुमकिन कोशिश करता रहेगा। लेकिन नीरजा उसे वो मज़ा नहीं देगी। हाँ, वो मर जाएगी लेकिन किडनैपर को उसके डर को देखने का मज़ा नहीं देगी।

किडनैपर ने नीरजा के गुप्तांग की मुड़ी हुई त्वचा, लेबिया को छुआ। अपनी ऊँगलियाँ उसकी क्लाइटोरिस के आसपास घुमायीं। नहीं। नीरजा चिल्लाना चाहती थी, उसे गालियाँ देना चाहती थी, लेकिन वो चुप रही। उसने अपने दाँतों को ज़ोर से भींचा और अपनी अंतरात्मा में खो जाने की कोशिश की। अपने मन के उस हिस्से में जहाँ वो किडनैपर से भाग कर छुप सके। वो ये सब नीरजा के शरीर के साथ कर रहा था, नीरजा के साथ नहीं। वो अपनी उंगलियाँ ज़बरदस्ती नीरजा के अंदर डाल रहा था। नीरजा को एहसास हुआ कि गरम आँसू उसके चेहरे पर बहने लगे थे और उसके गालों से होते हुए उसके कानों तक जा रहे थे। वो साला हारामज़ादा।

और फिर अचानक वो सब रुक गया।

कहाँ चला गया था वो?

"नीरजा गांधी," वो उसके कान में फुसफुसाया। "मैं तुम्हें अपना एक हिस्सा बनाऊँगा। ये तुम्हारे लिए गौरव की बात होगी।"

क़दमों की आहट हुई।

नीरजा के ऊपर कुछ टिमटिमाने लगा। वो एक ट्यूबलाइट थी। तेज़ टिमटिमाती बत्ती से बचने के लिए नीरजा ने अपनी आँखें बंद कर लीं और फिर जब खोलीं तो अचानक कमरा रोशन हो उठा था। फीकी रोशनी पड़ते ही नीरजा की नंगी त्वचा पीली चमक से दमक उठी थी। वो एक चमड़े की कुर्सी पर पड़ी हुई थी, उसके पाँव कुंडों में बँधे हुए थे। उसे एक सलेटी रंग की टेप से बाँधा हुआ था। नीरजा की कोहनियों, कलाइयों, घुटनों और पैरों को ही नहीं, क्या उस किडनैपर ने नीरजा के सर को भी वैसे ही बाँधा था? नीरजा को ऐसा ही लगा क्योंकि वो अपना सर भी नहीं हिला पा रही थी। बिल्कुल जैसा उसने तस्वीरों में देखा था।

जिस कोने में वो पड़ी हुई थी, वहाँ से वो तक़रीबन पूरा कमरा देख पा रही थी। उसका ऊपरी शरीर थोड़ा उठा हुआ था और सर को सिरहाने पर टिकाया गया था।

अपना हाथ स्विच पर रखे हुए और मज़ाक़िया हँसी हँसते हुए वो ख़ूनी वहाँ खड़ा था... व्योम दीवान।

"तुम... " नीरजा सोच भी नहीं पायी थी लेकिन शब्द पहले ही उसके मुँह से निकल गए थे।

व्योम ने ख़ुशी-ख़ुशी यूँ सर हिलाया जैसे कोई बच्चा हो जिसे आख़िरकार अपना राज़ बताने की इजाज़त मिल गयी हो। नीरजा को शांत रहना होगा। अगर व्योम ने भाँप लिया कि वो कितनी डरी हुई थी, कितनी घबराहट उसके अंदर दौड़ रही थी तो वो जीत जाएगा।

"बढ़िया।" व्योम ने ताना मारा। नीरजा को अपनी साँसों को क़ाबू में रखना होगा। नीरजा की छाती तेज़ी से ऊपर-नीचे हो रही थी। वो व्योम को नहीं दिखा सकती थी कि वो कितनी घबरायी हुई थी। नीरजा को उसे बातों में उलझाना होगा। यही एक तरीक़ा था अपनी मौत को टालने का। कोई नहीं

जानता था कि वो कहाँ थी। उसके कलीग अब तक गोला रोड़ के उस छोटे से मकान तक पहुँच गए होंगे और उन्हें वहाँ सारे सुराग़ मिल जाएंगे। नीरजा की तस्वीरें और बाक़ी सब भी लेकिन ज़ाहिर है कि वो अब वहाँ नहीं थी।

"कहाँ हैं हम?" नीरजा ने पूछा। व्योम नीरजा को कहीं और ले आया था। अब नीरजा को याद आया। वो उसे वैन में डाल कर कहीं और ले गया था। क्या वो नैनीताल में थी? और मिश्का कहाँ थी?

व्योम एक छोटी-सी रसोई की तरफ़ मुड़ा। वो एक सस्ता सा होटल था जिसे धारीदार एल्युमिनियम की चादर से ढका गया था। फ़र्श पक्का था और किसी तरह के रंग से चमक रहा था। वहाँ एक ही दरवाज़ा था जो कि स्टील का स्लेटी रंग का था। एकदम साउंडप्रूफ़ दीवारों पर टाइल्स लगी हुई थीं। नीरजा ने ऊपर सलेटी रंग की छत की ओर देखा। उसे बत्तियों और छत के बीच मोटी रस्सी नज़र आयी। वो इस कमरे को जानती थी। उस फ़ाइल में टॉर्चर की जो तस्वीरें थीं, वो यहीं ली गयी थीं। ये साफ़ था कि सभी तस्वीरें कमरे के एक ही कोने से ली गयी थीं, दरवाज़े की तरफ़ से। जिस कुर्सी पर वो लेटी हुई थी, उसके ऊपर चमक रही बत्तियाँ, सभी वही थीं। पिछले कुछ हफ़्तों में जिस कमरे को उसने अनगिनत बार देखा था, ये वही कमरा था।

क्या ये कोई कोठरी है? नीरजा पक्के तौर पर नहीं जानती थी। उसने दूसरी तरफ़ देखा तो वहाँ एक बड़ा सा फ्रीज़र रखा हुआ था और उसके साथ एक मेज़ थी। उस पर सलीके से अनेक हथियार रखे हुए थे और उन्हें छोटे से लेकर बड़े तक एक लाइन में रखा हुआ था। मेज़ के नीचे एक बिजली से चलने वाली आरी रखी थी।

नीरजा ने फिर से व्योम को देखा। वो क्या कर रहा था? उसने एक काली पतलून और टी-शर्ट पहनी हुई थी। फिर वो मुड़ा तो उसकी बालों से भरी, ढेर सारे टैटू से ढकी हुई बाहें उसके शरीर से लटक रही थीं। वो आख़िर अभी तक बच कैसे रहा था? व्योम ने सबके सामने अपनी एक दयालु और मुसीबत में

मदद करने वाले इंसान की तस्वीर बना रखी थी और अपनी ज़िंदगी आराम घर की वेश्याओं के नाम कर दी थी। लेकिन वो सब एक झूठ था और नीरजा ने उसके झूठ को सच मान कर पूरा भरोसा कर लिया था। इस ख़याल से ही नीरजा के मुँह का स्वाद खट्टा हो गया था। वो कल ही विक्रम या प्रकाश से बातें करेगा। दिखावा करेगा कि वो उनकी सुराग़ ढूँढने में मदद कर रहा है जबकि नीरजा को उसने इस टॉर्चर करने वाले कमरे में बाँध कर रखा होगा, और वो भी भगवान ही जाने किस हालत में। हरामज़ादा। उसको देखते ही नीरजा के अंदर नफ़रत पैदा हो रही थी। इस ख़याल भर ने नीरजा को लड़ने के लिए तैयार कर दिया था। वो यूँ ही हार मानने वाली नहीं थी। नीरजा ने अपनी आखें भींचीं, उसे अपना दिमाग़ साफ़ रखना होगा और मौक़ों की तलाश करनी होगी ताकि व्योम की किसी भी ग़लती का फ़ायदा उठा सके।

व्योम पीछे मुड़ा। उसने एक छोटे से तौलिए से अपने हाथ सुखाए और दो-चार क़दमों में ही नीरजा और उसके बीच का फ़ासला तय कर लिया।

“मिश्का कहाँ है?” नीरजा ने पूछा।

“मिश्का? कौन मिश्का?”

“वो छोटी बच्ची। क्या किया है तुमने उसके साथ?” नीरजा की आवाज़ में कंपकंपी थी। ओफ्फ्फ। उसे अपनी कोई कमज़ोरी मत दिखाओ नीरजा।

व्योम ज़ोर से हँसा। “मैं तुम्हें ढूँढ रहा था। मुझे अब उस बच्ची की कोई ज़रूरत नहीं है।”

“क्या किया है तुमने उसके साथ?”

“श्श्श्श... ”, व्योम ने कहा।

हरामज़ादा। नीरजा को अपनी आँखों के कोनों पर आँसू उभरते हुए महसूस हुए। हे ईश्वर, वो मरने वाली थी। धत्। उसे व्योम को बातों में लगाए रखना होगा। नीरजा को अपने डर से उबरना ही होगा। ये उसका आख़िरी मौक़ा था। अगर उसने अपने जज़्बात दिखाए तो वो हार जाएगी। बात करती रहो।

"तुम्हारा श्रुति से क्या रिश्ता है?" नीरजा ने पूछा।

"कोई रिश्ता नहीं है।" जब व्योम ने जवाब दिया तो नीरजा ने उसकी आँखों में एक चमक देखी। वो झूठ बोल रहा था।

"तुम उसे जानते थे।" नीरजा ने उसे उकसाया।

व्योम के माथे पर ग़ुस्से की लक़ीरें उभर आयीं।

"ऐसा ही है न, व्योम? तुम मुझसे बदला लेना चाहते थे क्योंकि मैं उसे बचा नहीं पायी? या तुम उसे ख़ुद पाना चाहते थे?"

व्योम ने नीरजा के चेहरे पर ज़ोर से थप्पड़ मार दिया। ऐसा लग रहा था जैसे नीरजा के गालों पर आग लग गयी हो।

"अपना मुँह बंद रख, कुतिया!" व्योम चिल्लाया।

"वो तुझे उत्तेजित कर देती थी। दिख रहा है मुझे तुम्हारे चेहरे पर।" नीरजा का बदन गुस्से और भय की वजह से काँप रहा था। व्योम उसे पीट-पीट कर मार डालेगा या उससे भी कुछ बदतर करेगा।

"वो मेरी भतीजी थी," व्योम ने कहीं दूर देखते हुए कहा।

उसके बाद सन्नाटा छा गया था और उस सन्नाटे में नीरजा को अपने सर में दिल के धौंकने की आवाज़ सुनाई दी।

व्योम अपनी जगह से हटा।

"तो जब वो मरी, तुमने फ़ैसला किया कि तुम मुझे उसकी सज़ा दोगे? और इस पूरे समय तुम मुझ पर नज़र रखे हुए थे? पूरे पाँच साल?"

व्योम ने अपना सर हिलाया। नीरजा की बातों से वो हिल सा गया था। "नहीं, ऐसा नहीं था। दरअसल हम लोग संयोग से एक दूसरे के रास्ते में आ गए। मुझे लगा कि तुम्हारा मेरे सामने आना किसी तरह का शुभ संकेत है। मेरा बन जाना तुम्हारी नियति।"

हे भगवान, ये आदमी पूरी तरह पागल था। और नीरजा उसके शिकंजे में फँसने के लिए सब कुछ जानते हुए भी चली आयी थी। अब इस ग़लती की क़ीमत उसे अपनी ज़िंदगी से चुकानी पड़ेगी।

उसे बातों में लगा कर रखो, नीरजा। तुम्हारे पास बस यही एक मौक़ा है।

"तो बताओ, व्योम।" नीरजा की आवाज़ ऊँची और आत्मविश्वास से भरी हुई सुनाई दी। वो नहीं जानती थी कि उसे इतनी ताक़त कहाँ से मिल रही थी। "जब श्रुति मरी तो तुम्हें कैसा लगा? कितनी सुंदर बच्ची थी। उन लम्बे बालों और बड़ी नीली आँखों में बिल्कुल परी सी लगती थी। और उसकी वो हँसी, वो कितनी ख़ुश थी।"

व्योम की पलकें झपकीं। ये एक तरह की ख़ुशी थी, एक तरह का विरोध भी था कि नीरजा व्योम को अपने लफ़्ज़ों से चोट पहुँचा सकती थी।

"क्या वो तुम्हारी माल थी? क्या इसलिए तुम इतने गुस्सा हो?" नीरजा जानती थी कि ऐसा नहीं था। व्योम की शुरुआती प्रतिक्रिया से ये साफ़ था कि श्रुति उसके लिए कुछ मायने रखती थी। वही बात थी यहाँ भी : ख़रगोश आपकी प्लेट में या ख़रगोश आपकी गोद में। "क्या तुम इसलिए ग़ुस्सा थे क्योंकि तुम उसे टॉर्चर करके ख़ुद नहीं मार पाए थे?"

व्योम का चेहरा फीका पड़ गया। "ऐसा बिल्कुल नहीं था।" ज़ाहिर है नीरजा ने व्योम की दुखती रग पर हाथ रख दिया था। नीरजा के अंदर आशा की एक छोटी सी किरण जाग उठी और उसने अपनी कलाई घुमाई लेकिन कोई फ़ायदा नहीं था क्योंकि उसके हाथ-पाँव पूरी तरह से बँधे हुए थे।

"तो मैं यहाँ इस वक़्त क्यों पड़ी हुई हूँ?" नीरजा ने पूछा।

व्योम नीरजा के क़रीब आया और उसके ऊपर झुका। उसका चेहरा ठीक नीरजा के चेहरे के ऊपर था। धत्त। व्योम के चेहरे के भाव बदल रहे थे। उसकी आँखों की पुतलियाँ बड़ी हो गयी थीं। उसकी आँखें इतनी गहरी हो गयीं थीं कि एकदम काली नज़र आ रही थीं। वो एक हैवान दिख रहा था। नीरजा ने अपनी साँसों को क़ाबू में रखने की कोशिश की। व्योम के सामने नीरजा का डर ज़ाहिर नहीं होना चाहिए था लेकिन उसका कोई फ़ायदा नहीं था क्योंकि वो नीरजा के डर को सूँघ सकता था।

व्योम हँस पड़ा। "तुम्हें अभी भी लग रहा है कि यहाँ पर एक तुम ही सबसे स्मार्ट हो, है न? लेकिन तुम यहाँ हो। मेरी टेबल पर पड़ी हुईं।"

ज़ाहिर है कि वो सही कह रहा था। व्योम ने नीरजा को पछाड़ दिया था। टैक्सी में एकदम से बैठकर व्योम को ढूँढने के लिए निकलते वक़्त जो ताक़त नीरजा ने अपने अंदर महसूस की थी, वो नक़ली थी। और उस दौरान वो व्योम था जिसने नीरजा के हर क़दम को अपनी मर्ज़ी से तोड़ा-मरोड़ा था। वो नीरजा को अपने पास एक कठपुतली की तरह खींच लाया था। ठीक उसी जगह लाने के लिए जहाँ वो इस वक़्त थी। व्योम की मुट्ठी में।

ये सब बिल्कुल वैसे ही हुआ था जैसा कि नीरजा ने प्रकाश को बताया था लेकिन उसे ख़ुद अभी तक इस बात का एहसास नहीं हुआ था। कितनी अजीब बात थी। उन्हें व्योम को ढूँढने की ज़रूरत नहीं थी बल्कि उसने ही नीरजा को ढूँढ लिया था। और अब व्योम उसका ख़ून करने वाला था। नीरजा सिर्फ़ कुछ समय माँग सकती थी।

"तुम सेठी से कहाँ मिले थे?" नीरजा ने बातें करने की कोशिश की

"अशोक," व्योम एक आह भरते हुए सीधा हुआ, "इतना समझ लो हम दोनों की पसंद काफ़ी मिलती जुलती थी। और हम दोनों की चाहतें लगभग एक-सी थीं।"

"वो तुम्हारा गुरु था?"

व्योम ज़ोर से हँसने लगा। "सेठी?" वो आगे झुका और उसने नीरजा के गाल को अपनी ज़बान से चाट लिया। "मुझे गुरु की कोई ज़रूरत नहीं है।"

"तुम दोनों ने मिल कर सिद्धार्थ का ख़ून किया था?"

"हाँ," व्योम ने बिना किसी जज़्बात के कहा।

"और उन वेश्याओं का भी।"

"कुछ वेश्याओं का।"

"सेठी इंचार्ज था।"

"नहीं, वो इन्चार्ज नहीं था।"

"तो तुम दोनों में कोई झगड़ा हुआ था, है न? अच्छा, यही बात है?"

व्योम ने अपने होंठ भींचे, उसका चेहरा बहुत चिड़चिड़ा नज़र आ रहा था।

"उसे कुछ और चाहिए था और मुझे कुछ और," व्योम फिर से नीरजा के ऊपर झुका और नीरजा को उसकी ज़बान अपनी गर्दन पर महसूस हुई। उसने नीरजा के स्तनों को छूते हुए एक गहरी आह भरी। नीरजा ने अपनी आँखें सिकोड़ कर बंद कर लीं। फिर वो रुक गया और नीरजा ने आँखें खोलीं। व्योम अभी भी नीरजा के ऊपर झुका हुआ था लेकिन उसे कहीं भी छू नहीं

रहा था। फिर अचानक से उसका सर एक झटके से ऊपर उठा और चेहरे पर वही हैवानियत छा गयी। "तुम्हें पता है मांस के स्वाद पर सबसे बुरा असर किस चीज़ का होता है?"

नीरजा कुछ नहीं बोली। उसे अपने अंदर फिर से घबराहट बढ़ती हुई महसूस हुई। सच में कोई फ़ायदा नहीं था। कोई नहीं जानता था कि वो कहाँ थी। पूरी टीम उसे बस हवा में ढूँढ रही थी और उस दौरान वो यहाँ अपनी ज़िंदगी को अलविदा कह देगी। उसके पास व्योम की घिनौनी चाहतों के सामने घुटने टेक देने के सिवाए और कोई चारा नहीं था। व्योम नीरजा का ख़ून करने वाला था।

"ढेर सारे हार्मोन मांस के स्वाद पर असर डालते हैं। इसीलिए हमेशा इस बात का ध्यान रखना चाहिए कि आपके शिकार को पता भी नहीं चले कि उसे हलाल किया जाने वाला है।" व्योम ने कहा।

नीरजा की आँखें खुली की खुली रह गयीं और उसे सब कुछ लाल नज़र आ रहा था। व्योम उसे मारने वाला था और नीरजा मरने वाली थी।

नीरजा के चेहरे पर एक और थप्पड़ पड़ा। "ठीक ठीक यही कहना चाह रहा था मैं," व्योम बोला, "अशोक एक अच्छा दोस्त था लेकिन वह मेरी चाहतों को संतुष्ट नहीं कर सकता था।" व्योम कहीं और देखने लगा, "लेकिन वो कुछ ऐसी चीज़ें करता था जो मुझे पसंद थीं। मुझे उसे काम पर देखते हुए मज़ा आता था। वो उन लड़कियों को उनकी उच्चतम स्थिति तक ले जाता था।"

"हरामखोर! वो तुम्हारी लड़कियाँ थीं। उन्हें तुम पर विश्वास था कि तुम उनकी रक्षा करोगे।" नीरजा वेश्याओं के बारे में बात कर रही थी। व्योम ने उन्हें सेठी के हवाले कर दिया था।

"मैं अपनी लड़कियों का ध्यान रखता था," व्योम ने बेइज़्ज़ती महसूस करते हुए कहा। "आराम घर की एक भी लड़की को सेठी ने नहीं मारा। उसने उन सभी औरतों को टिफ़िन टॉप से उठाया था।" व्योम ने अपने बचाव में दोनों हाथ ऊपर कर दिए और राक्षसों जैसी हँसी हँसा, "ज़ाहिर है वो मेरी लड़कियाँ नहीं थीं।"

"पर वो जानती थीं कि सेठी कौन था। वो जानती थीं कि तुम कौन हो!"

"अशोक अक्सर आराम घर पर आया-जाया करता था। मेरे साथ चाय पीता था या किसी लड़की के साथ मज़े लेता था। और कभी-कभी हम दोनों एक साथ टिफ़िन टॉप पर भी जाया करते थे। ज़ाहिर है उन लड़कियों को ये सब दिखता था। और उन्हें ये भी पता था कि कभी-कभी अशोक किसी लड़की को ले जाता था जो फिर कभी वापस नहीं आती थी," उसने अपना सर हिलाया। "इससे सबको समझ आ गया था कि स्वाभाविक तौर पर बॉस कौन है। वो सब अपना मुँह बंद रखती थीं।"

नीरजा ने अपने मुँह को ज़ोर से जकड़ा। क्या बेवक़ूफ़ औरतें है वो! और शालू, उसे अच्छे से पता था कि क्या चल रहा था लेकिन उसने अपना मुँह बंद रखा था। वो सब चुप रहीं। अगर उन्होंने इस बारे में बात की होती कि क्या कुछ हो रहा था तो सिद्धार्थ मरता नहीं। फिर वो ख़ुद भी यहाँ नहीं पड़ी होती। लेकिन हाँ, फिर अगली बारी ख़ुद उन लड़कियों की होती। यही थी उनकी ज़िंदगी। वो सब अपनी छोटी सी दुनिया में क़ैद थीं और सिर्फ़ मौत ही उनकी आज़ादी का एक ज़रिया थी।

"सिद्धार्थ को क्यों मारा?" नीरजा ने पूछा।

"क्योंकि वो बहुत अच्छा और मुलायम था। तुम्हें पता है ताज़ी टूना मछली का स्वाद कैसा होता है? किसी बच्चे का मांस भी बिल्कुल वैसा ही होता है। मैं एक बार चखना चाहता था। पहले कभी कोई बच्चा टेस्ट नहीं किया था मैंने।"

नीरजा के पेट में बहुत तेज का मरोड़ उठा।

"बहुत हो गए तुम्हारे सवाल। अब एक तुम्हारे लिए। तुम कैसे तैयार होना चाहोगी?" व्योम ने पूछा।

नीरजा ने उसे घूर कर देखा और उसे बहुत घिन्न महसूस होने लगी। व्योम का चेहरा काफ़ी गंभीर और शांत था।

"मैं चाहती हूँ कि तुम मुझे जाने दो।" नीरजा ने कोशिश की।

व्योम बस हँस दिया।

"साफ़ दिख रहा है कि तुम अभी तक तैयार नहीं हो। कोई बात नहीं। हमारे पास समय ही समय है। तो चलो पूछने बताने का एक और खेल खेलते हैं। पहले मेरी बारी। कैसा लग रहा है ये जान कर कि जिसे तुम ढूँढ रही थी, वो मैं था?"

नीरजा ने अपने दाँतों को पीसा। वो उसका खेल में साथ नहीं देगी। वो व्योम के सर पर कोई ताज नहीं पहनायेगी। इस सारी बात के पीछे यही उद्देश्य था। व्योम अपने आपको ये बात मनवाना चाहता था कि वो कितना नेक था, कि उसने कैसे पुलिस को चकमा दे दिया था।

"वो नेपाल का मैप सबसे ज़बरदस्त चाल थी," व्योम हँस दिया, "मैंने सारी इन्वेस्टिगेशन को दूसरी डायरेक्शन में ही भेज दिया।"

"हम पहले ही समझ गए थे कि यह चाल है।"

व्योम का चेहरा उतर गया।

"तुमने उन लड़कियों को कैसे तैयार किया कि वो ये गवाही दें कि उस ख़ून के वक़्त तुम उनके साथ थे या वो तुम्हारे साथ थीं?" नीरजा का ये सवाल बेकार था और बेवक़ूफ़ी भरा भी था। वो लड़कियाँ व्योम से ख़ौफ़ खाती थीं या व्योम उन लड़कियों को ड्रग्स देता था। और ज़ाहिर है कि व्योम सही था क्योंकि उसने अपना खेल बहुत अच्छे से खेला था। वो कभी संदेह के दायरे में आया ही नहीं था। तहक़ीक़ात करने वाली टीम ने उससे हमेशा मदद के लिए मुलाक़ात की थी। उन लोगों ने व्योम के साथ इतनी लापरवाही क्यों बरती? वो ये सब करके भी इतनी आसानी से बच कैसे गया था?

अचानक एक आवाज़ ने व्योम को वहीं का वहीं जमा दिया। वो दरवाज़े के पास गया और दरवाज़े पर सर रख कर एकदम चुपचाप खड़ा हो गया। फिर एक आवाज़ हुई।

नीरजा के लिए ये एक मौक़ा था। बस यही एक मौक़ा जो उसे बचने के लिए मिल सकता था। वो चिल्लायी। वो जितना ज़ोर से हो सकता था, उतने ज़ोर से चिल्लायी। व्योम ने उसकी तरफ़ ऐसे देखा जैसे स्लो मोशन में हो। उसके चेहरे का रंग उड़ गया और वो भौंचक्का रह गया। व्योम को अपनी ग़लती का एहसास हो गया था। जितना मर्ज़ी व्योम को अपनी चतुराई पर फ़ख़्र था लेकिन अपनी बेवक़ूफ़ी में वो नीरजा के मुँह पर टेप लगाना भूल गया था। इससे पहले कि वो नीरजा का मुँह बंद कर पाता, वो और भी ज़ोर से चिल्लाई।

जिस दरवाज़े के सहारे व्योम खड़ा था, उस पर ज़ोर-ज़ोर से दस्तक होने लगी और उसे ऐसा सदमा लगा कि वो अपनी जगह से हिल तक नहीं पाया। नीरजा को दूसरी तरफ़ से घुटी हुई आवाज़ें सुनाई दे रही थीं।

नीरजा अब ठीक से साँस भी नहीं ले पा रही थी। उसकी चीखें तेज़ होती जा रही थीं और गला बैठता जा रहा था लेकिन उसने भी फ़ैसला किया था कि मरने से पहले जीने के लिए पूरी जान लगा देगी।

दरवाज़ा एक झटके से खुल गया।

अचानक, एक पल के लिए, सब कुछ शांत हो गया।

और फिर खलबली मच गयी। पुलिस, हथियार और ढेर सारा शोर-शराबा मच उठा। व्योम ज़मीन पर था और फिर कुछ दिखायी नहीं दिया। उस नज़ारे को एक अफ़सर के ऊपरी शरीर ने ढक दिया था। एक चेहरा नज़र आया।

"नीरजा।"

वो विक्रम था। वो यहाँ आ गया था। नीरजा की देह बुरी तरह से कंपकंपाने लगी। वो रो रही थी और तेज़ी से साँसें ले रही थी।

"नीरजा। मेरी तरफ़ देखो।" विक्रम ने अपना कोट उतार कर नीरजा के ऊपर डाल दिया। "तुम्हें दर्द हो रहा है? कहीं चोट लगी है?"

विक्रम ने नीरजा के गालों पर हथेली से थपथपाया। उसका नाम बार-बार पुकारा।

"मुझे नहीं पता कि मिश्का कहाँ है," नीरजा बुदबुदायी। "मैं उसे ढूँढ नहीं पायी।"

"एम्बुलेंस!" विक्रम चिल्लाया। "मुझे एक एम्बुलेंस चाहिए। अभी!" उसकी आवाज़ टूट सी गयी।

विक्रम ने ध्यान से नीरजा की कलाइयों से टेप निकालनी शुरू की। "शांत रहो। मैं ये सब अभी निकाल देता हूँ। तुम बस चुपचाप आराम से बैठो। हे भगवान, नीरजा!"

"मैं मिश्का को नहीं ढूँढ पायी," नीरजा ने फिर से कहा।

"मिश्का हमारे पास है, हमने उसे खोज लिया। वो ज़िंदा है।"

"विक्रम?"

"हाँ?"

"मुझे हॉस्पिटल जाना होगा। मेरे बच्चे," नीरजा की आवाज़ बहुत कमज़ोर थी।

शुक्र है भगवान। उस छोटी बच्ची की जान बच गयी थी। नीरजा को अपने ऊपर से सब फ़िसलता सा महसूस हुआ, जैसे कि वो नीचे की ओर गिरी जा रही थी। बादलों में फिसलती हुई। बिना किसी भार के। ख़ूबसूरती से।

नीरजा को सबसे पहले जो चीज़ नज़र आयी वो थी छत पर लगी हुई बत्ती। उसे अपने बदन में एड्रेनालाईन का ज़ोर का झटका महसूस हुआ लेकिन जब उसने ध्यान से छत की तरफ़ देखा तो उसे एहसास हुआ कि वो व्योम के कमरे में नहीं थी। छत पर चौकोर तख़्तियाँ थीं जिनमें गोल छेद किए हुए थे। नीरजा ने अपना गला साफ़ किया और ऐसा करने में उसे दर्द हुआ। उसने डरते-डरते आसपास ध्यान से देखा कि न जाने क्या दिख जाए। उसके एक हाथ में पट्टी लगी हुई थी जिससे लगी हुई एक नलियाँ एक बोतल में जा रही थी। तो वो अस्पताल में थी। लेकिन कहाँ? जिस ट्राली से उसकी ड्रिप लगी हुई थी, वहाँ एक स्टीकर लगा था। नीरजा ने उसका लोगो पहचान लिया जिस पर लिखा था, प्रेरणा अस्पताल। वही अस्पताल जहाँ उसके बच्चे भी थे।

अहाना और आर्यन। नीरजा को जानना ही था कि वे कहाँ थे। उसने अपने हाथ में लगी हुई वो पट्टी और सुई हटाई और उन नलियों को बिस्तर पर फेंक दिया। फिर उसने अपनी टाँगें बिस्तर से बाहर निकालीं और खड़ी हो गयी। लेकिन उसे एकदम से तारे दिखने लगे और वो एक पल के लिए बिस्तर के ऊपर लगी सलाख़ों को पकड़ कर खड़ी हो गयी। साँस लेती रहो। सब ठीक हो जाएगा। तुम्हें आगे बढ़ना ही होगा।

तुम्हें आर्यन और अहाना के पास पहुँचना ही होगा।

नीरजा कॉरिडोर में उन्हें ढूँढने लगी। कहाँ हैं वो? उसे सीढ़ियाँ नज़र आयीं और वो उनसे एक मंज़िल नीचे उतर कर एक डिपार्टमेंट में दाख़िल हुई। उसके आसपास लोग जल्दबाज़ी में थे। नर्सें थीं। कुछ ने उसे देखा और मुस्कुराए, कुछ अपना सर झुकाए उसके पास से निकल गए।

वो आगे चलती रही। एक और कॉरिडोर था। लोग दीवार के साथ लगी प्लास्टिक की कुर्सियों पर बैठे हुए थे। वो सब उसे सवालिया नज़रों से देख रहे थे। नीरजा को अचानक यूँ लगने लगा जैसे उसके बदन पर कोई कपड़ा ही नहीं था। वो अस्पताल का हल्का नीला गाउन पहने हुए और नंगे पाँव चलते हुए खोयी सी नज़र आ रही थी। यह सही जगह नहीं थी, उसे एक मंज़िल और नीचे जाना होगा।

वो लम्बे कॉरिडोर को पार करते हुए सीढ़ियों तक पहुँची। वो ग़लत जगह थी। हालाँकि अस्पताल के सभी कॉरिडोर एक से नज़र आते हैं लेकिन ये वाला अलग था। ये वह था जहाँ राजीव को रखा गया था। उसे पूरा विश्वास हो गया जब उसने राजीव के कमरे के बाहर एक आदमी को बैठे हुए देखा। इस आदमी पर राजीव की सुरक्षा की ज़िम्मेदारी थी। राजीव को अस्पताल से छुट्टी मिलते ही हिरासत में ले लिया जाएगा।

पिछले दिन जब साहिल की ज़िद की वजह से नीरजा राजीव को देखने आयी थी, तब भी वही आदमी निगरानी पर था। नीरजा का मन था कि वो चलती जाए या वापस मुड़ जाए लेकिन उसके दिल ने उसे राजीव के कमरे की तरफ़ धकेल दिया। शायद ख़ुद को यक़ीन दिलाने के लिए कि ये सब वाक़ई एक हक़ीक़त थी कि राजीव ने सच में ख़ुद को और बच्चों को मार डालने की कोशिश की थी।

व्योम दीवान के टॉर्चर वाले कमरे में जो हुआ था, उसके बाद ये कोई बुरा सपना लग रहा था। जैसे वो हक़ीक़त नहीं थी।

नीरजा को आते देख वो आदमी खड़ा होने ही वाला था कि नीरजा ने हाथ के इशारे से उसे बैठे रहने को कहा।

"नीरजा गांधी। नेशनल यूनिट। हम एक दूसरे को जानते हैं।"

वो आदमी पहले पहल समझा नहीं लेकिन फिर उसे पहचान गया। उसने एकदम से नीरजा के अस्पताल वाले नीले गाउन पर नज़र डाली लेकिन बिना उसे कुछ कहने का मौक़ा दिए, नीरजा कमरे के अंदर चली गयी।

राजीव बाहर देख रहा था और नीरजा उसके बिस्तर की तरफ़ गयी। उसके बिस्तर के साथ भी ड्रिप लगी हुई थी। वही नीला कम्बल उसके ऊपर भी था। राजीव का चेहरा फीका पड़ा हुआ था और आँखें ख़ून सी लाल थीं।

"मुझे विश्वास ही नहीं हो रहा," वो बुदबुदाया।

नीरजा भी विश्वास नहीं कर पा रही थी। वो आख़िर यहाँ कर क्या रही थी? अब नीरजा के पास बोलने लायक बचा ही क्या था? उसे चले नहीं जाना चाहिए था? जिस आदमी ने उसकी ज़िंदगी तक़रीबन बर्बाद कर दी थी, उसके ऊपर वक़्त बर्बाद करने कि बजाय उसे आर्यन और अहाना को नहीं ढूँढना चाहिए था? नीरजा ने सही लफ़्ज़ों की तलाश करते हुए अपना गला साफ़ किया।

"मुझे माफ़ कर दो," राजीव बुदबुदाया। "इस हरक़त को माफ़ किया ही नहीं जा सकता। मैं जीना नहीं चाहता।"

नीरजा ने अपनी साँस रोक ली। अब वो इस का क्या करे? साला राजीव ने उसके बच्चों को तक़रीबन मार ही डाला था। पागलपन के उस एक पल ने उसे हैवान बना दिया था। शायद उसने बिना सोचे समझे आर्यन और अहाना को ज़हर दिया था लेकिन फिर भी ये किया तो उसी ने था न।

राजीव ने पहली बार नीरजा की ओर देखा। राजीव की आँखें अपने खाँचों में घुसी हुई थीं और उसके गालों की हड्डियाँ पतली त्वचा के अंदर से बाहर को आ रही थीं।

"मैंने सब बर्बाद कर दिया," राजीव फुसफुसाया। "आर्यन मेरा चेहरा भी नहीं देखना चाहता। मैंने उसे अपने जीवन में पाने लायक कुछ किया ही नहीं।"

नीरजा ने कुछ नहीं कहा। वो अपनी जगह से हिली भी नहीं।

"अहाना कितनी बहादुर है," राजीव कहता रहा। "कोई इतनी प्यारी बच्ची को कैसे चोट पहुँचा सकता है?" उसने अपना सर हिलाया। "मैं शैतान हूँ।"

नीरजा ने अपना गला साफ़ किया। "वो सब करते वक़्त तुम्हारे दिमाग़ में क्या चल रहा था?"

"मुझे सच में कुछ याद नहीं है।"

"प्लीज़ कोशिश करो, कुछ तो याद होगा।" नीरजा ने ज़ोर दिया।

"ऐसा लग रहा था जैसे मैं कोई सपना देख रहा था, जैसे कुछ भी मेरे कंट्रोल में था ही नहीं।" राजीव ने झेंपते हुए नीरजा की तरफ़ देखा। "मुझे पता है तुम मानोगी नहीं। लेकिन जो कुछ भी हुआ, यह उसके लिए सफ़ाई नहीं है।"

"ठीक है, बोलते जाओ," नीरजा ने कहा। वो जानना चाहती थी। उस रिसॉर्ट के कॉटेज में जो हुआ, नीरजा उसका हिस्सा नहीं थी और इस वजह से उसे लग रहा था कि वो कोई बाहरवाली थी। उसकी इस सोच को कोई नहीं समझ पाएगा। कभी-कभी ऐसा लगता था जैसे उसे इस बात की जलन महसूस हो रही थी कि वो वहाँ क्यों नहीं थी। ये एक ऐसा अजीब ख़याल था जो वो किसी के सामने बोल नहीं सकती थी लेकिन दिल ही दिल में उसे ऐसा लग रहा था कि जिन लोगों से वो सबसे ज़्यादा प्यार करती थी, उन्होंने ही उसे पराया कर दिया था।

"हम लोग लेक पर गए थे। मैं चाहता था कि बच्चों के लिए वो दिन मज़ेदार हो। बच्चों को लगा था कि हम लोग वहाँ कुछ दिन रहेंगे। अहाना तो तुम्हारे ही बारे में पूछे जा रही थी।" राजीव एक दुखी सी हँसी हँस पड़ा। "मैंने उनसे कहा कि तुम पहुँचने वाली हो पर तब तक हमें कुछ खा लेना चाहिए।" राजीव ने शिकन भरे चेहरे से नीरजा को देखा। "जब मैंने इन गोलियों को दही में मिलाया तो वे टीवी देख रहे थे। किसी मंत्र की तरह था वो। मेरा मंत्र नहीं पर कोई चीज़ थी जो लगातार मेरे दिमाग़ में घूम रही थी। मैंने गोलियों को ज्यादा पीस दिया और आर्यन और अहाना से कह दिया कि थोड़ी सी चीनी है।" राजीव ने सर हिलाया मानो वो ख़ुद ही इसे समझ न पा रहा हो। "और जैसे किसी अज़ीब क्षण में मैंने ख़ुद भी उस पर विश्वास कर लिया। जैसे कि सब ठीक करने के लिए बस हमें थोड़ी सी ज्यादा चीनी की ज़रूरत है।" उसके मुँह से एक बड़ी सी सिसकी निकली लेकिन उसने एकदम से ख़ुद को सँभाल लिया। "फिर हम लोग जाकर बिस्तर पर लेट गए। मैंने उन्हें कहानी सुनायी, ठीक से याद नहीं है। सबसे पहले अहाना की आँख लगी। फिर आर्यन सो गया।"

नीरजा ने फ़र्श की तरफ़ देखा। यही एक तरीक़ा था इसे झेल पाने का। ये दिखावा करो कि वो किसी और की फ़ाइल पढ़ रही थी, मानो उसके साथ ऐसा कुछ हुआ ही नहीं था।

"और अहाना। प्यारी अहाना। हे भगवान! वो तो उस कहानी के राक्षस के बारे में बोले ही जा रही थी।" राजीव एक ही साथ रो भी रहा था और हँस भी रहा था। "वह बहादुर थी वह उस शैतान से लड़ना चाहती थी।"

नीरजा ने एक गहरी साँस ली। जैसा उसने सोचा था, ये उससे अलग था। नीरजा को लगा था कि सब कुछ ज़बरदस्ती किया गया होगा लेकिन बच्चों का दिन अच्छा बीता था। उन्हें लगा था कि वे लोग छुट्टी मना रहे थे और उनकी माँ भी जल्द ही उनके साथ होगी। रात को खाना खाने के बाद वे अपने पिता की बाँहों में सो गए थे। ये ठीक नहीं था, नहीं, ये अभी भी बिल्कुल घटिया था लेकिन कम से कम जो कुछ उसने अब तक सोचा था, ये उससे बेहतर था। अहाना और आर्यन डरे हुए नहीं थे और उन्हें बिल्कुल किसी दर्द का एहसास नहीं हुआ था। अब भी सब ठीक हो सकता था, वो इससे निकल सकते थे।

"जो कुछ भी हुआ, मैं उसकी भरपाई नहीं कर सकता नीरू," राजीव ने कहा।

"मेरा नाम नीरजा है।" वो राजीव के मुँह से अपना प्यार वाला नाम नहीं सुनना चाहती थी।

अब जब राजीव उसे और ध्यान से देख रहा था तो नीरजा ने देखा कि उसकी आँखें कितनी फीकी पड़ी हुई थीं। ज़ाहिर है अस्पताल वालों ने उसे बहुत सारी दवाइयाँ दी थीं। वो दवाइयाँ जिन्होंने पागलपन को ग़ायब कर के कड़वे सच को बाहर आने का मौक़ा दिया था। राजीव को इसी सच के साथ जीना पड़ेगा।

"मिसेज गांधी," नीरजा के पीछे से एक आवाज़ आयी। धत्। राजीव पर निगरानी रखने वाला आदमी नीरजा से पीछा छुड़वाना चाहता था।

"एक मिनट और, प्लीज।"

वो आदमी बेसब्री से दरवाज़े पर ही खड़ा रहा बिना ये जाने कि उसे क्या करना चाहिए।

"तुमने ये कैसे कपड़े पहने हैं?" राजीव ने पूछा।

"एक एक्सीडेंट हो गया था।" नीरजा ने अपना हाथ हवा में लहराया। "सब ठीक है।"

राजीव ने अपने होंठ भींचे और फिर से रोने लगा। "जो मैंने किया है, मैं उसके साथ ज़िंदा नहीं रह सकता।"

"अच्छा, जीना तो तुम्हें पड़ेगा," नीरजा ने रूखेपन से कहा। वो राजीव की और ज़्यादा शिकायतें नहीं सुनना चाहती थी। "मैं बच्चों के वार्ड में जा रही हूँ। अहाना और आर्यन को मेरी ज़रूरत है।"

राजीव ने उसे आँखें फाड़-फाड़ कर देखा। उसका चेहरा घबराहट के मारे ऐंठ-सा गया था।

"क्या हुआ?" नीरजा ने पूछा।

"तुम्हें नहीं पता," राजीव बुदबुदाया, इतने हल्के से कि किसी को सुनाई ही ना दे लेकिन नीरजा ने सब सुन लिया।

"क्या नहीं पता मुझे?"

"मिसेज़ गांधी, आपको अब जाना चाहिए।"

धत्, नीरजा ने सोचा। क्या नहीं पता मुझे?

"हे भगवान, तुम्हें अभी तक नहीं पता।" राजीव ज़ोर-ज़ोर से रोने लगा और दीवार की तरफ़ मुँह घुमा कर बैठ गया। "मुझे माफ़ कर दो नीरू। मुझे माफ़ कर दो।" राजीव ने अपना चेहरा तकिए में छुपा लिया लेकिन उसके फूट-फूट कर रोने की वजह से नीरजा की गर्दन के रौंगटे खड़े हो गए थे।

वो दरवाज़े से बाहर निकल गयी। आख़िर साला क्या नहीं पता था उसे? वो कॉरिडोर में गयी और फिर भारी दरवाज़ों से होती हुई सीढ़ियों की तरफ़ भागने लगी। सीढ़ियों से नीचे। क्या नहीं पता था उसे?

ग्राउंड फ्लोर पर पहुँचते वक़्त वो बेतहाशा हाँफ़ रही थी। ऐसा लग रहा था उसके पूरे बदन पर खरोंचें आयी हुई थीं, उसकी कलाइयाँ और टखने दुःख रहे थे। उसके पैर डगमगा रहे थे लेकिन वो किसी तरह बच्चों के वार्ड के काउन्टर पर पहुँची।

“मुझे मेरे बच्चों से मिलना है, प्लीज़। अहाना और आर्यन।” नीरजा ने कहा तो नर्स ने उसे शक़ की नज़र से देखा। “उन्हें कल मेडिसिन ओवरडोज़ की वजह से एडमिट किया गया था।”

उस नर्स ने एक लिस्ट पर नज़र डाली, “परसों एडमिट किया गया था।”

क्या सच में दो दिन हो गए थे? “ओह हाँ, सॉरी।” नीरजा ने कहा।

नर्स की आँखें घबराहट के मारे उसके काग़ज़ात से उसकी कंप्यूटर स्क्रीन के बीच डोल रही थीं।

“और आप उनकी माँ हैं?”

“हाँ,” नीरजा ने बेसब्री से जवाब दिया। “उनके रूम नंबर हैं?”

उस औरत ने कुछ नहीं कहा मगर बेचैनी साफ़ महसूस हो रही थी। वे लोग नीरजा से क्या छुपा रहे थे? घबराहट ने नीरजा पर क़ाबू कर लिया था। ऐसा लग रहा था कि नाश्ता पेट से बाहर आ जाएगा। ये कुछ ठीक नहीं हो रहा था बल्कि कुछ बहुत ख़राब सा लगने लगा था।

“प्लीज एक मिनट बैठिए, मैं डॉक्टर को बुलाती हूँ।”

"क्यों? मैं उनकी माँ हूँ, मुझे उन्हें देखने का पूरा हक़ है।"

"प्लीज मैडम, प्लीज़। एक मिनट के लिए बैठ जाइए।"

"साला चल क्या रहा है यहाँ?" नीरजा ने काउंटर पर ज़ोर से मुक्का मारा। एक ऐसी कोशिश की जो इस वक़्त उसके लिए काफ़ी भारी पड़ गयी। नीरजा को तारे नज़र आने लगे और यूँ लगा जैसे सभी आवाज़ें काफ़ी दूर से आ रही थीं।

"आप ठीक हैं, मैडम? प्लीज आप अपने रूम में चली जाएँ, मैं डॉक्टर को वहीं भेज देती हूँ आपको देखने के लिए।"

"लेकिन मुझे मेरे बच्चों को देखना है।" जिस तरह से नीरजा ने नर्स को देखा, वो समझ गयी कि नीरजा हंगामा करने से बाज़ नहीं आने वाली। "मैं उनकी माँ हूँ।"

"नीरजा!"

नीरजा पीछे मुड़ी तो देखा कि वो साहिल था। प्यारा साहिल। नीरजा उसके पास चलकर गयी। उसे हाथ लगाया तो उसकी दाढ़ी के छोटे बाल उसकी उँगलियों पर चुभे।

"नीरजा!" साहिल ने उसे पुकारा।

"मेरे पास टाइम नहीं है। सॉरी। मैं बच्चों से मिलने जा रही हूँ," नीरजा ने कहा, "मुझे सबसे पहले आर्यन और अहाना से मिलना है।"

साहिल ने उसका हाथ थाम लिया। नीरजा बहुत चकराई हुई सी थी। सब कुछ घूम सा रहा था।

साहिल ने उसकी ओर दुःख भरे चेहरे से देखा।

"प्लीज़, मुझे जाने दो," नीरजा ने कहा। फिर उसने एक पल के लिए सोचा। साहिल को हुआ क्या था? उसे साहिल से पीछा छुड़ाना होगा, उसके पास इस वक़्त इस सबके लिए वक़्त नहीं था। काफ़ी घंटे बीत चुके थे। नहीं। डेढ़ दिन बीत गया था जब वो आख़िरी बार आर्यन और अहाना से मिली थी।

"कुछ... कुछ बहुत बुरा हुआ है नीरजा।"

"मैं अभी ये नहीं कर सकती। बाद में बता देना, प्लीज़। उन्होंने उसे पकड़ लिया?"

"हाँ। व्योम दीवान को अरेस्ट कर लिया गया है।"

नीरजा अपना हाथ छुड़ाना चाहती थी लेकिन साहिल की पकड़ काफ़ी मज़बूत थी। "तो हुआ क्या है?"

"नीरजा, मैं वो... " साहिल ने अपने चेहरे को दूसरे हाथ से रगड़ा। उसके पास लफ़्ज़ नहीं थे।

नीरजा की आँखें बड़ी हो गयीं। "साहिल?"

"कुछ बताना है तुम्हें।" साहिल ने धीरे से सर हिलाते हुए नीरजा से नज़रें फेर लीं। "अहाना के बारे में।" साहिल की आँखों में आँसू भर आए।

"अहाना?"

"मुझे माफ़ कर दो नीरजा।" उसने नीरजा का हाथ ज़ोर से थामा। "वो नहीं रही।"

क्या? वो नहीं रही? अहाना? मगर कल तक तो वो ठीक थी।

"उसके साथ कुछ ज्यादा ही दिक़्क़तें थीं। उसके कुछ ज़रूरी अंगों ने काम करना बंद कर दिया। वे लोग उसे बचा नहीं पाए।"

"अहाना मर चुकी है?" नीरजा को विश्वास ही नहीं हो रहा था।

साहिल ने हाँ में सर हिलाया और उसके चेहरे पर आँसू बह रहे थे।

अहाना मर चुकी थी? अहाना? उसकी प्यारी छोटी सी बिटिया?

"नहीं," नीरजा हकलाई। "ऐसा नहीं हो सकता। ये सच नहीं है।" वो रोने लगी। दहाड़ें मार-मार के रोने लगी। साहिल उसे थामना चाहता था लेकिन नीरजा ने उसे पीछे धकेल दिया। "नहीं। मुझे अकेला छोड़ दो, जाओ, मुझे अकेला छोड़ दो... !"

"नीरजा।"

"जाओ। मुझे मेरे हाल पर छोड़ दो। मुझे जाकर अहाना से मिलना है। चले जाओ, साहिल।"

नीरजा को अपनी कनखियों से नर्स नज़र आ रही थीं जो मज़े लेने वाले दर्शकों की तरह काउंटर पर इकट्ठी हो गयी थीं।

साहिल ने एक क़दम पीछे लिया और वो बिल्कुल हारा हुआ सा लग रहा था। "मैं यहाँ तुम्हारे लिए ही हूँ नीरजा।"

नीरजा ने हाथ हिलाते हुए उसे जाने का इशारा किया। वो मोटे दरवाज़ों से होता हुआ चला गया। एक नर्स एकदम से नीरजा के पास आयी।

"मेरे साथ आइए मैडम, मैं आपको आपके रूम में ले चलती हूँ। आप कुछ लेंगी?"

नीरजा ने उस जवान, धब्बों वाले चेहरे को देखा। क्या चाहिए था उस कुतिया को? क्या उसे पता भी था कि हुआ क्या है? नीरजा का बच्चा मर गया था! और वो यहाँ थी ही नहीं कि उस बच्ची का आख़िरी वक़्त पर हाथ तक थाम सके।

"मुझे मेरी वाहियात गोलियाँ नहीं चाहिए। उन्होंने ही मेरी बेटी को मारा है।" उस जवान लड़की ने सर हिलाया और किसी को आवाज़ लगायी। अगले ही पल उसके कुछ कलीग उसकी मदद के लिए आ गए।

आर्यन! आर्यन कहाँ था? "मेरा बेटा। मुझे मेरे बेटे से मिलना है। कहाँ है वो?" नीरजा चिल्लायी।

नीरजा को एहसास हुआ कि नर्स के हाथ उसकी बाँहें पकड़ रहे थे। हल्का दबाव डालते हुए उसे वहाँ से ले जाने की कोशिश कर रहे थे। ये सब ठीक नहीं हो रहा था।

"मैं सिर्फ़ थोड़ी देर के लिए अपने बेटे से मिलना चाहती हूँ। मुझे उसे देखना है।" नीरजा गिड़गिड़ायी।

"ठीक है, शांत हो जाइए मैडम।"

नीरजा ने साँस लेने की कोशिश करते हुए सर हिलाया। "प्लीज़। कहाँ है मेरा बेटा?"

"आप उससे मिल सकती हैं पर पहले ज़रा शांत हो जाइए, साँस लीजिए। आराम से। बस ऐसे ही।"

नीरजा ने अपने सामने खड़ी महिला की आँखों में देखते हुए कुछ गहरी साँसें लीं। "मैं अब ठीक हूँ, शुक्रिया। अब मिल सकती हूँ उससे?"

उस औरत ने आह भरी और सर हिलाया। उसकी आँखों से दया छलक रही थी। "रूम नंबर 28।"

जब नीरजा आर्यन के कमरे में दाख़िल हुई तो आर्यन जाग रहा था। वो अपनी गोद में आई पैड रख कर बैठा हुआ था।

"मम्मी," आर्यन ने कहा और उसका चेहरा खिल उठा।

नीरजा उसके पास गयी और बिस्तर में उसके साथ लेटते हुए उसे अपनी बाँहों में भर लिया। वे दोनों काफ़ी देर तक यूँ ही लेटे रहे और नीरजा ने उसे यूँ पकड़ा हुआ था जैसे वो दुनिया का आख़िरी इंसान था। और बिल्कुल ऐसा ही महसूस भी हो रहा था।

"मम्मी," उसने कहा, "छोड़ोगी मुझे? दर्द हो रहा है।"

नीरजा ने ध्यान से उसे छोड़ दिया। आर्यन ने उसे देखा।

क्या वो अहाना के बारे में जानता था?

"आप क्यों रो रहे हो? आपका भी एक्सीडेंट हुआ, मम्मी?"

"एक्सीडेंट? नहीं।"

"हमने डैडी के साथ लेक पर खूब मौज किया था। फिर हमने दही खाया जो ख़राब था। उसने हम सबको बीमार कर दिया।"

नीरजा ने उसे चौंकते हुए देखा। "किसने बताया ये तुम्हें?"

"दादी आयी थीं, डॉक्टर के साथ। डैडी कहाँ हैं?"

"वो, अह, वो अभी भी काफ़ी बीमार हैं।" आख़िर नीरजा को आर्यन से क्या कहना चाहिए था कि उसके पिता ने उसे मार डालने की कोशिश की थी? ये बात आर्यन का दिल तोड़ देगी, वो इससे कभी उबर नहीं पाएगा।

"और अहाना?"

नीरजा को अपनी छाती पर एक भारी दबाव महसूस हुआ, इतना कि ऐसा लगा जैसे उसके लिए साँस लेना भी मुश्क़िल हो रहा था। वो आर्यन के और पास होकर बैठ गयी। "अहाना ने वो ख़राब वाला दही ज़्यादा खा लिया था, आर्यन।"

"अच्छा? और अब? वो भी सो गयी थी?"

"हाँ।" नीरजा ने अपने होंठ भींचे। उसे बहुत दर्द हो रहा था। "वो फिर कभी सो कर नहीं उठेगी।"

"कभी नहीं?"

नीरजा ने धीरे से अपना सर न में हिलाया। "वो ऊपर आसमान में चली गयी है और एक चमकदार तारा बन गयी है।" नीरजा ने ऊपर की तरफ़ इशारा किया।

"राहुल के पापा जैसे?" आर्यन अपने एक क्लासमेट के बारे में कह रहा था जिसके पिता पिछले साल कैंसर की वजह से चल बसे थे।

नीरजा ने हाँ में सर हिलाया। आँसुओं की वजह से उसकी नज़र धुँधली पड़ गयी थी। आर्यन भी रोने लगा और नीरजा के गले लग गया।

नीरजा घर में सोफ़े पर आर्यन को बाँहों में लिए वही कार्टून फ़िल्म शायद हज़ारवीं बार देख रही थी। पिछले कुछ दिनों से सब कुछ मानो अपने आप ही चल रहा था। आर्यन ने अहाना के नाम का एक छोटा सा गुलाब का पौधा लगा दिया था। नीरजा की माँ ने उसके साथ रहना शुरू कर दिया था लेकिन वे खोखलेपन को भर नहीं पायी थीं।

दरवाज़े की घंटी बजी। नीरजा में उठने की बिल्कुल हिम्मत नहीं थी। उसकी माँ ने दरवाज़ा खोला। शायद डाकिया होगा या कोई फूल वाला फिर से कोई फूलों के गुलदस्ते लाया होगा।

"बेटी, तुमसे कोई मिलने आया है।" नीरजा की माँ ने उससे कहा।

"मुझे किसी से नहीं मिलना।" नीरजा ने जवाब दिया।

"वो कह रहा है बिना तुमसे बात किए नहीं जाएगा।"

गौतम सामने के दरवाज़े पर खड़ा था। कम से कम वो ढेर सारे फूल नहीं लाया था। फूलों को देख कर नीरजा को लगता था जैसे कुछ ख़ुशी मनाने जैसा था। उसका मन बहुत भारी था, वहाँ उपहारों या उम्मीद बढ़ाने वाले लफ़्ज़ों की कोई जगह नहीं थी।

"नीरजा। मैं एक सेकंड के लिए अंदर आ सकता हूँ, प्लीज़? ज़्यादा टाइम नहीं लूँगा।" गौतम ने पूछा।

नीरजा ने सर हिलाया और उसके आगे-आगे रसोई की तरफ़ चल दी और वहाँ पड़ी मेज़ पर बैठ गयी। गौतम भी उसकी देखा-देखी वहीं बैठ गया। नीरजा की माँ ने बिना पूछे एक कप चाय गौतम के आगे रख दी। फिर वो आर्यन को लेकर हॉल में गयीं और फिर नीरजा ने उन दोनों को रसोई की खिड़की से बाहर जाते हुए देखा। नीरजा ने अपनी घबराहट पर क़ाबू रखने की कोशिश की। आर्यन कहीं नहीं जा सकता था।

ओह, नीरजा। वो तुम्हारे सामने ही है।

नीरजा की माँ आर्यन को खेल के मैदान की तरफ़ ले जा रही थीं। ठीक उनके घर के सामने। इतना चलता था। जहाँ नीरजा बैठी थी, वहाँ से उन्हें देख पा रही थी।

"जो कुछ भी हुआ, उसका मुझे बहुत दुःख है।" गौतम ने चुप्पी तोड़ी।

“तुम मुझे ये कहने के लिए आए हो? अहाना के संस्कार के समय तुमने मुझे ये सब कह दिया था।” नीरजा ने दो टूक जवाब दिया।

गौतम ने सर हिलाया। उसने नीरजा को नर्मी से देखा। वो इतनी आसानी से एक रूखी बात का बुरा नहीं मानने वाला था। वो नीरजा को बहुत वक़्त से जानता था।

“तुमने कुछ कमाल का काम किया है। मैं सिर्फ़ तुम्हें इस बात का एहसास दिलाना चाहता था।”

“कमाल का काम? मैंने सब कुछ बर्बाद कर दिया। और ऊपर से अपनी बेटी को अकेला मरने के लिए छोड़ दिया। प्लीज़, मुझसे अच्छे काम की बात मत करो। मुझे उससे कोई फ़र्क़ नही पड़ता।”

गौतम ने अपना गला साफ़ किया। उसने चुप्पी के लम्हों को बेकार की बातों से भरने की कोशिश नहीं की जिन्हें पिछले कुछ दिनों में नीरजा अपने परिवार वालों से ढेरों बार सुन चुकी होगी। गौतम में इतनी मर्यादा तो थी।

“तुम पहले दिन से अपने प्रोफाइल में एकदम परफेक्ट थीं।”

“बकवास! विक्रम ने पता लगाया था कि सेठी और दीवान एक ही रिहैब में साथ थे और उसी दौरान सेठी के कंप्यूटर पर एक फ़ोटोग्राफ़ मिली थी जिसमें एक बाज़ू पर टैटू था। विक्रम ने एकदम से पहचान लिया था कि वो व्योम दीवान का टैटू था। तो सब कुछ उसने ही किया था।”

“हाँ, मगर वो तुम थीं जिसने टीम को उस दिशा में ले जाना शुरू किया था। वो भी तब, जब वे लोग दूसरी दिशा में काम करने के लिए पागल हुए जा रहे थे।” गौतम ने अपनी जेब से एक लिफ़ाफ़ा निकाला। “ये मिश्का के परिवार की तरफ़ से एक चिट्ठी है। वो तुम्हें थैंक्स कहना चाहते थे। मैंने उनसे कह दिया कि अभी ये ठीक समय नहीं है। तुम इसे कहीं रख सकती हो और जब ठीक समझो, पढ़ लेना।”

जब गौतम ने चिट्ठी का लिफ़ाफ़ा उसकी तरफ़ सरकाया तो नीरजा अपनी जगह से हिली तक नहीं।

"तुमसे कुछ पूछना था।" गौतम हिचकिचाया। "शायद तुम मेरी मदद कर सको।"

"ठीक है।" नीरजा को जवाब देने में कोई परेशानी नहीं थी। शायद इसके बाद गौतम उसे अकेला छोड़ दे।

"व्योम ने मिश्का को क्यों जाने दिया?" गौतम ने पूछा।

नीरजा ने मज़ाक़िया हँसी, हँसी। "वो उसे चाहता ही नहीं था। उसे मिश्का में कोई इंटरेस्ट नहीं था क्योंकि उसकी नज़र मुझ पर थी।"

"पर उसमें तुम्हारे लिए चाहत कैसे पैदा हुई?"

"श्रुति उसकी भतीजी थी।"

"हाँ, वो मैंने रिपोर्ट में पढ़ा था। जो कुछ अब हम जानते हैं, उसके बाद उसने खून करने शुरू किए।"

"श्रुति की मौत उसकी लाइफ़ में एक ख़ास घटना थी। तभी जैसे कोई स्विच ऑन हो गया था और मैं उसमें शामिल थी। जब मैं सिद्धार्थ के क्राइम सीन पर पहुँची तो उसे लगा ये किसी तरह का कोई संकेत है। उसे लगा कि मुझे खाना उसकी नियति है। मैं श्रुति की मौत के लिए ज़िम्मेदार थी और जिसने उसे भी कंट्रोल करने की कोशिश की। उसके लिए मैं सबसे बड़ा उद्देश्य थी जिसे वो पाना चाहता था।" नीरजा ने अपने कंधे उचकाए। "या ऐसा ही कुछ था।"

गौतम ने एक लम्बी साँस ली। "तुम पर जो बीती है, उससे ख़ुद ही निकल पाना काफ़ी मुश्क़िल होगा, है न?" वो एक पल के लिए रुका। नीरजा ने कोई जवाब नहीं दिया। ये एक सवाल था जिसका जवाब ज़रूरी नहीं था।

"तुम इस बारे में बात करना चाहती हो?" गौतम ने पूछा।

नीरजा ने ना में सर हिलाया। "उसने मुझे सर पर मारा और जब होश आया तो मैं उस कमरे में थी और तभी विक्रम वहाँ आ गया।"

नीरजा के साथ उस कोठरी में क्या कुछ हुआ था, उसने उसे भूल जाने का फ़ैसला किया था। किसी को जानने की ज़रूरत नहीं थी कि व्योम ने उसके साथ क्या किया था, कि उसे किस तरह के डर का एहसास हुआ था। जिस घबराहट ने उस पर क़ाबू कर लिया था, जब वो बँधी हुई थी, वो उसे फिर से महसूस नहीं करना चाहती थी; ख़ास तौर पर किसी थेरेपी के दौरान तो बिल्कुल नहीं। नीरजा इस सबसे पल्ला झाड़ चुकी थी।

"तुम किसी प्रोफ़ेशनल से इस बारे में बात करना चाहोगी?" गौतम ने हल्के से पूछा।

"नहीं।"

"ठीक है। तो मैं चलता हूँ। तुम आराम करो। जब तुम काम पर वापस आने के लिए तैयार हो तो मुझे कॉल कर देना।" वो जाने की तैयारी कर रहा था।

"मैं वापस नहीं आ रही।"

गौतम फिर से अपनी कुर्सी पर बैठ गया। "क्या?"

"मैं अब ये काम और नहीं कर सकती। फ़िलहाल मेरे पास पहले ही बहुत कुछ है व्यस्त रहने के लिए।" नीरजा ने अपने हाथ को यूँ ही हवा में हिलाया। "और जब समय ठीक होगा तो कोई और काम ढूँढना शुरू कर दूँगी।"

"नीरजा," गौतम ने कहना शुरू किया।

"मैंने फ़ैसला कर लिया है।"

गौतम ने फिर कुछ नहीं कहा और अपना कोट पहन लिया। जब वो उसके पास से गुज़रा तो उसने नीरजा के कंधे पर हाथ रखा और उसे हल्के से दबाया।

नीरजा को हॉल में दरवाज़ा खुलते और फिर बंद होते हुए सुनाई दिया। उसने अपना चेहरा अपने हाथों में छुपा लिया। सब कुछ कितना बिखरा हुआ था। कब तक वो ऐसे ही जी पाएगी? उसे नींद की गोलियों की सख़्त ज़रूरत थी और उसके अंदर से सैकड़ों आवाज़ें उस पर चिल्ला रही थीं कि उसे सिर्फ़ एक गोली चाहिए थी ताक़ि वो सारी दुनिया का मुँह बंद करके शांति भरी नींद की गोद में सो जाए। मगर वो उस ज़हर को फिर कभी नहीं छुएगी। उसने उसकी सबसे क़ीमती चीज़ छीन ली थी। उसे इस ग़म के साथ जीना होगा। उसे कोई हक़ नहीं था कि उसका दर्द कम हो।

"हे," उसके पीछे से एक भारी आवाज़ आयी।

नीरजा एकदम से कुर्सी से उठ खड़ी हुई।

"तुम अंदर कैसे आए?" नीरजा ने पूछा।

साहिल उसके सामने खड़ा था और उसका काला कोट खुला हुआ था। उसने नीरजा के चेहरे पर ग़ुस्से की लक़ीरें देखीं जिससे उसकी भौंहों के बीच सिलवट पड़ती दिखाई दे रही थी। साहिल की वो ख़ूबसूरत भूरी आँखें और उनके आसपास वो सुनहरा गोला! नीरजा को उनकी कमी बहुत खलेगी।

"तुमने मुझे एक चाबी दी थी, याद है?" साहिल नीरजा के साथ बैठ गया और चाबी मेज़ पर रख दी। जबसे नीरजा ने उसे अस्पताल में अपने से दूर

भेजा था तब से उन दोनों के बीच कोई बात नहीं हुई थी। हालाँकि साहिल ने कोशिश ज़रूर की थी। शुरुआत में उसने नीरजा के फ़ोन पर कॉल करने की कोशिश की थी। उसे व्हाट्सएप मैसेज भेजे थे जिन्हें नीरजा ने खोला तक नहीं था। कुछ दिनों के बाद नीरजा उस फ़ोन से इतना परेशान हो गयी थी कि उसने उसे दीवार पर मार कर तोड़ दिया था। उसके बाक़ी बचे टुकड़े घर के कचरे के साथ फेंक दिए गए थे।

"मैं पहले भी कई बार आया था। तुम्हारी मॉम ने हमेशा कहा कि तुम किसी से मिलना नहीं चाहतीं।" साहिल ने कहा।

"तो अब क्यों आए हो यहाँ?"

"क्योंकि मैं उस तरह का इंसान नहीं हूँ जो मुश्क़िल आने पर भाग जाए।" साहिल ने नीरजा पर एक गहरी नज़र डाली। वाह, तो साहिल को लग रहा था कि वो मुश्क़िलों से भाग रही थी।

"मैं तुम्हें बताना चाहता हूँ कि मैं अब भी मौजूद हूँ।"

नीरजा अपनी उंगलियों से खेल रही थी। "राजीव के साथ क्या हुआ?"

साहिल ने गहरी आह भरी। "मुझे लगता है उसे कई साल की जेल होगी।"

"और मुझे?"

"मतलब?"

"तुम बिल्कुल जानते हो कि मैं क्या कह रही हूँ। याद है उसने मदद के लिए कितनी गुजारिश की थी? उसने मुझसे कहा था कि वो ठीक नहीं है और मैंने उसकी कोई मदद नहीं की। ये सब मेरी भी ग़लती है।"

"नीरजा।"

"कुछ नीरजा-वीरजा नहीं।" नीरजा की आँखों में गुस्से के आँसू उभर आए। "मैं कैसे आगे बढ़ सकती हूँ साहिल? मैं इस हादसे के साथ कैसे ज़िंदा रह सकती हूँ? मैं किसी नरक से गुजर रही हूँ और मुझे तुम्हें ये बताने से कोई परहेज़ नहीं है। मैं कहीं ज़मीन के नीचे जाकर छुप जाना चाहती हूँ ताक़ि ये सब रुक जाए।"

साहिल ने उसे कंधों से थाम कर अपने पास खींचने की कोशिश की लेकिन नीरजा ने उसका हाथ झटक दिया।

"छोड़ दो मुझे। मैं किसी की दया के लायक नहीं हूँ।"

"मैं तुम्हारे लिए सॉरी नहीं फील कर रहा।"

नीरजा ने उसे हैरानी से देखा।

"मुझे बस तुम्हारी फ़िक्र है।" साहिल ने नर्मी से कहा।

"तुम्हें अपनी ख़ुशी कहीं और तलाशनी होगी साहिल। मेरे पास देने के लिए कुछ नहीं बचा," नीरजा रोने लगी। साहिल ने धीरे से उसे अपनी बाँहों में भर लिया। इस बार वो रुकने वाला नहीं था और उसने नीरजा को कस के पकड़ लिया। नीरजा ने उसकी पीठ पर मुक्के मारे लेकिन साहिल ने उसे जाने नहीं दिया। वो रोई, पहले ग़ुस्से में और कमज़ोर होने की भावना से, और फिर दुःख ने उसे घेर लिया। साहिल ने उसे रोने दिया। और जब वो फूट-फूट कर रो रही थी तो साहिल उसके बालों को सहला रहा था।

जब आँसू सूख गए तो साहिल ने धीरे से उसे कुर्सी पर बैठाया और नाक साफ़ करने के लिए रुमाल दिया। रो-रो कर सिर्फ़ नीरजा का गला ही नहीं, उसके चेहरे की मांसपेशियाँ भी दर्द कर रही थीं।

"मैं ये नहीं कर सकती।"

साहिल ने उसे हारी हुई नज़र से देखा।

"मेरे पास तुम्हें देने के लिए कुछ नहीं है।" नीरजा ने फिर से कहा।

"प्लीज, ऐसे मत करो नीरजा।"

नीरजा ने अपना सर हिलाया। "तुम्हें जाना चाहिए साहिल। कुछ करो जिंदगी में, एक अच्छी सी बीवी ढूँढो, करियर पर काम करो। दुनिया तुम्हारे पैरों के नीचे है!"

"इस वक़्त मुझे उसमें से किसी भी चीज़ से कोई मतलब नहीं है। मैं तुम्हारी दुनिया का हिस्सा बनना चाहता हूँ।"

"मेरी दुनिया में सिर्फ़ अँधेरा है। ये रहने लायक़ जगह नहीं है।"

साहिल ने नीरजा की ठोड़ी को पकड़ कर उसे अपनी तरफ़ देखने के लिए मजबूर कर दिया। "तब तो और भी ज़रूरी है कि किसी को अपना हाथ थामने दो जो तुम्हें फिर से रोशनी की ओर ले जाए।"

क्या वो मज़ाक कर रहा था? साहिल के अपने बच्चे नहीं थे, वो आख़िर कैसे समझ सकता था कि नीरजा क्या महसूस कर रही थी नीरजा को कड़ा होना पड़ेगा वरना वो पीछे नहीं हटेगा। अपनी किन्हीं गहराईयों में वो बिल्कुल नहीं चाहती थी कि साहिल चला जाए। नीरजा उसके कंधों पर सर रख कर रोना चाहती थी और जब भी दुखों से लड़ने की ताक़त ख़त्म हो जाए तो उसकी बाँहों में रहना चाहती थी। वो चाहती थी कि साहिल की मदद से एक-एक क़दम लेकर इस नरक से बाहर निकल आए लेकिन उसमें कई साल लगेंगे। वो नहीं चाहती थी कि साहिल अपना इतना वक़्त उसके पीछे लगाए। उसे चोट पहुँच रही थी। वो साहिल से बहुत ज़्यादा जुड़ गयी थी लेकिन साहिल

के लायक कोई और बेहतर लड़की होगी। और नीरजा साहिल के लायक नहीं थी।

वे दोनों काफ़ी देर तक यूँ ही चुप बैठे रहे।

"साहिल?" नीरजा ने कहा।

"हाँ?"

"प्लीज़, तुम मुझे अब अकेला छोड़ दोगे?"

साहिल साफ़-साफ़ दिखायी देने वाली हिचकिचाहट के साथ उठा और उसने नीरजा के माथे को चूम लिया। फिर वो चला गया। जब तक नीरजा के आँसुओं ने उसकी नज़र को धुँधला नहीं कर दिया, वो रसोई की खिड़की से उसे जाते हुए देखती रही। फिर उसने मेज़ पर रखी हुई चाबी को उठा लिया।

थोड़ी देर बाद नीरजा बग़ीचे में गयी। आर्यन भी उसके साथ था। उसने आर्यन पर नज़र डाली और देखा कि उसके घुँघराले बाल लम्बे हो गए थे, तक़रीबन ठोड़ी तक पहुँचने लगे थे। वो हल्का सा मुस्कुराई। बाहर खेलने की वजह से आर्यन के गाल लाल हो गए थे। नीरजा हाथ में एक बड़ा सा कपड़े का थैला लिए आर्यन के साथ बग़ीचे में दाख़िल हुई। अहाना वहीं थी, एक पेड़ के नीचे, एक गुलाब के पौधे के रूप में।

नीरजा उस पौधे के सामने एक पल के लिए खड़ी रही और फिर उसने ऊपर देखा। मौसम काफ़ी ठंडा था और आसमान पर गहरे बादल छाए हुए थे। अहाना के पौधे के बगल में चंपे का पौधा भी एक गमले में लगा हुआ था जिससे ख़ुशबू आ रही थी। आर्यन ने नीरजा का हाथ दबाया। पिछले कुछ दिनों से वो इस इशारे से नीरजा को बताता था कि वो अहाना से बात ख़त्म कर चुका था और उसे अपने दिल की बात बता चुका था।

नीरजा ने अपना थैला दिखाया। "मैं कुछ लायी हूँ उसके लिए।"

आर्यन ने उसे हैरानी भरी नज़रों से देखा और नीरजा ने एक प्लास्टिक का खिलौना निकाला।

"अहाना पक्का इसे पसंद करेगी," आर्यन ने कहा और नीरजा से खिलौना ले लिया। फिर वो आगे बढ़ कर पौधे के पास बैठ गया। "यहाँ रख दूँ?"

नीरजा ने हाँ में सर हिलाया और देखने लगी कि कैसे आर्यन ने बड़े ध्यान से अहाना के प्लास्टिक के घोड़े को उस गुलाब के पौधे के पास रख दिया था। वो घोड़ा सफ़ेद रंग का था और उसके नायलॉन के बाल इंद्रधनुष के रंग के थे और उसके नीचे छोटे-छोटे सितारे बने हुए थे।

नीरजा ने आर्यन का हाथ थामा और वापस चलने लगी। जब वो घर के अंदर जा रहे थे तो बादलों को चीरती हुई सूरज की कुछ किरणें उन पर पड़ीं। आर्यन बस चुपचाप उसके पीछे चल रहा था।

"आओ।" नीरजा ने कहा।